新本格魔法少女りすか2

神よ、わたしたち二人をかくも恐ろしい運命に導いた、
愚かしくも病的な行為を許したまわんことを。

H・P・ラヴクラフト『魔宴』

第四話　敵の敵は天敵！

末端都市はとにかく新陳代謝が遅い。仮に地方と中央との確固たる違いを一つだけあげるならば、このぼく、供犠創貴《くぎきずたか》は、その新陳代謝の速度の格差を選ぶだろう。成長速度——あるいは、変態速度の差異、そういうことだ。人口の違い、利便性の違い、あるいは文化レヴェルの違い、候補は色々あるだろうが、そんなものは所詮《しょせん》現在進行形の、長期的な『時間』から見れば酷《ひど》く些細《ささい》な、そう、『時間』と『距離』で解決できてしまう問題でしかないと、そう思う。ここ佐賀県は、日本で唯一『魔法の王国』長崎県と『城門』を介して接しているという意味で特徴ある、特殊な性格を有してはいるものの、それでも地方都市であることに違いはなく、滅《ほろ》んだものの残滓《ざんし》がいつまでたっても新しい存在に取って代わられはしない。古いモノがいつまでたっても古いままに残り、朽《く》ちたモノがいつまでたっても朽ちたままに残る——新しいモノが出来上がるまでに酷く手間がかかってしまう、変化を嫌う、変質を厭《いと》う、それはかりは、そういう一種の『鈍《にぶ》さ』ばかりは、『時間』によって解決できうるものではない、人間の問題であると、ぼくはそう思う。何故《なぜ》なら、その時間自体が既に問いの対象と化してしまっている――『時間』から取り残されていることが、まさに問題であるからだ。そしてこれは、社会の仕組みや仲間内のルールといった、抽象的な問題に限った話ではなく――もっと具体的な存在に対しても、適用できる法則だ。ここ――佐賀県の外れの更に端っこに、誰もに忘れられ、ただ引っかかっているだけかのごとく位置する、片瀬《かたせ》記念病院も――そういった、古いままに朽ちたままに残ってしまった、時間から取り残された、哀れな廃墟の一つだろう。

「――否《いな》。片瀬記念病院『跡』と、言うべきか」

「……かなり不気味なのが、夜の病院なの……」

りすかは、不安げな仕草《しぐさ》で辺りをきょろきょろしながら、そんなことを言う。対象のない非存在に対して怯《おび》えているとも見える、そんな不安げな水倉《みずくら》りすかの姿は見ていて随分《ずいぶん》と新鮮だったが、十年、つまりは一昔も前に経営難の末潰《つぶ》れてしまった病院――今や敷地内に雑草が生え放題、勿論《もちろん》、立ち並ぶ病棟内には明かり一つ灯っておらず、コンクリート打ちっぱなしの建物はかなり傷《いた》んでいる――と、ここまで条件が揃《そろ》えば、水倉りすかでなくったってそれは不安にもなるだろう。幸いにしてぼくはその例外ではあるのだが（ぼくは環境自体に感情移入するような性質というか、そういう感受性には欠けているらしい）、しかし多くの人間が不安を抱くに足るだけの全ての条件が、この片瀬記念病院跡には揃えられているといっても、特に言い過ぎだとは思えない。

「キズタカ……明日、夜が明けてからにしない？　あ、明るかったら、ただ古いだけなのが、こんな建物なの」

「明るい方が状況がいいってのは、そりゃりすかの言う通りだとは思うけれどね——」交通手段が非常に限られていたこともあり、この、片瀬記念病院跡に辿《たど》り着くまで、かなりの時間を費やしてしまった。出発したのは昼だったというのに、もう、夜の十時だ。これは、ぼくの予想を大幅に——二時間もオーバーした数字だった。

「——しかし、りすかは登校拒否児だからどうでもいいだろうけれど、ぼくは生憎《あいにく》優等生でね、明日は学校にいかなくちゃならない」

「か、風邪《かぜ》を引けばいいの」

「そりゃえらく大胆な名案だけどね。けれど、なるべくならぼくは必要のない嘘《うそ》を吐《つ》きたくないし——まして、本当に風邪を引くわけにもいかないし。あれは馬鹿のかかる病気だよ。『風邪を引いた』が釈明になると思ってるような下種《げす》とだけはお友達になりたくないね。要するにそりゃ、体調管理も自分でできないクズだって意味だろ？　そういうのは性根《しょうね》が病気だってんだよ。それに、りすか、本来的な問題として——既に『二週間』なんだぜ？　一刻一秒を争うといっても過言じゃあない」

「じ――時間なんて概念が酷く些細な問題なのが、このわたしなの」

「決め台詞《ぜりふ》を言い訳に使わないこと」

「うう……」りすかはサイズの合っていない、ぶかぶかの三角帽子の位置を調整しながら、右手に構えたカッターナイフを、『きちきちきちきちきちきちきち……』『きちきちきちきち……』と、出し入れする。「分かったの……うん。わかりました。わたし達の『目的』のため、だもんね」

「そう、そういうことだよ」ぼくはりすかに頷《うなず》く。「さて――で、何号室だっけ？」

「第四病棟の、五階、五〇三号室」

「敵の名前は？」

「火住峠《ひずみとうげ》、属性《パターン》は『火』」

「ぼく達の目的は？」

「『ディスク』の確保――なの」りすかは少し考えてから、答えた。「今回の場合は、敵を倒すことは第一目標ではない――余裕がなければ、敵を残したまま逃亡しても構わない」

「グッド。その通り」ぼくはすっと、りすかの肩に腕《うで》を回し、顔と顔を、すり合わせるような距離にして、小さな声で告げる。「まあ、何度も何度もしつこいようだけれど、もう一回だけ、言わせてもらうよ。心得違いをしないこと……目先の敵に熱くなったらおしまいだ。いくらりすかの父親、『ニャルラトテップ』水倉神檎《しんご》に随分と近付いたとは言っても——まだまだ、こんなところは、こんな廃墟の病院は、全然『途中』だということを、忘れないでね。いい？」

「大丈夫。わかってるのが、ちゃんとなの」りすかは力強く、不敵な感じに、笑んで見せた。「熱くなり過ぎないこと——だよね」

「そう。りすかは、熱くなり過ぎないこと」

「それで、キズタカは、冷たくなり過ぎないこと」

「……そう。ぼくは、冷たくなり過ぎないこと」ぼくはりすかに回していた腕を解いた。「それじゃあ、いつも通り、行きますか」

「うん」

ぼくとりすかはそれぞれに、この前購入したばかりの懐中電灯を前に向けて——片瀬記念病院跡地に、それぞれの一歩を、一緒に、踏み込んだ。

★　★

五つの称号を持つ魔法使いにして少女専門の誘拐《ゆうかい》犯、影谷蛇之《かげたにへびゆき》との戦闘は、ぼくにとって、取り返しのつかないだけのダメージを受けた、後味の悪い思い出ではあるのだが――しかし、その得るところは、決して少なくはなかった。彼が残した、生命非生命を問わずに物体を『固定』できるという特性を備えた『魔法陣』の刻まれた『矢』が、まずそうであるし――そして、ぼくが場を外している間にりすかが影谷蛇之から聞き出したはずの、影谷蛇之が知る、水倉神檎に関する情報――こちらの方が、特に重要だった。このぼく、供犠創貴と、彼女、水倉りすかにとって、水倉神檎に関する情報は、それがなんであれ大袈裟《おおげさ》でなく、喉《のど》から手が出るほどに欲しかったものなのだ。とにかくこれまでは、水倉神檎に関する情報が少な過ぎた――だからたとえどんなものであっても、水倉神檎に関する情報は、ぼく達にとって、ありがたかった。

「……最近、ちょっと太ったかもしれないの」

十数時間前――日曜日の午前、影谷蛇之との戦闘から二週間後、ぼくは水倉りすかが住処《すみか》としている、風車をかたどったデザインのコーヒーショップを訪ね、カウンターの向こうでカップを磨いていた、水倉りすか直属の従僕、執事のチェンバリンに軽く挨拶《あいさつ》をしてから、二階のりすかの部屋の扉をノックした。クッションに腰《こし》を下ろしたぼくに対し、りすかが、やけに沈鬱《ちんうつ》な、世の中には夢も希望もありはしないのだというような絶望的な調子で、そんな言葉を切り出した。

「……そうは見えないけど」

「ううん……絶対太ったの。食べ過ぎかな……」

「まあ……でも、まあ、いいんじゃない？　りすかって、確か、恰幅《かっぷく》のいい男性が好みなんだろう？」

「自分が太るのは嫌なの」

りすかは見たこともないような真顔で言った。ぼくはまたも、りすかの新しい一面を垣間見《かいまみ》せられたような気がした。

「しかし、そうはいっても、ぼくなんかにはあんまり変わらないように見えるけれどね」

「胸が太ったの。ほらほら」りすかは椅子《いす》をくるりと回転させてぼくに正面から向き、見せ付けるように、背筋を張ってみせる。「ね？　なんか今までとは形が違ってるでしょう？　見た目じゃわかんないかもしんないけど、ほら、触ってみればよく分かるの」

「うん……うんうん。まあ、確かに、確かめてみれば、そうなのかもね」正直、そんなに凹凸《おうとつ》が増したようには思えなかった。平面といっても間違いではない。それだったらむしろ、肩甲骨《けんこうこつ》がある分背中の方が凹凸が激しいくらいだ。脇腹辺りに浮き出ている肋骨《ろっこつ》からすれば、どちらかといえば、どちらかというまでもなく、りすかは痩《や》せ気味であるように、ぼくには思えた。「でもまあ……女の子の胸とか尻《しり》とか、そういうのは太ったというよりはただの成長だから、気にすることはないよ」

「他人事だと思って……キズタカは冷たいの」

そりゃまあぼくは胸が大きくなって悩んだ経験はないからね、と字幕映画のやりとりのように受けて、ぼくはその話題をここで打ち切った。確かに食べ過ぎは身体によくないが、しかしぼくはそんな与太話《よたばなし》を聞きに来たわけではないのだ。勿論りすかだって、さすがにそれを見失うほどに体形に関して悩んでいたわけではないらしく、「うん」と、神妙に頷いた。右手にはカッターナイフを構えている。

「影谷蛇之の――ことだよね」りすかは言った。「先に結論から言えば――っていうか、がっかりさせちゃうようなことを言えば、彼は、彼自身は、大した情報は持っていなかったの。わたしのお父さん、水倉神檎に関しても、それから、彼が戦闘の中で口走っていた、『箱舟計画』に関しても」

「そうか――そうだろうね」

半ば予想していたこととはいえ、しかし、それは落胆を禁じえない事実だった。ほとんど『突破されることが前提』といったような形で、水倉神檎が己が娘に対して送り込んできた『刺客』であるところの影谷蛇之が、有益な情報を保有しているとは考えにくいことだったとはいえ――全く期待していなかったわけではなかっただけに、ぼくは無意識に、ため息をついてしまった。しかしりすかの前でそんな弱気な姿を晒《さら》すのは避けたいところだったので、ぼくはすぐに顔を起こして、「残念だったね」と、ねぎらいの言葉を口にした。

「まあ、大した情報でなくとも、何か、とっかかりだけでもありがたいというべきなんだから、この場合――」

「あ、いや、確かに期待していたほどの何かが得られなかったのは残念だったけど、でも、皆無ってわけじゃないの。望んでいたものからは少しずれちゃうかもしれないけど……」

「うん？」

「彼……影谷蛇之がお父さんから課せられていた『任務』は、例の、わたしに対する伝令、『メッセンジャー』以外に、もう一つあったらしいの」

「……？　もう一つの――任務、か」ぼくはその言葉の意味を考える。「語感としては気になるところだね。その任務ってのは、一体どういうものなんだい？」

「とある『ディスク』の管理――だとか」

ディスク――の、管理？

「と、いうか……そっちの方が、影谷蛇之の、スタンダードな『仕事』らしいの。通常任務っていうのかな。わたしに対する『メッセンジャー』っていうのは、むしろ例外的なものだったらしいの」

「確かに――あいつ、あまり戦闘向きのタイプではなかったよね。しかし『ディスク』？　随分と、突然の単語だな。何それ？　どういう種類の『ディスク』なんだ？」

「お父さんから直接に預けられた、ディ、ディスク――らしいの。CDなのかDVDなのか、あるいはMOなのかわかんないけれど、とにかく『ディスク』。内容は『知らない』って言ってた。『知らされていない』って。多分、本当だと思うの。一分弱しか『時間』がなかったわけだから、細かいことを訊《き》く暇《ひま》はなかったんだけど――でも、まあ……」

「そうだね、その通りだね。あの状況で嘘を吐く余裕は――ないだろうね」何せ、そのとき影谷蛇之が相手にしていたのは、この、今ぼくの目の前にいる、十歳の少女とは、『同じ』であっても『本質的』に違うのだ。そのとき影谷蛇之が相手にしていたのは――『赤き時の魔女』の、最終形態、完成形。無限と無限と無限の権化のようなモノだったのだから。「つまり整理すると――『内容』は『不明』だけれど、『水倉神檎』が『直接』、『預けた』『ディスク』を、影谷蛇之は持っていた――と、そういうことか」

「そうなの」

『ディスク』か……。ぼくは腕を組んで、少し考えてみる。果たして、その情報がぼくらにとって、有益な情報なのか、そうでないのか。判別は難しいところだ。『ディスク』の内容が分からないというのだから、これは仕方がない。だけど、この場合重要なのは、『ディスク』の内容よりも、その『ディスク』が水倉神檎直々のものである――という点なのかもしれない。ぼくはそこまで考えて、もう少し、りすかの話を聞いてみることにした。

「で、りすか。その『ディスク』とやらはどこに？　ひょっとして、あの、影谷蛇之の家だ、とか？　おかしいな。あの家は、確かあのあと一通り調べたはずだけど……」

「ん……。違うの、あの家じゃあないの。『ディスク』は、もっと『別の場所』に隠してあるんだって」

「隠してある、ね……。で、『別の場所』とは？」

「えっと――『片瀬記念病院』……っていうところ。そこの、病室に隠してあるんだって。経営難に陥《おちい》って、もう営業してない病院らしいんだけど。ん……」りすかは机の上から佐賀県の地図を取り出し、その場で広げて、ぼくに示した。「一応、場所だけはもう調べてあるんだけれど……、はい、この辺にあるみたい。まあ、言うなら廃墟なの」

「廃墟……ふうん。なんか『如何《いか》にも』っていうか、えらくそれっぽ過ぎるな。演出じみたものすら感じてしまう。影谷蛇之のアジト、なのかな」

「そうじゃないと思うの。あの人、アジトなんて用意するようなタイプじゃないと思うし……単純にここは、『ディスク』の『隠し場所』として、アトランダムな選択の結果、選ばれたってことだと思うの」

「ふむ」

確かに、りすかが指し示したそのポイントは、アジトとするには随分と不便そうな場所だった。病院が経営難に陥ったというのもよく分かる話だ。いや、あるいは、片瀬記念病院はありし日、一般的な病院として機能していたのではなくて、静養所みたいな性格を持っていたのかもしれない。まあ、今となってはそんなの、ぼく達に対してだけではなく、何に対しても何の関係もない、どっちでもいい話なのだろうけれど……。

「で……じゃあ、そこ、その『病院』に行けば——その『ディスク』をゲットできるっていう、そういう寸法なわけ？　そりゃあ——なんていうか、いくらなんでも都合がよ過ぎるような気がするな」

「なの」りすかは頷く。「『ディスクの管理』という役割は、影谷蛇之の他にもう一人——務めている『魔法使い』がいるということなの」

もう一人の——魔法使い。

「……ま、そんなところだろうよ」

「名前は『火住峠』——属性《パターン》は『火』。種類《カテゴリ》から先は、影谷蛇之も知らないということなの。一応同じ役割を負った『仲間』ではあったけれど、なんていうか、お互い

『一匹狼』同士だったから、干渉《かんしょう》は避けあっていた——と」

「一匹狼？　……よく言うよ、あの下種野郎」

「まあ、それでなくとも、よくあるのが、魔法使いが自分の特性を身内に対しても隠すことなの。自分の『能力』を知られるというのは、その対応策を練られるということでもあるわけだから」

「だね」そう、だからこそ、ぼくにしてみれば、それは厄介《やっかい》な話だった。相手の『能力』が分からなければ、『対応』の仕様がないのだから。「外見的特徴は？　影谷蛇之はなんか言ってなかった？」

「身の丈二メートル近くある、大男だって。厳しい顔をした、えーっと、『僕とは正反対の無骨者』だとか」

「それもまた、よく言うもんだ」ぼくは少々、呆《あき》れた思いを込めて、そう嘆息《たんそく》した。

「……つまり、もしもぼく達がその『ディスク』をゲットしたければ——その『火住峠』って魔法使いを、打破しなくてはならない——ということか」

「そういうことなの」りすかは言う。「影谷蛇之は、わたしに対する『メッセンジャー』という『任務』を遂行するにあたって、『ディスク』の管理に関しては完全にその『火住峠』に委《ゆだ》ねたらしいから——多分、今、この『病院』で『番人』の如《ごと》く構えているのが、その魔法使いなの」

「ふうん……」

『番人』ときたか。大層な言葉だ。

「以上なの」

「そっか」

「どうかな？　こんなんじゃ、役に立たない？」

「いや。あんな精神の弱い下種相手に、一分でそれだけ聞きだせりゃ、十分に御《おん》の字《じ》だろ」ぼくはりすかに右手を伸ばす。「こっちにおいで。頭を撫《な》でてあげよう」

「ん……や、別にそういうのはいいの」

やんわりと拒絶された。ぼくは肩を竦《すく》めて「冗談だよ」と言ってから、さて、これからどうしたものか、考える。うーん……この場合、問題となるのも、やっぱり『時間』になってしまうというのは、皮肉なものだ。過ぎたことをごちゃごちゃいうのは趣味ではないが、しかし、できればこの話、影谷蛇之を突破した、その直後に聞いておきたかった。既に二週間——時間は経過してしまっている。これは、残念ながら、仕方のないことだった。影谷蛇之との戦闘で出てしまった犠牲が、それだけりすかの中で尾を引いたということもあるし、また、その間、別の魔法使いとの戦闘も入ってしまったのだから、言ってしまえばそれどころではなかったのだ。しかし——悔《く》やまれるといえば、悔やまれる。直後に対応していれば、『ディスク』を入手すること自体は、非常に容易だったたろう。その、『火住峠』がどんな種類の魔法使いだったにしろ、その隙をつくことくらいは簡単だったと思う。だが——二週間。既に『火住峠』も、影谷蛇之の身に何かがあっただろうことくらいは、予想がついているはずだ。そうなれば、『火住峠』は、影谷蛇之が標的としていた『水倉神檎の娘』に対して何らかの警戒をしているだろうし、それに——『ディスク』の隠し場所を他に移しているという可能性も考えられる。自称『一匹狼』である影谷蛇之が己の任務内容をみだりに喋《しゃべ》ったりするかどうかはともかくとして——少なくとも、行動条件は二週間前とは、かなり変わってしまっている。安易《あんい》に動いてしまっていいような状況では、ない。その『ディスク』の内容も分からないというのに……ひょっとすると、それ自体がただのフェイクということもありうるではないか。フェイクというならまだしも、『罠《わな》』だったりすれば、もう泥沼だ。まあ、その辺りは——疑おうと思えばどこまでも疑えることなのだけれど。考えなしは困りものだが、考え過ぎもまた困る。

「りすか……りすかは、どうしたい？」

「ん？」考えるのはキズタカの仕事だから自分の役割はもう終わったといわんばかりに、自分の胸を押さえつけるように撫でまわしていたりすかが、意見を求められたことについて意外そうに首を傾げる。「ん……。まあ、そこまで必要だとは思わないのが、その『ディスク』自体なの。手に入ったからどうというものではないと思うし。

都合よく、その『ディスク』の内容に、『箱舟計画』云々やあるいは『水倉神檎』の情報が詰まっているとは――思えないの」

「だね。それはりすかの言う通りだ」

「でも……その『ディスク』と、あるいはその魔法使い、『火住峠』――」りすかは、左手の人差し指と中指を順番に立てて、Vサインのようなものを作る。「この二つが、お父さんに通じているというのは、これは結構重要だと思うの。影谷蛇之は何も知らなかったけど、『火住峠』は『何か』を知っているかもしれないの。あくまで『否定できない』って可能性だとしても……否定できないものは、否定できない。現状からすれば、縋《すが》るべき可能性には縋るべきだと思うの。そして、『ディスク』――それがこっちには何の役にも立たない『ディスク』だったとしても、向こうにしてみれば何らかの意味を持つというのなら、相対的には、入手する意味はあると思うの」

「うん。けれど、その『ディスク』自体が『罠』という可能性も、あるんだよ？　影谷蛇之自身が間抜けにも意識していなかったというだけで、知らされていなかっただけで、それは、水倉神檎に近付く者を炙《あぶ》り出すための『罠』であるという、そういう可能性――」

「ん……。そうなんだけど」

「前にも言ったけど、ぼくはあんまり好きじゃないんだよね……『罠』があるかもしれないところに、わざわざ飛び込んでいくってやり方は。無論、その有効性は認めた上で、だ」『罠』に飛び込んで『罠』を打ち砕けば、その先に道が出来る——今まで、何度も使ったことのある手段だ。だから、これは単純に、好みの問題なのだけれど……ぼくは、他人の思惑《おもわく》通りに動くのが、あまり得手《えて》ではないのだ。「しかし……やれやれ。どうするべきだか。……まあ、今のところ、特に取り立ててすることもないし……ん？　いや、待てよ——『火』？　属性《パターン》が『火』だって？」

「『火住峠』の？　うん、そうなの」

「『火』って——りすかの属性《パターン》の『水』からすれば、天敵じゃあないのか？　だとすれば、別に無理するような場面ではないいここで——」

「天敵とまではいかないの。決して得意な分野であるとは言えないけれど、『火』と『水』なら、拮抗《きっこう》しうるから」

「……ああ、そうか。そうだね」そりゃそうだ、考えてみれば『火』は『水』で消せるからな。「じゃあ、それは考えなくてもいいわけだ……」

水倉りすか、『赤き時の魔女』は、属性《パターン》を『水』、種類《カテゴリ》を『時間』とする、魔法使い。今のところのりすかが使用できる魔法は、己の存在、自身の内在に干渉して『時間』を操作する、具体的には己のイメージしうる『未来』にまで『時間』を『省略』できるという、運命干渉系の、いうならばかなりレアなものであって、貴重は貴重であるのだが——とにかく、応用が利かず、利便性は薄い。しかし、それ故《ゆえ》に——つまり、臨機応変さに欠けているが故に、その弱点もまた、数少ない。己の内側にしか作用しない魔法なのだから、相手側とすればそこに関与する余地がないわけだ。だから考えるべきは、敵との『相性』に絞ることができる。属性《パターン》が『火』というのは、それは好ましいことではないかもしれないが、しかし取り立てて気にするほどのことでもないらしい。「ふん」と、ぼくは一区切り入れた。どうするべきか——正直、今のところ、他に課題がないわけでもない。正体不明の『ディスク』くらいは捨て置いても構わないくらいの課題は、山積みだ。しかし——残念なことに、そちらに関しては、今のところ打つ手がない。調査結果待ち、といったところで、言ってしまえば現時点で、ぼくとりすかは手持ち無沙汰《ぶさた》になっているのだ。さて……

「そうだね。この判断は、りすかに任せるよ」

「うん？　決めちゃっていいのがわたしなの？」

「りすかが決めていい。その『ディスク』をどうしたいか。ぼくはどっちでもいいと思う。リスクもリターンも、大体、同量だ」

「これは珍しいの。キズタカが、ことの判断を他人に委ねるなんて。少なくともわたしは初めて、キズタカにそんなことを言われたの」

「ちょっとぼくも反省するところがあってね。今まで、りすかの意志っていうか、気持ちって奴を、ないがしろにし過ぎていた……ような、気がするし。まあ、指揮《しき》は今まで通りぼくが執《と》るけれど、今回に限っては、りすかにある程度、判断を任せてみようと思う。ぼくとは違った視点からものを見るってことを、やってみて欲しい」

「——ふうん」

「いうならば実験だよ——パターンの広がりって奴を模索してみようって、そういう腹さ。こういう機会でもないと、やれないことだからね。初めてなのは、単に機会がなかっただけだろ。ぼく自身は特に変わったことをやっているつもりはない。りすかに判断を委ねるということ自体、ぼくの決めたことだしね。ぼくのやることは、ぼくの決めたことだけさ。で、りすかは、どうしたい？　どうしたらいいと思う？」

「ん……」

りすかはしばらく口を尖《とが》らせて考えてから、

「どちらかといえば、『ディスク』は手に入れておくべき——だと、思うの」

と、言った。

「うん。つまり、その『ディスク』の内容はフェイクでない、重要なものであると——りすかはそう考えるわけだね？」

「それもあるけれど——けれど、それは単なる山勘《やまかん》なの。それとは別に、一応、理もあって……、えっと、今、わたし達が『あちら側』に対して持っているアドバンテージっていうのは、まだ『あちら側』にはキズタカの存在が知れていないこと――だと思うの」

「…………」

「影谷蛇之も、それにその前の魔法使いも、キズタカのことは知らなかった――お父さんと繋《つな》がりがあると思われるこの二人が、二人ともキズタカのことを知らない。つまり、『あちら側』は、こちらのことを一人だと、『魔法狩り』を水倉りすかの単独犯だと見ている――と、そう思うの」

「うん……続けて」

「と、なると……『あちら側』では、作戦を立てるとき、『罠』を作るとき、狂っていることになるのが前提なの。その『病院』に、どんな『罠』が張ってあるとしても、『火住峠』がどんな魔法使いだったところで――それが『対水倉りすか』の『作戦』で、『対水倉りすか』用の『罠』である以上、二人でなら、突破できるだけの隙はある――と、思うの」

「『ディスク』の真偽はさておいて――か」

「そういうこと。それに、やっぱり何を言っても、『火住峠』っていう魔法使いの存在も気になるところだし……どうかな？　キズタカ」

「いや、いいと思うよ」ぼくの反応を窺《うかが》うように、身を縮こまらせてみせたりすかに、ぼくはとりあえず、肯定の返事をした。「少なくともおおざっぱなところで、ぼくの意見と変わらない——ぼくは結論を保留したけれどりすかは結論を出した、違うところはそこくらいでね。うん、やっぱりりすかはお利巧さんだね。よし——」

ぼくは、傍《かたわ》らにあったりすかの帽子に手を伸ばし、つかんでりすかに放り投げた。

りすかはそれを受けとめ、きょとんとしたようにぼくを見る。

「——じゃあ、今から早速、その片瀬記念病院とやらに、行くとしよう」

「い、今から？　もう？」

「うん。行くとなったら早い方がいい。既に『二週間』経過してしまっているわけだから。ぼくが結論を保留したのは、要するにその『時間の問題』を重く捉《とら》えたが故だからね。さて……、廃墟ってことは、準備がいるな——懐中電灯くらいは持っていくか。りすか、かなり距離があるから、多分一日仕事になるけれど、予定とか大丈夫？」

帰りは『省略』が使えるとしても、りすかがそんな外れにまで行ったことがあるとは思えないので、当然『病院』の位置の座標など、りすかの中にはないだろう。「予定は大丈夫だけど……そこに至るまで、バスに乗らなくちゃ駄目《だめ》そうなの……」と、案の定りすかは憂鬱《ゆううつ》そうだった。りすかはクルマが苦手なのだ。長崎県の住人に概《おおむ》ねのところ共通する特性ではあるのだが、くだんの影谷蛇之のような例外もいるわけで、やはり個人個人の資質によるものなのだろうけれど。

「途中まで『省略』で先に行っちゃ駄目？　ここ、この辺、この辺りまでは、去年くらい、キズタカと会う前に行ったことがあるの」

「駄目。何があるか分からないから魔力はなるだけ温存しておいて。遊びでやってんじゃないんだから」

「うー……」

「そう睨《にら》むな。可愛《かわい》いお顔が台無しだよ。気が散るように、バスん中じゃあ面白い話でも聞かせてあげるさ。じゃあ、状況を開始するにあたって、優先順位を決めておこう。『ディスク』を手に入れることが第一。『火住峠』を倒すことが第二。もし条件が許すようだったら、その『火住峠』ってのは生け捕りにして、水倉神檎や『箱舟計画』についての情報を教えてもらうことにしよう――」

「期待薄なのはそれに関してなの」

「だろうね。その魔法使いは影谷蛇之と同レヴェルと見るべきだろうから……」まあ、だからこそ、その『火住峠』の優先順位を下げたわけだけれど。期待値的に考えて、その『魔法使い』よりも、まだしも『ディスク』の方にこそ、望みが持てようってものだ。ぼくは影谷蛇之の遺産である『矢』の残り本数を確認してから、クッションから立ち上がった。「無論、言うまでもなく、第一でも第二でもないプライオリティの大前提として、自分の安全を確保しておくことを考えよう。いつもそうだけれど、今回は特にね。何故なら今回は『勝負』というわけではない――遊びでこそないが余興みたいなものだ。そんなので、ぼくもりすかも、必要以上に危険に身を晒すべきではない」

「…………」

「ん？」

「…………」

「どうしたの？　無駄に沈黙しちゃってさ。ぼく、なんかおかしなこと言った？　もし何かおかしなことを言ったんだったら、訂正してくれないと」

「う、ううん。そうじゃないけど。そうじゃないけど、な、なんだか」りすかは頬《ほお》を抱えるように、両手を顔に当てた。心なし、表情がえらく弛緩《しかん》して、少しばかり頬が赤い。「なんだかキズタカが優しいの」

「え……」

「優しいような、気がするの」

りすかのその言葉に、ぼくはこの部屋に入ってからの自分の言動を思い返し、咀嚼《そしやく》し、考察し、よく考え直した末、りすかの頭を軽くはたいて、「気のせいだろ。こんなのはいつも通りだ。何の変化もない」と言った。そしてぼくとりすかは、佐賀県の外れ、片瀬記念病院跡地を目指して、コーヒーショップを後にした。そして――

「…………………………」

「…………ひうっ！」

そして、その十数時間後の現在——水倉りすかは、がたがたと、ただただ震えながら、必死な表情でぼくの右腕にしがみついていた。りすかの右手に握られている懐中電灯はあらぬ方向を照らすばかりで、特に課せられている役割を果たしていない。ぼくは自由になる左手で何とか前方を照らしているものの、何か物音がするたびにりすかが「ひうっ！」「きゃうっ！」とぼくの右腕を引っ張るので、歩きにくいったらなかった。目的の病室がある第四病棟をようやく探し当てたところで、なんとか落ち着いてきたようだが、しかしりすかは、絶対にぼくの腕を離そうとはしなかった。病棟に入るための扉は一応何枚もの板が打ち付けられ、封鎖されてはいたものの、その板自体が朽ちていて、中には簡単に這入《はい》ることができた。病棟内はかなり散らかっていた。否、散らかっているというよりは、やはり——朽ちている、というべきなのか。新陳代謝が——停止している。この場所は、完全に停止して——枯渇している。全てに、存在するものその全てに、埃《ほこり》が堆積《たいせき》している。床だけでない、天井にさえ。空気にすら——埃が堆積しているようだった。極力音を立てないように気をつけているつもりだったが、それでも、ぼく達が廊下を歩く音は、病棟内に酷く広く響く。その反響する足音の一つ一つに、りすかはいちいち「ひっ……」「きゃう……」と、敏感に反応した。

「ねえ、りすか……」

「うううううううう……」

「根本的な疑問で悪いんだけど……曲がりなりにも、仮にも、一応、……いやさ正真正銘『魔女』であるはずのりすかが、夜の病院が怖いってのは、何か不自然じゃないかい？　ほとばしるような違和感だよ」

「こ、ここ、怖くなんてないの。寒いだけなの」

「そう……寒いんだ」

「ほ、ほら、かなり薄着なのが、わたしだから」

「そうだね……言われてみれば、少し寒いよね」

もうすぐ夏休みも目前だというこの時期に、この魔法少女は一体何を言ってやがるのだろうか。今日なんて、見事なまでの熱帯夜。ぼくなんか上着を脱ぎたいくらいだというのに。……大体、こういう状況下において、より戦闘能力の高い方がより戦闘能力の低い方に頼ってしまっている、というのはどうなのだろう。ぼくの腕にしがみつくのに邪魔だからという理由で、りすかの武器であるところのカッターナイフも、腰のホルスターにしまっちゃってるし。行動原理が矛盾《むじゅん》しているとか本末が転倒しているとかいうレヴェルでなく、これではもうただの滅茶苦茶《めちゃくちゃ》である。こんなところを

『火住峠』に襲われでもしたら、かなり洒落《しゃれ》にならない。一応この第四病棟からは、魔法式も魔法陣も感じないとりすかは言っていたが、このコンディションでの判断、果たしてどこまで信用できたものだろうか。ぼくは別にどちらでもよかったのだが、こうしてみると、確かに、明日、明るくなるまで待った方がよかったのかもしれない。一刻一秒を争うとは言ったものの、その『ディスク』の重要性自体、疑わしいものではあるわけなのだから……ううん。単純なようで、複雑な問題だ。

「暗いのが苦手なの」

やがて、りすかが白状した。

「真っ暗っていうのが、もう駄目なの」

「暗所恐怖症か」ぼくは相槌《あいづち》を打つ。「先に言えよ」

「うう……」

「そこまで苦手だって分かってたら、ぼくも強制はしなかったよ。何なら今からでも明日、出直すことにするかい？」

「だ、駄目なの」

「ふうん」

「わ、わたしが、じゃなくて——キズタカが、駄目」りすかは、震えている割に、ぼくの腕に抱きついたままではあったが、しかし気丈な声で、ぼくに言う。「あ、あんまりわたしを甘やかしたら、駄目なの。わたし、甘やかしてくれる人には、甘えちゃうから。あ、甘えさせてくれるのはいいけれど、甘やかし過ぎたら、駄目」

「…………」

「大丈夫……わたしは、大丈夫なの。在賀《ありが》さんのことなら――もう、引きずっていないから。そんなに気を遣ってくれなくても大丈夫だから。大丈夫なのが、わたしだから」

「なら……いいけどね」

やれやれ――だ。やっぱり、どうにも扱いづらいな。ことはその『魔法』に限った話でなく、水倉りすかの性格や性癖の点でも、ぼくは、どうやら既にカバーし切れていないようだ。単純なようで、複雑。素朴なようで、入り組んでいる。ともあれ、そこまで言われてしまえばこちらからは付け加える言葉もない、右腕をりすかに預けたままで、ぼくは階段を探す。当初は眼が慣れたくらいのところで懐中電灯を消す予定だったのだが、りすかのこの様子では、そういうわけにはいかないだろう。多少目立ってしまうが、それは諦《あきら》めよう。している内に、二階へと続く階段を、ぼくは見つけた。すぐそばにエレベーターもあったが、さすがに動いていないだろう。こんな廃墟に未だ電気が通っているとは思えない。

「ん……キズタカ」

「どうした？」

「何か——音が」

「音？」

「悲鳴みたいな音が——聞こえた気が」

悲鳴——穏やかでない単語だ。ぼくにはそれを感知することはできなかったが、しかしりすかの眼を見れば、りすかが暗闇からの不安ゆえに推測やいい加減でものを言っていないことは理解できる。

「…………。急ごうか」

ぼくは、右腕にしがみついているりすかを、半ば引きずるような形で——その階段を昇り始めた。五階の——五〇三号室。ふん……なんだろう。なんだかしらないけれど——少しだけ、嫌な予感がする。気のせいならいいんだけれど……『火住峠』がどんな魔法使いだったところで、今回は、思い悩むに値《あたい》するような不安要素なんてまるでないのだから、嫌な予感のする余地など少しもないはずなのだが……。

「——あ」

五階についたところで、りすかは漏《も》らしかけた声を、飲み込んだ。と、同時に、ぼくの腕から離れて、懐中電灯の光を消し、ホルスターからカッターナイフを取り出す。さすが——暗闇が怖かろうとなんだろうと、水倉りすか、『赤き時の魔女』、根っこのところじゃしっかりしている。廊下の先に見える病室の一つから明かりが漏れているのを見ただけで——臨戦態勢に入った。反応が、とにかく早い。感心しながら、ぼくも同じように、懐中電灯のスイッチを切った。うん……位置的に考えて、恐らく、あそこが五〇三号室と見て、間違いないだろう。

「キズタカ……」

「うん」

五〇三号室の扉は——開け放たれている。と、いうより、元から扉など、朽ちて壊れてしまっているようだった。そこから漏れてくる光は——オレンジ色で、なんだか、揺らめいて——いる。あれは——炎の、明かり、か。炎——ほのお——『火』。ならば、あの部屋にいるのか——『火住峠』が。ふうん……予定通りとも予定外とも言いかねる、この状況——少なくともここまで『罠』らしきものはなかったわけだけれど……。『火住峠』——属性《パターン》は『火』。身の丈二メートル近い無骨者、だったか。扉からの光が、ゆらゆらと揺らめく。部屋の中を移動——しているのだろうか？　少なくとも、こちらに気付いている様子はない……。となると、こういう場合の定石は、『先手必勝』と言ったところだろうか。これくらいの距離になれば、もう大体の座標はつかめるから、りすかはあの病室の中に、一気に『省略』することも可能で、となれば不意打ちもできなくはないが——できれば、その魔法使い、『火住峠』の話も聞いておきたいところだな。この分なら、『ディスク』があの病室にあるだろうのは、間違いないだろうし……。

「よし。行くぞ、りすか」

「うん。行こう、キズタカ」りすかはカッターナイフで、手袋の上から、左手の手のひらを傷つけた。とろり、と赤い血が、その傷口から流れる。「オーケーなのがいつでもなの」

りすかの身体を流れる血液は――水倉神檎によって織り込まれている魔法式。魔力がそのまま、織り込まれていると理解していい。それにより彼女は、魔法を発動するに当たってかなりの手間を省くことができる――ほとんどの場合、呪文の詠唱《えいしょう》すらなしで、りすかは魔法を発動することができる――ほんの十数メートル程度のこの距離なら、余裕だろう。少なくとも、りすかは既に、その『不意打ち案』で行こうとしているようだった。しかしぼくは「部屋には普通に入ろう」と言う。

「合図するまで――攻撃はしないで」

「……随分とまた、慎重《しんちょう》なの」

「何があるかわかんないからね」

そう……やはり、さっきから――嫌な予感が、する。迂闊《うかつ》に飛び込んでは、いけない気がする。『気がする』なんて、全く論理を無視した話ではあるが、そういうより他に表現がない。ぼくは、りすかにやや先行する形で、その五〇三号室へと、足を進めた。勿論、懐中電灯は灯さない。スイッチを切ったままだ。りすかはぼくの後ろに、同じペースで続く。これはスタンダードな、ぼくらの手法だった。ぼくが前衛、りすかが後衛。このフォーメーションならば、『敵』、今回の場合なら『火住峠』が、たとえどんな攻撃を仕掛けてこようとも最初にそれを喰《く》らうのはぼくであって、りすかはその、ぼくが攻撃を喰らっている僅かな時間をついて――『省略』の魔法を使える。その辺りのことは、今更《いまさら》指示を出すまでもなく、お互い呼吸でわかっている。影谷蛇之との戦闘の際は、そのとき選んだ戦略上、りすかが先行しなければならなかったために、予期せぬ齟齬《そご》が生じてしまったが……その反省は生かされている。だから、今回は『いつも通り』のフォーメーション。どんな攻撃でも――まず、ぼくが受け切ってみせる。そのことに関しても、恐怖はない。ぼくがどんな種類の負傷をしたところで、りすかに『同着』してもらえれば、治癒《ちゆ》可能なのだから。

「とはいえ――頭にだけは気をつけてね」

りすかが背後から言う。それは、その通り。聞きようによってはえらく失礼にも思えるその老婆心は、非常に的を射たものだった。この一年間の『魔法狩り』の末――ぼくの身体の半分以上は、既にりすかの部品と化している。りすかの部品――りすかの血液。ぼくとりすかは、なんというか、簡単に言えば非常に『相性』がいいらしいのだ。本来ならばりすかの魔法は己の内在にしか作用しないのだが、『相性』のよい

ぼくに対しては、血液を『同着』させることによって、魔法の効能を顕現《けんげん》させること

が可能なのだそうだ。だからぼくは、腕がもげてもその腕を、脚《あし》がもげてもその脚を、心臓を貫《つらぬ》かれてもその心臓を——りすかの『血液』で補うことができる。しかし、『頭』だけは例外だ。頭部だけは——りすかの血液をもってしても、『再生』できない。いや、正確にいうならば、『再生』することそれ自体は『腕』や『脚』や『心臓』を組み直すのと同じようにできるのだが、それでは全く『別物』になってしまう——そうだ。指揮系統が変わったら全てが違う存在と化してしまう、ということだろう。

無論、多少の損傷ならば修復も可能だが、『完全に破壊』されてしまうと、もう駄目、ということらしい。身体の方に関しては、既に『半分以上』なので、今更大事にしようって気はぼくにはないのだが、さすがにぼくの意志そのものだけは、どんな最悪の場合でも『確保』しておかなくてはならないので——りすかのその言葉は、何度言われても言われたりないほどに、重要な注意事項なのだった。……しかし、身体の半分以上が自分のものではないというくらいならまだしも、その半分以上が『りすかそのもの』であるという事実は、結構思うところが、ないでもない。人によれば、ぼくの身体からりすかの『匂い』を嗅ぎ取ることも可能だというし……その辺は、何らかの対策を練らなくてはならないところなのだが。そんなことを考えている内に、五〇三号室に、ぼくとりすかは、到達した。

「――あらら」

その病室……五〇三号室は――それだけで、一枚の画《え》として完成されていた。少なくともこのぼく、供犠創貴は――そう思った。まずは、そのシチュエーション。病室という――シチュエーション。朽ちた病室という、シチュエーション。ベッドが六つ。左右に分かれて、三つずつ。スプリングが飛び出していたり、そうでなくとも酷く汚れていたり、廃墟のその名に相応《ふさわ》しい。向こうに見える窓ガラスは当然の如く割れていて、フレームだけが残っている。フレームに備え付けられている堅牢《けんろう》な鍵が、やけに無意味で、やけに無様《ぶざま》だ。元は純白だったのだろう土色の、ずたぼろの、歪《ゆが》んだレールに引っかかっているとしか見えないカーテンが、窓からの風にはためいている。そしてリノリウムの床には――ひび割れた、リノリウムの床には、血。血。血。赤い――血。血の、水たまりが。真っ赤な真っ赤な、水たまりが。その水たまりの中心に――生首があった。苦悶《くもん》の表情が刻まれた、男の、生首――生首が、一つ。一個の生首――しかし血の水たまり、血だまりの、真の中心にあるのはその生首ではなく――その生首を、軽く、如何にもどうでもよさげに踏みつけている――鴉《からす》の翼のような艶《つや》のある黒髪をした、端正な顔立ちの、少女だった。……この病室の、この五〇三号室の、この画の中心に描かれているのは——間違いなく、その少女だった。

「これは——これは。いやはやなんとも面白い」

少女は、袖《そで》のないシャツに長ズボンというスタイルだった——それぞれにたっぷりドレープがあしらわれていて、まるでだぼだぼだ。あまりにだぼだぼ過ぎて、まるで服に着られているような、そんな印象すら受けた。そのだぼだぼの上に羽織《はお》るように、少女は黒いマントを纏《まと》っている。剝《む》き出しの腕は、透き通るように白い。少女は、その腕の先、手袋の右手に——黒い蠟燭《ろうそく》を立てた、燭台を持っていた。蠟燭の先では、火が——炎が揺らめいている。さっき廊下から窺えた光は——この蠟燭のものらしい。そして——反対側の、同じく手袋の左手に、少女は——一枚のディスクを——ケースに収められた円盤状のディスクを、持っていた。汚いものでも触るかのように——端っこをつまんで、少女は、確かに、『ディスク』を所有していた。しかし、そんなことすら——足下の生首ですら、左手の『ディスク』ですら、この少女を飾るガジェットとしては、ことのついで程度のものでしかなかった。

「面白い——偶然だわ」

「…………っ」

ぼくを、供犠創貴を何よりも絶句させたのは——少女の額で、牙を剝き出しに存在している、大きな口だった。この少女……額にもう一つ、口がある。

「あ……あなた――」ぼくの後ろで、身を乗り出すようにして、りすかが、震え気味の声で言う。「あなた――が、『火住峠』……さん？」

そんなわけはない。影谷蛇之の話によれば『火住峠』は身の丈二メートル近い大男のはず。目の前の少女は、どう見ても、ぼくやりすかと同程度の身長体格しか有していない。案の定、少女はゆるりと――首を振る。それから、ふと思いついたように、

「ああ」

と――言い、

「この恐るべき雑魚《ざこ》の名前だったかしら――それ」

足下の生首を一瞥《いちべつ》し、ぐい、と、転がす。

「私はツナギ――元人間の、魔法使いよ」

少女は額《ひたい》の口で、ぼく達に、自己紹介をした。

★　★

確率を操作する魔法使い――という、とんでもない存在を、ぼくは知っている。りすかの時間操作と同じく、それは運命干渉系の魔法ではあるのだが、仮にその魔法を使いこなせる魔法使いを敵に回してしまったとき、それは酷く厄介な相手となる。何

故なら――『偶然』というものに対して、人は対応しきれないからだ。ありとあらゆる選択肢を考慮して、そのたびいつも最良の選択肢を選ぶように心がけていたところで、結果として最悪の終末に至ってしまう、そんな人生もあるだろう。その結果に対して「どうして？　ちゃんとやったはずなのに――どうして？」と疑問を覚えることもあるだろうが、そんな問いに対する答は決まっている――「めぐり合わせが悪かったんだ」、もっと端的に言えば、「ついてなかったね」。そう――世界というのは、最善を尽くしてなお、最善に足りない。あらゆる可能性を考えたところで、そこから嫌らしく漏れ出てしまうのが、『偶然』というものだ。本来ならば、という考え方が恣《し》意《い》的だというならば、『順当に考えて』、ぼくとりすかは、ここ、片瀬記念病院において――魔法使い、『火住峠』と、向かい合うことになっていただろう。そして、元人間だという、この魔法使い――少女、ツナギと出会うことは、なかったはずだ。ほんの少し出発が早かった、ほんの少し出発が遅かった、それだけのことで、少なくとも、この少女との邂逅《かいこう》は、回避できたはずだ。そしてそれはあちら側、少女、ツナギにしても同じこと――彼女にしてみれば、『火住峠』を生首だけの存在に落としたところで、あとはここを立ち去るだけ――だったのだろう。その展開に、ぼくとりすかの入り込む余地はない。――しかし、このぼく、供犠創貴と、『赤き時の魔女』水倉りすか、そして――元人間の魔法使い、ツナギは――片瀬記念病院第四病棟五〇三号室で――出会った。この偶然を生み出したのは――そんな要素が仮にあるとするならば、それは、恐らく、今、ツナギの左手にある――一枚の、ディスク。それだけだ。ぼくは、ぎしぎしと、軋《きし》みの音をあげている、ツナギの、二つの大きな瞳の上にある『口』に……眼を釘《くぎ》づけにされたまま――そう思った。『口』――といっても、唇《くちびる》はない。目立つのは、まず、鋭い、肉食動物のそれのような――牙《きば》だ。牙がずらりと、十八本、額に並んでいて――そしてその牙の向こうに、虚空《こくう》が覗いている。虚空から、やけに赤い、やけに長い、生理的嫌悪《けんお》を催《もよお》すような、蛇のような舌が見え隠れしていて――その意味では、少女の、通常の位置――顔の下部、鼻の下、顎《あご》のところにある、薄い唇で彩られたその口と、額にある口は、まるで種類が違うものだ。額にある口は、まるで獣のような――まるで魔物のような、そんな印象だ。しかし、少女――ツナギは通常の位置の口は頑《かたく》なに閉じたまま、額にある口で――ぼくとりすかに向けた、言葉を続ける。

「ツナギ――それが私の名前。元人間の、私の名前よ」がしゃがしゃと、牙同士が擦れ合う音と共に――ツナギは声を繋《つな》ぐ。「きみ達は――生まれついての魔法使い、なのかしら？　この雑魚同様に」

「……………」

「……………」

ぼくとりすかは——二の句が継げない。この状況に、少なからず——ぼく達は、動揺していた。そうだ、当たり前だ、こんな状況——完全に、想定外だ。『火住峠』を相手にすることは考えていた——あるいは、『火住峠』が、仲間を呼んでいる可能性、それに、この病院跡に『罠』を張っている可能性は考えていた——しかし、これは、一体、どういうことだ？　その『火住峠』が……生首になって、この五〇三号室に、転がって、額に口のある少女に踏みつけられているという、この状況は……。ツナギ——魔法使い。元人間、といったか？　じゃあ——どうだろう、水倉神檎とは、関係ないのか？　しかし、関係ないと判断するには——彼女は、『ディスク』を手にしている……

「この『ディスク』を求めて来た——とか。ふむ」ツナギは大袈裟に腕を組んで、見ようによっては演出過剰な感じで、何度も頷いてみせる。「察するところ、きみ達は私とは別ルートを使って——この『ディスク』に辿り着いたと、いうことみたいね」

「…………」

「名前を——聞きたいわ。きみ達の名前を」

額の口で——ツナギは喋り続ける。この邂逅は、どうやら彼女にしたところで予定外の事態ではあるらしいが——しかし、先に冷静になったのは、ぼく達よりも彼女のようだった。主導権を、握られて——いる。

「名乗る前に、まずは一つだけ——訊こう」ぼくは、握られた主導権を奪い返すために、質問に対し質問で答える。「きみは——水倉神檎の味方か？　それとも、水倉神檎の敵か？」

「敵よ」

ツナギは、至極《しごく》簡単に即答した。

「こちらからすれば、敵というより仇《かたき》——なのかしらね」自分で言って気分が高ぶったのか、ツナギは、乱暴に、足下の生首——『火住峠』の残骸を、踏みつけた。「きみは？　きみ達は……どうなのかしら？　水倉神檎の味方？　それとも——敵？」

「……あらぬ誤解を避けるために先に言っておけば——ぼく達も、水倉神檎の——『敵』だ」少なくとも、今のところは——そういって、間違いではない。「ぼくは供犠創貴……そして、後ろの彼女は、水倉りすか、だ」

「——みずくら？」

「だから誤解しないで欲しい——彼女は、まあ……水倉神檎の『関係者』ではあるけれど、彼の手下、というわけではない」

「……ふうん」

ツナギは、そばのベッドの上に、『ディスク』と、黒い蠟燭の載った燭台を、置いた。さりげない動作ではあったが、しかしその意味は——両手を自由にすることにあった。

ったのだと、そう思う。

「いいでしょう……信用するわ」

「ああ……それならこっちも、信用しよう」

明らかに、互いの間に信用はなかった。両手を自由にしたのはぼくらに対し警戒態勢に入ったことを意味するのだろうし、対するぼくにしたって、背中に回した手の中に、影谷蛇之の遺産であるところの、『固定』の魔法陣が刻まれた、例の『矢』を二本、用意している。後ろにいるりすかには、当然その『矢』が見えているだろうから――りすかも、合図があればいつでも『省略』ができるよう、準備していることだろう。その程度なら、アイコンタクトすら必要ない。

「ふうん……私以外にもいたのね。水倉神檎に仇《あだ》なそうなんていう、酔狂な輩《やから》が。と ち狂った――魔法使いが。しかも――二人ときている。面白いわ」

「それはこっちの台詞だよ……しかし、まあ……どうだろう、意外ってほどでも……ないのか」

考えてみれば、水倉神檎が『城門』のこちら側でやっていることを思えば――敵がどれだけ多くても、驚くには値しないと言うべきなのかもしれない。少なくとも、恨《うら》まれては――いるだろう。彼は――魔法使いからも人間からも、共に唾棄《だき》されるべき立場にいるのだから。……まあ、正確にいえば、りすかは、純粋に水倉神檎という

『父親』を探しているのであって——厳密には敵対しているわけではないのだが、その辺は、方便という奴だ。ふん。しかし——やれやれ。面倒なことになった。ここら辺で——ようやく、ぼくも冷静になってきた。少し時間がかかってしまったが——さて、どうする。こんな偶然は、ぼくにしてみれば想定外……。まさか、こうもハプニング的に、ぼくらと同じ立場の、水倉神檎の『敵』と遭遇することになろうとは……。『敵』と遭遇するくらいのことは日常的に想定していても、偶然にも『敵の敵』と遭遇するというのは、まさかという感じだ。そして重要なのは——『敵の敵』とは、決して味方ではない、ということである。敵——敵の敵、か。

「仇といったが——恨み、か」

「そこまで話す義理はないと思うわ。それより——」ツナギは、相変わらず額の口でいう。通常の口は——ひょっとすると、使用できないのかもしれない。「もしも警戒心を持っているようなら気をつけた方がいいわ。この雑魚の他にもう一人——この『ディスク』の管理人がいるはずだから。えっと、確か……影谷蛇之、とかいう」

「そいつなら——ぼく達が倒したよ」

「……そうなの？」

「だから——ぼく達はここにいる」

するとツナギは、そうか、それがきみ達の使った別ルートってわけなのね、と、納得したように頷いた。別ルートというなら――このツナギも、ぼく達から見れば、別ルートを使って……この『ディスク』に至ったというわけか。どういうルートが他にあったのか、正直見当もつかないが……影谷蛇之の側でなく、『火住峠』の側から、辿ったということなのだろうか。しかし――と、ぼくはちらりと、ツナギが踏みつけたままの、『火住峠』の生首を見遣る。同じ役割を負っていた以上――影谷蛇之と『火住峠』は、同程度の魔法使いだったはず……。それを『雑魚』と言い放ち、実際、足蹴にしてしまっている、この額で喋る少女――相当、ヤバい。ヤバいものを――感じる。こんな近い距離で、言葉を交したい相手ではない。しかし――『別ルート』か。……それなら、そう、そうだというなら――訊いておきたいことがあった。

「ツナギ――年齢も同じくらいのようだし、呼び捨てにさせてもらうよ。ツナギ、きみはその『ディスク』の中身を――知っているのかい？」

「……まるできみは知っているような口ぶりね。えっと……ごめんなさい、私、人の名前を覚えるの、苦手なのよ――名前、なんだっけ？」

二度目のその質問に、ぼくは無意識の苛立《いらだ》ちを隠せずに舌打ちして、それからツナギを睨みつけ、低い声で答えた。

「供犠創貴――供犠創貴だ。供犠創貴。二度と――ぼくの名前を忘れるな」

「……そんなに怒ることないじゃない。クールそうな割に、随分気難しい子なのね……じゃあ、創貴くん。なんだったら教えてもらえるかしら――この『ディスク』の中身」

「…………」

「知らないみたいね」

「きみはどうなのさ」

「私はこれから――調べるのよ」『ぎぎぎぎぎぎぎぎっ、、、、、、、、』――と、額の口が、不機嫌そうに、歯軋《はぎし》りをした。「おうちに持って帰って、ゆっくりとね」

「それは困るな……その『ディスク』はぼく達の『目的』でもあるんだ……おうちに持って帰られちゃあ困る」

「ふうん」

ツナギは困ったように首を傾げる。

「『ディスク』が欲しい――と？」

「そう――なるね」

「私が調べた後なら――譲《ゆず》るけど？」

「そこまで――信用できない」

「信用できない――とは？」

「きみは本当は水倉神檎の手下かも――しれない」

「ふうん——だとすると？」

「きみは『ディスク』を回収したいだけ——かも」

「なら——どうしろと？」

「ぼくの後でなら——好きなだけ調べてもいい」

「そこまで——信用しろと？」

「無理な相談——かな」

「無理な相談——だわ」

さて——どうしよう。ディスクは一枚、割るわけにも行かず——さりとて、譲り合いの精神など、お互いに持ち合わせておらず。ふん。やれやれ。所詮敵の敵は——敵か。思わぬアクシデントで少々予定が狂ってしまったようだが——しかし、これで、軌道は修正できた。基本姿勢を、基本姿勢のままに、貫ける。目的の優先順位は、何も変わっちゃいない——関与してきた偶然による不確定要素など、ただ単純に無視してしまえば、それでいい、それで全てが解決する——

「縊《くび》り殺せ、りすか」

次の瞬間——ではない、次の『時間』、りすかは、ぼくの背後から消えた——いや、これも違う、消えたのではない、ツナギの間近にまで、移動した。『消えた』のは、そのために必要だった、経過した『時間』の方だ——それが水倉りすかの魔法。『時間』を『省略』してしまう、運命干渉系の魔法。たとえ、そう、たとえツナギが、どんな種類の魔法使いであったところで、その速度がりすかに追いつくことはない——身体を流れるその血液の全てに魔法式が刻まれている水倉りすか、ただでさえ呪文の詠唱を必要としない水倉りすかが使う魔法が、こともあろうか、他でもない『時間』なのだ——追いつけるはずがない。りすかはその右手に、カッターナイフを構えている。一閃——その刃が、ツナギの右腕を襲う。避けられない。反応速度が間に合わない。周囲の空気ごと、ツナギの二の腕に、深い傷が刻まれた。刻まれた瞬間、既にりすかはそこにいない。反撃する暇などありえない——それすらも『省略』されている。既にりすかは、ツナギの背後、ツナギの手の届かない位置に、着地し、そしてこちらを振り向いたその後——だった。

「………………!　な…………」

ツナギはこの一連の現象に——全く、反応できずにいた。全てが終わってようやく、己の腕に刻まれた傷に、気付いたようだった。はっとしたように、慌てて背後のりすかを振り返ろうとしたが——

「——っ!」

──動けない。

「う……動けない……？　動けない、だって？　身動きが全く取れない、だって

……？　な、何よ、なんなのよ、これ──」

「さっき名前が出た──影谷蛇之の魔法だよ」

ぼくは手の内に残った方の『矢』を、彼女に示してみせる。それから──彼女から

すれば視線の向いている、眼球の『固定』されている方向が違うので、ひょっとした

ら視界に入っていないかもしれないが──ツナギの影に刺さっている、一本の『矢』

を指差した。

「属性《パターン》は『光』、種類《カテゴリ》は『操作』──『物体操作』。その顕現《モーメント》は、『固定』。対象とな

る物体に生じた影に、この魔法陣が刻まれた『矢』を突き刺すことによって──『影《かげ》

縫《ぬ》い』、その対象を『固定』する。きみの動きは封じさせてもらったよ──ツナギ。

今やきみは、『喋る』以外の動作の全てを、封じられた」

「ふ、うん──成程」額の口が──足掻《あが》くように動く。「成程……身動きが取れない

……力も、入らないわ……」

「ちなみにさっきのは冗談。殺したりはしないよ」

冗談というか──りすかに対して出した、ただの合図だ。『縊り殺せ』というの

は、カッターナイフで、どこか、命に支障のない、腕だか脚だか辺りを傷つけて、そ

の隙をついて、影谷蛇之の『矢』をぼくが投げるという——そういうコンビネーションの、切っ掛けの合図。他にも『切り刻め』やら『破いて壊せ』やら『陵辱《りょうじょく》しろ』やら、切っ掛けの合図となる言葉は多々、用意してある。ぼくもりすかも頭の回転は速い方なので、それくらいは簡単に暗記している。まあ、手品や奇術なんかで使用される、基本的なテクニックだ。ぼくがツナギの影を目掛けて投げた『矢』は、見事、彼女の影の左腕の部分に、命中していた。彼女の影を——縫いつけていた。

「お見舞いされちゃったわけね——病院だけに、面白い。けれど……りすかちゃん、だっけ？ あなたの『魔法』は、大体のところ理解できたわ——」動けないままに、しかし、ツナギは言葉を続ける。「多分、運命干渉系の——『時間』の『操作』なのね……しかし、それは重要ではない……それは、ただの『速度』の問題だわ……重要なのは、その魔法に至るまでの速度——『速度』に至るまでの『速度』。呪文の詠唱を一切せずに、運命に干渉するなんて……滅茶苦茶。そう……そうなのね、りすかちゃん、あなた——肉体自体に、魔法式を仕込んでいる——のね？ 確か、『血』を流していた——となると、血液に魔法式を仕込んでいるわけだ。面白い——」

「…………」

これにはさすがに、りすかが驚いたように眼を瞠《みは》って唖然《あぜん》とする。当たり前だ、ぼくも驚いた。あのわずか、一瞬ともいえない一合だけで、そこまで見切るとは——これは、『魔法』がどうとか、そういう問題ではない。恐らく――経験。数多くの魔法使いを実際に見て知っているからこそ、そのパターンを、わずかな動作からも読み取れるという――経験値。キャリアだ。この魔法使い――ツナギ、ぼくとそんなに変わらない年齢に見えるのに、そこまで経験を積んでいる――というのか？

「見た目通りの年齢だと思わないで欲しいわね――これでも、長崎県がまだ『魔法の王国』じゃなかった頃から――私は生きてるんだから」

「――――っ!?」

「ハッタリなの、キズタカ。取り乱さないで」ツナギの言葉に虚を突かれた形のぼくに対し――りすかは、『魔法の王国』、長崎県の第二魔道市・森屋敷《もりやしき》市出身の魔法使い――水倉りすかは、既に冷静さを取り戻していた。「それが本当だったら、その子、最低でも四百歳以上ってことになっちゃうの。馬鹿馬鹿しい」

「ふうん――馬鹿馬鹿しい、ね。それは荒唐無稽《こうとうむけい》という意味かしら？　じゃあ訊くけれど、りすかちゃん――水倉神檎は一体何歳なのかしらね？」

「……それは――」りすかも、そこで、言葉に詰まる。「でも……あなたは少なくとも『元人間』なんでしょう？　『元人間』が――『不死』や『不老』、あるいは『不滅』の種類《カテゴリ》を得られることは、法学的に前例がない。だから、あなたが『元人間』なら、たとえどんな魔法を使えるとしても――そんな長生きできる理由なんて……ないの。ありえないの」

「ありえない、ねえ——」

「大体、額にもう一つ口があるっていうのが、あなたの『魔法』なの？ だったらそれは推察するに『直接攻撃型』——運命干渉系ではない」さっきのお返しとばかりに、りすかは、ツナギの魔法の、分析を披露《ひろう》する。「そして、ついでにいえば、あなたの魔法、それがどれほどの戦闘力を有していたとしても——もう封じたの」りすかは、この話題はこれでおしまいとばかりに、強く語尾を切って、「キズタカ。もう帰ろう」と、ぼくに向かっていった。

「ん……。えっと、ツナギさん。悪いけれど、そういうわけで、その『ディスク』はわたし達が頂戴《ちょうだい》して行きます——元々そういう予定だったので、すみません。あなたにも都合はあるでしょうけれど、わたし達にも理由があるんです。またどこかでお会いする機会があれば、この埋め合わせはしたいと思います。今回は、譲っておいてください。あと……斬りつけちゃって御免なさい。特別なカッターナイフですから、適切な処置さえすれば、傷跡は残らないと思いますので——」

「うん？ この——傷のことかしら？」額の口が——にたりと笑った。「気にすることはないのよ——痛くも痒くもないんだから」

途端——その、ツナギの右腕の、二の腕の、傷口の、皮膚が——変形した。変形

——いや、そんな生易《なまやさ》しい表現では追いつかない。変形じゃない、それは、変成。いや——変態だ。皮膚《ひふ》が蠢《うごめ》いて——蠢いて蠢いて蠢いて——高質化し、硬質化し、別のモノへと——作り変えられていく。馬鹿な——『矢』で動きは封じているはずなのに？皮膚が蠢いて——蠢いて蠢いて蠢いて……。あれは——『牙』！りすかのカッターナイフでつけられた『傷』の周囲に——牙が生えてくる！十八本、傷を覆いつくすように、十八本の鋭い牙が——大きく口を開いた！

「え……えええ？」

りすかが——呆然と、ある種呆れ果てたような、声を漏らす。カッターナイフを持つ手が——震えている。それはそうだ——己がつけた、己が斬りつけた傷口が——牙の鋭い『口』へと変貌したというのだから、まるで悪夢だ。傷口が消滅し——牙口に。当然、傷でなくなったソコからは——血の一滴も流れ出ない。血の一滴も。いやそもそも——最初から、血液など、ツナギからは流れていなかった——『べろり』と、彼女の右腕にできた、三つ目の口が、舌なめずりをした。

「そして——この『影縫い』か」ツナギは、試験の問題を最初から順番に解いていく几帳面《きちょうめん》な受験生のような、事務的な口調で——言う。「『固定』能力——しかし、『喋る』ことだけはできる——『口』を動かすことができる。ふふ——きみ達がどれくらい、その『影谷蛇之』っていうのに苦戦したかは知らないけれど——苦戦したからこそ、『ディスク』が欲しいってのもあるんだろうけれど――その魔法使いは、私にとっては雑魚以下ね。『口』が動かせるってんだったら――私は固定されていないのと何も変わらないわ！」

彼女が見得を切ると同時に――ツナギの左腕の肘に、罅が入った。罅《ひび》――まさに罅だ。色白いその肌に、蠟細工《ろうざいく》のようなその肌に、罅が――そしてその直後、さっきの傷口と同じように――その周囲の皮膚が変質、変成、変態する。牙が――牙が。十八本の牙が。

「馬鹿な――そんな、馬鹿馬鹿しい――」

馬鹿馬鹿しくも――四つ目の口が、彼女の左肘の外側に、成立する。

「『固定』されても『口』は動かせる――ならば」

そして、その口が――大きく開かれた。長い長い舌が見える。ツナギの左腕が、それによって――あらぬ方向へと曲がる。通常の関節とは逆の方向に、曲がる。『がががががががががががっ！』と、その四つ目の口が、怒鳴り声をあげた。笑った――ように思えた。左腕の四つ目の口だけでない、右腕の三つ目の口も――同じように笑う。

「これで――自由ってわけ」

『矢』が――ツナギの影から、外れた。故に――ツナギは、自由になる。『固定』から、解放される。その証拠に、彼女は、ぼくに——一歩、近寄ってきた。ぼくは、一歩下がってツナギから逃げる——こともできない。『固定』されているわけでもないのに、その迫力に、みじろぎできなかった。なんて、滅茶苦茶な……。左肘に『口』を生じさせることによって——その『口』の動きによって、『影』の形を強引に変えたのだ。なんて——攻略法だ。どうまかり間違えても、この魔法使い、ツナギ以外には使用できない、『影の王国』に対する攻略法——まるで、法外だ。

「ところで——りすかちゃん。りすかちゃん」ツナギは首だけ振り向いて、りすかの方に視線をやる。口は四つになったが、喋るのは相変わらず、額の口だった。「『額にもう一つ口があるのが私の魔法か』——と言ったわね？」

「………っ」

「ならば見せてあげるわ、私の魔法——」そういってツナギは——両手で、印を組んだ。それは——『魔法式』の印！「——ぱらだしらかれわ　ぱらだしらかれわ・だしらえ　だしたえ・くるえくるえ　いすたむ・かい・らい・まい・とすいま　らると・たふ・らふ・あふ・いらど・えい——」

呪文の——詠唱！　いや、しかし……なんだ、このリズムは!?　今まで聞いたこともない、呪文のリズムだ——基本を全く無視している！　こんな、こんな呪文——今まで聞いたこともない！　ぼくだけでなく、りすかも、同じ魔法使いであるはずの、しかも、魔道市出身の魔法使いであるところの水倉りすかも――その思いは同じようで、戸惑いを全く隠さない表情を、浮かべていた。こんな未知の呪文……いや、そうじゃない。強《し》いて、強いて似たような呪文系統をあげるなら、それは――あの。りすかの切り札の、あの呪文に、似ていなくも――！　そんな周囲の混乱を無視したまま――詠唱は続く。続けられる。額の口が。口が口が口が。

「むが・むが・たふぁ・むとたい　らとたい・ほまろのし　じうねき　まじきおしくいて・ぼりくつ　ほり・すくじ・すえーど　すえーす・ろじ・やどれ　やどり・らうぼ　いらむ　ねれいさ――」

「――しるど！」

途端――ツナギの肉体が収縮したように見えた。しかしそれはただの錯覚だ。正確には、彼女の着ていた服が、だぼだぼに着ていたその服が絞り込まれただけだ。絞り込まれた――否、内側から引っ張られたように。ノースリーブのシャツも、長いズボンも、そしてマントも、内側から引っ張られたように、収縮した。そして次の瞬間に、それらの衣類が――びりびりに引き裂かれる。内側から、引き裂かれる。まるで理解不能のその現象には、引き裂かれた服の隙間から覗く、彼女の『肉体』が説明をつける——服の下から覗いた、ツナギの肌には——口があった。大きな、牙の生えた口が。獣のような——魔物のような。邪悪さを剥き出しに、凶悪を剥き出しに、食欲を剥き出しに、貪欲《どんよく》を剥き出しにした——十八本の牙を従えた、口が。舌が。牙が。一つじゃない、二つじゃない、三つじゃない、四つじゃない、そんなものじゃない。数え切れない牙が——牙が。牙が牙牙！　数え切れない舌が——舌が。舌が舌舌！　数え切れない口が——口が。口が口口口■■■

■■——五百十二個の口が！

「『身体中に五百十二の口がある』——それが私の魔法」そして——ツナギは、額の口で、笑った。身体中の口で、笑った。笑っていないのは鼻の下にある、唇のある、頑なに閉じられた口だけだった。「属性《パターン》は『肉』、種類《カテゴリ》は『分解』——お気に召していただけたかしら」

着ていた服で——原形をとどめているのは、マントと手袋くらいだ。シャツもズボンも靴すらも、ぼろぼろになって——布切れ程度としてしか、その存在を残していない。小さな、幼い身体の、そのほとんどが、肌を晒している。晒された肌のほとんどに——口がある。牙の生えた、長い舌を持つ口が——がしゃがしゃと、開いたり閉じたりしている。全身という全身に口を持つ、その少女の姿は——あまりにも醜《みにく》く、あまりにも美しかった。あまりにも禍々《まがまが》しく——あまりにも神々《こうごう》しかった。

「ただし……」少しだけ、憂鬱そうな口調で、ツナギは言った。「この姿になるとやけにおなかがすくのよね——ちょっと失礼」

ツナギは足下に手を伸ばして——『火住峠』の生首を、左手でつかんだ。ばりぼり、と、音がする。骨が砕けるような音——違う、これは、食事の音。ツナギの黒い手袋——その手袋の手のひらにも、牙の鋭い、口があった。その口が、生首を——生首を、喰っているのだ。ばりぼりと。ばりぼりと。生首を、貪っているのだ。ばりぼりと。ばりぼりと。

「……いただきます」

そしてツナギは、腹部にある、ひときわ大きな、ひときわ邪悪そうな、ひときわ凶悪そうな口に——その生首を押し込んだ。牙が、生首を、砕く。潰れたその形が、咀嚼する過程で——見える。思わず、眼を背けたくなるような、光景。それもつかの間、腹部の口は閉じて、『ごっくん』と、『火住峠』の——とうとうぼくには、どんな魔法を使うのか分からないままで終わってしまった、属性《パターン》『火』の魔法使いの——生首を、飲み込んだ。そして理解する。病室の、五〇三号室の、リノリウムの床を、水たまりのように濡らしている血の、意味。これは——ツナギの、食事の跡だ。

「き——キズタカ！　逃げるのっ！」

りすかが——唐突に、叫んだ。

「この子——この魔法使い！　わたしの天敵だ！」

五〇三号室内の全員が——その声を契機に、次の行動を開始した。水倉りすかは、右腕の手錠《てじょう》、そのリングの片方を外し——カッターナイフで己の右手を傷つける。ツナギは、りすかではなく、まず近くにいるぼくへと、その手を伸ばしてきた。手のひらの口が大きく開き、牙がわさわさと蠢いている。飢えているように。ぼくを喰らわんと——手のひらの中で、大きく、その食欲を剥き出しに蠢いている。ぼくは、そのツナギの腕をかわすように、左前方へと跳ぶ。脇を抜けよう——なんて、虫のいいことは考えない。こんな、全身が凶器、全身が狂気みたいな魔法使いを相手に、脇を通り抜けるなんて行動、それだけで危険だ。もっと大きく——迂回しなければならない。そして、その上で『時間』を省略する——

「……ぐぅっ！」

ツナギの腕を――かわし切れなかった。反射的に防御に出してしまった左腕の、小指の付け根辺りを――持っていかれた。鋭い痛み。鋭過ぎる痛み。血が、流れる。構わない――かすり傷だ。そう思え。この程度の傷ならば、むしろ好都合ともいえるくらいだ。ぼくは、左側に三つ並んだ内の真ん中のベッド、その上に飛び乗った。そして、そのベッドのスプリングを利用して――一気に、りすかのところにまで、跳躍《ちょうやく》する。

「キズタカっ！」

りすかに向けて伸ばしたぼくの左手――傷のついたぼくの左手を、既に自分のカッターナイフによって傷つけているりすかの右手が、迎えて、指を絡《から》めて、組む。りすかの手錠の片側のリングが――ぼくの左手首に、かしゃり、と嵌《はま》った。傷口同士を接させて、血液を『同着』させる。りすかの『省略』はあくまでりすかの内在にしか作用しないが、このように血液を『同着』させることで、ぼくもその『省略』に同行できる。通常、そうやって、無機物ならざる有機物のモノが『省略』に同行するのはもっと多くの制約があるのだが、ぼくの場合は、既に身体の半分以上がりすかの血液で構成されているので、かなり『手間』は省けることになる。しかし――

「滑稽《こっけい》な！　逃がすわけがないでしょう！」

その全身を『口』と化した少女、ツナギは——振り向きざま、こちらに、手を繋いだりすかとぼくに——全身の口で、飛び掛ってくる。まずい——『省略』に時間がかかっている。りすかが、少なからず、動揺しているのだ。魔法は所詮『精神』の術だから、心が平静でなければ、その形成に抵抗が生じる。ぼくはりすかと繋いでいるのとは反対側の手を、窓にかかっているカーテンへと伸ばす。一気に引きちぎった。カーテンレール自体もういかれてしまっていたようで、その行為は容易だった。そしてそのまま、ぼくは引きちぎったカーテンを、彼女、飛び掛ってくるツナギに向けて、大きく広げて投げつける。

「……なっ！　き……猪口才《ちょこざい》な！」

カーテンの分厚い生地につつまれる形になり——彼女は動きを止めて、両腕を振り回してもがく。目隠しになる——程度だったら、単純にカーテンを振り払えばいいのだが、ところがツナギの場合、そうはいかない。全身の口が——それぞれにカーテンに、喰らいついているのだ。やはり、予想通り——さっき、『火住峠』の生首をつかみあげたとき、彼女の意志とは明らかに無関係に、手のひらの『口』が『食事』を始めていたのを見て、そして同じ『口』がぼくの手に食いついたときのその反応から、考えたことだが——全身にある『口』はツナギの絶対意志の下に統制されているわけではない——あくまで『口』どもは、食事と食餌を望んでいるだけだ。だったら——

全身の『口』がそれぞれにカーテンを喰らっているその現状から逃れるためには、ツナギは、五百十二の『口』が食事を終えるのを、ただ待つ他ない――しかし、こんなの、所詮あまり意味のない時間稼ぎだ！

「えぐなむ・えぐなむ・かーとるく　か・いかいさ・むら・とるまるひ　えぐなむ・えぐなむ・かーとるく　か・いかいさ・むら・とるまるく――」

精神の『織り上げ』だけでは無理と判断したか、りすかが早口に呪文を詠唱する。『省略』の呪文。ぐわわわわん、と視界が歪む。そして――

★

★

りすかの使用する魔法、『時間』の『省略』は、移動呪文やら転移呪文やらとは、根本的に違う――うわっつらの表層現象としては似たようなものだが、根本が違う。『今から時間の経過した未来』、『未来』、そのときに、確実にそこにいる――とイメージできなければ、その『経過する時間』を『省略』することはできない。今回の場合、多分、りすかは、あの少女、ツナギに対して――『恐れ』のような気持ちを抱いた。暗闇を恐れるような、そんな感情にも似た、曖昧《あいまい》な――恐怖を、抱いた。だから、りすかは思ってしまったのだろう――あまりに唐突な『逃走』だったために精神の集中が不完全だったというのもあるだろうが、りすかは思ってしまったのだろう——『自分はツナギから逃げ切ることはできない』と。だから——だから『省略』が、酷く中途半端な結果に、終わってしまった。

「ここは……やっぱり、病室、のようだね」ぼくは、ツナギに食い千切《ちぎ》られた左手の傷に応急処置（といって、できるのは血止めくらいだが）を施しながら、現在の状況を確認する。とりあえず、ベッドの上に腰掛けて。「さっきとは違って——個室か。このしかし、やれやれ……、逃げれはしたけど逃げ切れたとは、言えそうにないね。この廃墟具合からして、ここが片瀬記念病院であることは、間違いなさそうだ」

「ご、ごめんなさい……ゆ、許して……」りすかは、病室の隅で、うずくまるような格好になっていた。異常に——怯えているように見える。「わ、わざとじゃないの……わ、わたし——パニックになって、焦っちゃって……」

「気にしなくていいよ。別に怒らないし、そもそも怒ってないから。そんなとこにいないで、そばに来てよ。ほら」

「う、うん……」のそのそと立ち上がって、ぼくの隣に腰掛ける。そして、下から覗きこむように、ぼくを窺うようにする。「い……痛くない？」

「滅茶苦茶痛い。ちょっとこれは我慢できる限界を超えてるな……肉だけでなく骨まで食われてる。思考がまともに働かない。いや、まあ、かすり傷だけどね」

「……ごめんなさい」

「だから、別にりすかのせいじゃないだろ。なんか妙に卑屈だな……っていうか、単に弱気なのか？」『天敵』……と言っていたか。それは、属性《パターン》が『火』の相手に対しても、使わなかった言葉だ。「まあ、それはともかく……ちょっとこれ、舐《な》めて」

「え？」

「痛いから」

言って、ぼくは左手の傷口を、りすかの顔の前に持っていく。りすかは少し躊躇《ちゅうちょ》したけれど、舌を出して、ちろちろと、その傷口を——傷口から滲み出る血を、舐めた。舐め回した。ふう……痛みが——ひいていく。ぼくの血液とりすかの唾液《だえき》が混ざり合う、効果だ。これは『同着』ではないけれど、まあ、それと似たようなものだ。よし……少なくとも、冷静な思考ができる程度には、痛みは消失した。

「ふうむ——第四病棟……じゃあ、ないみたいだね。まあ、かなり巨大な病院みたいだし、ここにいれば少しの間は見つからないだろう……」

「多分……さっきの五〇三号室の窓から見えてた病棟の、どこかの病室だと思うの。そこら辺が限度だったのが、『省略』のイメージだったから……」

「なんにせよ、あの場にいるよりはマシだよ……しかし、なんなんだ？　あれは。あれが魔法か？　化け物っていうか、ほとんど妖怪みたいだったじゃないか」百々目鬼《どどめき》だとか、百目だとか、どう見てもそういう系統だ。魔法使いというより、彼女自身が魔獣のようだったではないか。魔法使いというよりは、存在として魔性使いに近い。魔法少女というよりは、概念として魔性法女だ。「どういう魔法なんだ？　どうやら『直接攻撃型』だっていうのは、りすかの読み通りのようだけれど……」

直接攻撃型、しかも接近戦タイプ。正直いって、ぼくとりすかが、もっとも苦手とする種類の魔法使いだ。以前りすかは、直接攻撃型の魔法使い相手に酷い目にあっているし、相手が直接的であればあるほど、『対応』の幅が狭まってくるという、ぼくの都合もある。この場合、単純ゆえに応変の幅も広いしな……まあ、それをさしおいても、戦闘タイプの魔法使いを前にすること自体、久し振りだしな……。しかし、それだけでは、『天敵』という単語に値するだけの『何らか』を持ち合わせているとまではいえないはずだ。相手が直接攻撃型だろうが戦闘タイプだろうが、最終的なことだけいえば、りすかの魔法の『切り札』を使えば、全部突破できてしまうのだから。その強大さゆえに扱い方には細心の注意を必要とするが、しかし、今回は、影谷蛇之のときとは違って、その『切り札』は変な風に封じられていない。相手の攻撃を受ければ『血』が流れるのだから——

「違うの——そうじゃないの」りすかは、ぼくの左手をぺろぺろと舐め続けたままで、いう。「キズタカ。わたしの『切り札』の仕組みを……思い出してみて」

「仕組みって……」

りすかの血液に織り込まれている、実の父親、水倉神檎によって織り込まれている『魔法式』。その『魔法式』で構成された、『魔法陣』が——りすかの『切り札』だ。それは、あくまでことの効果は同じ『時間』の『省略』なのだけれど——その桁《けた》が桁外れなほど桁外れ。一気に十七年分の時間を『省略』し——二十七歳の姿へと、『変身』、『成長』する。恐らくは己の父親に匹敵するまでに成長した、魔力と魔法を、存分に使いこなせる、その姿へと変身する——それが、その『魔法陣』の効果。いうなれば、先のツナギが見せた『変身』と、全く真逆の能力強化——ツナギが己の肉体を内在ごと『変態』させるのに対し、りすかは己の内在はそのままに、肉体を『成長』させる。魔法式が『式』であるのに対し魔法陣は『公式』——発動に条件を必要とし、その条件とは、水倉りすかの肉体が死の危機に陥ること——ぶち砕いていえば、りすかの『死』が発動条件。身体を傷つけられ、大量の血が流れれば——その時点で、りすかの勝利が確定する。あくまで『切り札』であり、乱用は控えるようにしようというのが、ぼくとりすかとの間に結ばれている暗黙の約束ではあるが、この状況で、そんなことは言っていられないだろう。あの『牙』によって、りすかの肉体が傷つけられれば、その瞬間——

「駄目なの……あの子の魔法、『分解』だから」

「分解……？」

「『火住峠』の生首を食べていたでしょう？　食べたことで——あの子、魔力が増したの」

「…………」

魔法使いならざるぼくには、それは分からないことだったが——しかし、同じ魔法使いであるりすかには、眼に見えてはっきりと——それが分かった、らしい。

「『火住峠』の魔力を……喰らった、ってことか」

魔力分解型——しかも、吸収タイプ。ああ……成程。そういう……そういうことか。それを理解し……さすがに、ぼくの背筋にも——冷たいものが走る。

「そう——つまりあの子には、わたしの魔法は——『魔法式』も『魔法陣』も、まるで通じないってことなの……あの、体中にある口で、喰らわれた瞬間に——そんなもの、端から順番に、解呪《キャンセル》されちゃうから」

「…………っ！」

二十七歳の——成人バージョンのりすかが、通じない——通用しない、そんな相手が、いるなんて。完全に……そんなの、埒外《らちがい》だ。だがしかし、ツナギが魔力分解型だとすれば、それはその通りだ……今のりすかならまだしも、二十七歳のりすかは、全身そのものが『魔法陣』に拠っているようなものなのだから、それらを全て解呪《キャンセル》できる存在には、太刀打ちのしようがない。あらゆる魔法式とあらゆる魔法陣を無効化する——ツナギ！

「喰われておしまい……成程、今回の趣向はカニバリズムってわけか……洒落が利いてるぜ」

「魔力を分解、その後に吸収……成程、それなら、あの話も、あながちはったりだとは言えないの……それを繰り返せば、その新陳代謝を繰り返せば、四百年くらい——生きられるかもしれないの」

「……水倉神檎の——『敵』か」

考えてみれば、それも、随分と大胆な言葉じゃあ——ないか。いくら水倉神檎が『敵』の多い、恨みを買っている魔法使いだとは言っても——やはり、その『敵』というのは、稀有《けう》であるべきなのだ。気軽に考えられることではない。りすかも、ぼくも、それを決意するにあたって——どれだけの覚悟を必要としたことか。一年前、一体どれだけの決意を持って、水倉神檎を敵に回そうとしたことか。それと同じことを——ツナギは言ったのだ。侮るべきではなかった。侮ってはいけなかった。そして——敵に回すべきではなかった。完膚《かんぷ》なきまでに——すこぶるつきの魔法使い！

「……悪い。ぼくが軽率だった」

「え……」

「ぼくのミスだ。言い訳が一個も思いつかない……ツナギが『敵の敵』だというならば——同盟でも結んでおくべきだった。『ディスク』くらい譲っておけばよかった……どうせ、内容も分からないのに。図に乗ってた……よりによって、りすかの『天敵』を『敵』に回してしまうなんて……」

「ち、違うの。違う違う、そもそも、この片瀬記念病院に来ようっていったのは、わたしだし——」

「りすかに判断を委ねたのはぼくだ。指揮を執るのがぼくである以上、全体の結果に対する責任は、常にぼくだけのものなんだよ。影谷蛇之との戦闘のときとは種類が違う、りすかは今回、何も失敗していない」

「で、でも、逃げ切れず、こんな病室に——」

「それは失敗じゃない、ただの能力不足。ぼくは別に、できないことをやれとは言わないさ」ぼくは、痛みが完全になくなったところで、りすかの舌から、左手を外す。「そしてぼくのは——失敗だ。何を言われても仕方のないミスだ。自分で自分が嫌になる……。なんだこれ……どこの馬鹿がどんな馬鹿をやっても、こんな馬鹿な状況にはならないだろう。くそ……致命的かもしれないな、これは」

「…………」

「——悔《くや》しい」

悔しい。悔しい。悔しい。こんなの……惨《みじ》め過ぎる。こんな感情は――久し振りだ。認めざるをえない――今回ばかりは。今回ばかりは、ことが、現時点でのぼくの力量を完全に越えていた。ただ単純に影谷蛇之が管理していたという『ディスク』を奪うというだけのミッションに――あんな魔法使いが嚙《か》んでくるだなんて、まるで予想していなかった。偶然。偶然としか言いようがない。運命――そう、運命だ。ぼくは、運命に干渉できない。だけど――だからといって、この状況に陥ってしまったのは、状況に対応できず、偶然に、運命に対応できず、この状況に陥ってしまったのは――ぼくの失策だ。運命に干渉できなくとも、運命に対応するくらいのことは、できたはずなのだ。それは、前回の戦闘で、改めてよくわかったはずじゃあないか。どうする……どうしたらいい……

「で、でも――」りすかがベッドから降りて、ぼくの正面に回る。「あ、あの子の目的は『ディスク』なんだから、ひょっとしたら、このまま見逃してくれるかも――しれないの。もう、このまま帰っちゃうかも。わたし達を深追いすることなく――」

「いや――」ぼくは、上着の内ポケットから――その、ツナギの目的であるところの『ディスク』を取り出した。「さっき、ベッドのスプリングを利用してジャンプしたときに――手が届いたから」

「……取ってきちゃったの？」

「うん」

「キズタカ……手癖《てくせ》が悪いの」

りすかがっくりと肩を落とした。できれば抜け目がないといって欲しかったが、今、この状況でそれを望むのはいささか自分勝手というものだろう。期せずして——というか、奇しくも——というか、とにかく、ぼく達の当初の、あるいは当座の『目的』であった、『ディスク』のゲットには成功したということになるのだが……そんなことでは状況は少しも改善されない。むしろ、ただ単純に、悪化した。この『ディスク』を持っていれば、ツナギは——決してぼくらを見逃すまい。いくら探索型でない、直接攻撃型の戦闘タイプとはいえ、同じ敷地内程度の距離……、簡単に発見されるだろう。遠くに逃げられたかもしれないと、最初から探索を諦めてくれれば助かるのだが、ツナギ、そんな淡白なタイプには見えなかったな……。いきなり『変身』——『変態』してみせたことといい、かなりの負けず嫌いのタイプと見た。言うまでもなく、ことがここまで至ってしまえば、『ディスク』を素直に返したところで、この件は手打ちとはいかないだろう。

「……ふぅ——っ」

肺《はい》の中の空気を全て吐き出すように——ぼくは大きく、呼吸した。そして、『ディスク』を、ぼくの正面で不安そうにしている、りすかに手渡す。りすかはその意味が分からないのか、不思議そうな顔をしたままに、とりあえず『ディスク』を受け取った。

「りすか。一人で先に逃げろ」

「……え？」

「今、この時点からなら、この場にツナギはいないから――精神も集中できて、『省略』ももうちょっとうまくやれるだろ。自宅でチェンバリンに淹《い》れてもらったコーヒーでも飲んでるところをイメージして……ああ、いや。楽しいこと、安心できることの方が想定しやすいってんなら、いっそ、例の『お兄ちゃん』のところでもいい。とにかく、ここではないどこかを想定して、その『ディスク』を、自分の身体ごと、別の場所に移動させてくれ」

「そ、それはわかるけど――キズタカは？」

「わかってるだろ……ただの『人間』のぼくじゃあ、いくら血液を『同着』させたところで、二回連続の『省略』には、脳と精神がついていけない……ぼくはここに残るよ。ぼくはここに残って、ツナギをなんとか食い止めよう。その間に、りすかは、『ディスク』を持って、一人で、できるだけ遠くまで――話にならないくらい遠くまで逃げろ」

「……！　そ、そんなこと……っ！」

「『天敵』が相手じゃ、りすかがいても足手まといになるだけなんだよ。とりあえずその『ディスク』を確保することだ。ツナギの目的が殺戮《さつりく》じゃあないんだったら、今、ぼくらにあるアドバンテージの唯一は、頼りないことだけれど、その、中身がなんなのかもわからない、不確かな『ディスク』だけなんだ。りすかといるより、ぼくが一人で奴に対する方が、生存率は高い」りすかの生存率はともかく、ぼくの生存率に関しては——ほんの数パーセント上がるだけの話だが。まして勝率に関しては……言わずもがな、だ。「りすかがいても邪魔だ。どっか行け」

「……そ、そんな言い方——！」

「りすかに死なれると困るんだよ」ぼくは、りすかの、赤い眼を見て言った。「頼むよ。これ以上ぼくを情けない奴にしないでくれ……もう二度と、こんな思いはしたくない。一度したってだけでも、ぼくは自分に絶望しているんだ。りすかを、こんな危機に晒してしまうなんて——それだけで、死にたくなる。こんな、偶然みたいなどうでもいい現象で——約束も守れずに」

「……で、でも、そうじゃなくて、わたしが言っているのは……」

「ああ、大丈夫——りすかとの約束を破ることにはならないと思う。既に、この地点。最悪、ぼくが戻らなくても、後は一人でなんとかできるだろ。勿論、ぼくも全然諦める気はないけれど……もしもの場合ってことで。それでもここから先、一人じゃ無理で、どうしてもってんなら、ぼくの父親を頼ればいい。あの人なら、頼ってくるりすかを悪いようにはしないだろう」

「…………」

りすかは黙った。ぼくの言う言葉の意味が、伝わったのだろうと思った。しかし——りすかは、手にした『ディスク』を、無理矢理、ぼくの手元へと、押し返した。

「おい、りすか——人の話を——」

「駄目なの。っていうか……無理なの」

りすかの瞳に——赤い、涙が、浮かんでいる。

「キズタカをおいて逃げるという自分の未来——そんなもの、どうしても、イメージ、できないの」

赤い涙が——ぽろぽろと、流れ落ちる。

「そ、それは、それは、できないこと、なの——ご、ごめんなさい……わたし、キズタカをおいては逃げれない。許して……それだけは、許して、ください」

「…………」

だから……だから——ぼくは、その涙が、見たくなかったんだろうが。その赤い涙を、二度と、見たくなかったんだろうが。憂鬱《ゆううつ》に、なってしまうから。そう思ったはずじゃあ、なかったのか？　……そう誓ったはずじゃあ、なかったのか。本当に、りすかは――水倉りすかは、手に余る。扱いにくい。こんなときさえも、思い通りに動いてくれない……。全く――やれやれ。とんでもない失敗だ。失策で――そして、失態だ。情けない――悔しい。なんて、みっともなさだ。強く、ならなければ。力を、手に入れなければ。ぼくがしっかりしていれば、こんなことには――ならなかった。

「……わかった。りすかの気持ちは――よく、わかった」ぼくは、『ディスク』を、上着の中に戻した。「ならば――仕方ない。あの魔法使い――ツナギを、打破する手段を考えよう」

「キズタカ……」

「リスクを犯すぞ」

そう――リスクを犯そう。死ぬかもしれないという、そのリスクを。もう、それしかない。例外的なことだが……勝率が五割以下の、勝負に出よう。判断力、集中力、精神力――手持ちの武器を研ぎ澄ます。ぼくはベッドから降りて、座っていた場所に、持っていただけの全ての『矢』を――ずらりと、並べる。影谷蛇之、『影の王国』の魔法陣、『矢』。影谷蛇之との戦闘のあとで一本使ったのと、さっきツナギに一本投げたのとで、今ここにある『矢』は――十二本。

「キズタカ……どういうこと？　あの子にはこの『矢』が通じないってことは、もう、わかったはずなの……」

「ああ。『全身が口』——さすがにそんな非常識な魔法使い、あの影谷蛇之が想定していたわけがないからね——だから、これは『矢』として使用するんじゃない」ぼくは口早に説明する。「時間がないから、もったいぶったり迂遠な言い方をせずに何の修飾もなくさっさと説明を済ませるよ——奴、ツナギの魔法の仕組みはもう完全にわかった——仕組み自体はとても簡単だ。あの、全身の口で、『喰った』物体を、『分解』し、『吸収』し、『我が物』にする——」

「うん」

「一応付け加えておくと、全身の『口』は目の前の物体を食べることにしか興味がない——たとえば悪いけれど食虫植物のように、『本能』的に刺激に反応しているだけだ。数が少ない内はまだ制御できるようだけれど、考えてみれば五百十二もの口を、己の意志の下制御できるわけがないから、これはツナギにしても『やむを得ず』ってところなんだろうと思う」

「うん。前提なのがそこまでなの。それで？」

「ツナギの処理能力をパンクさせる」ぼくはベッドの上の十二本の『矢』を、あごで示して、りすかに言った。「言ってしまえばその『分解』という行為は、彼女にとっては『食事』だ——彼女自身、『おなかがすく』みたいな表現を使っていたことからもわかるように。『食事』——するとおのずと、その処理能力、キャパシティに限界値があることが、予想できる」

「無限に食事を喰らい続けられる獣も魔物も存在しない——この予想は、どう？　的外れ？」

「限界……」

「いや……当然、どんな魔法にだって『限界』はある——『無限』に限りなく近付こうという試みが、そのもの『魔法』と言い換えてもいいわけだから、逆説的にこの世に『無限』はない。さすがに彼女が、その法則から例外にいるとは、思えないの。でも……」

「——そう。果たしてその限界値は、如何ほどか」

それは——現時点では、何のデータもない現時点では、その数値は計測のしようがない。すぐにパンクしてしまうようなショボい処理能力なのかもしれないし、あるいは、無限でこそなくても、無限に近い処理能力を有しているのかもしれない。それは、やってみないとわからないことだった。暗闇の中を全力疾走《しっそう》するようなものだ。やってみないとわからない——しかし、わからないからやってみるのだと、そんな単純な考え方で対応していい問題ではない。

「だから——この『矢』なの？」

「そう——『魔法陣』」

影谷蛇之は、その使用する魔法こそ『影縫い』と、戦闘には向かないし、日常生活、生きていくにあたってもそれほど有効性が高いとは思えないものだったが、しかし――彼の有していた魔力は、膨大《ぼうだい》を超えた膨大だった。嗜好性も志向性も指向性も、根こそぎ全て間違えていたあの男が、おおよそこの社会において底辺としても役に立たなかったであろうあの魔法使いが、『影の王国』を含む五つの称号の保有者だったのは、その常識を超えた魔力の保有量が故。この『矢』の一本一本には――そんな影谷蛇之の、とんでもない単位の魔力が込められているのだ。そうでなければ、いくら『魔法陣』とはいえ、魔法使いでもなんでもない、このぼくが『影縫い』なんてできるわけがない。

「これをツナギに――食べさせる」

「い、い、い、い、い」

「処理能力……」りすかは、ぼくの策を聞いて、しかし、まだ不安げだった。「成程……かなりの荒業《あらわざ》だけど……やってみる価値は、あるかもしれないの。うん……有効かも、しれない。でも――いくら『影谷蛇之』の膨大な魔力とはいえ――『矢』の十二本で、こと足りるかどうか……こんな、印象でものを言うのはキズタカの好みじゃないと思うけれど……あの子、なんだか……あり得ない感じがするの。影谷蛇之の魔力が天井知らずであったとするなら――あの子の存在は、底知れないの」

「……そうだね」

底知れない。まさに、その言葉だ。ツナギには、その言葉こそが相応しい。少なくとも、それが『天敵』であるりすかにとっては、そうだろう。だからりすかのその意見を、ぼくは印象でものを言っているとは思わない。

「だから、なんていうのか、キズタカ、あの子に対してはひょっとしたら『矢』だけじゃ足りないかも――」

「だから、プラス水倉りすか」

ぼくはりすかを指差した。

「りすかも食われてくれ」

「…………」りすかは、何か言いかけていた口を、開けっ放しに、ぽかんとした。開いた口が塞《ふさ》がらない、って奴らしい。言葉じゃ聞くがこの目で見るのは初めてだった。「わたし、も？」

「正確には、これらの『矢』ごと――りすかの身体と、そして『魔法式』のほとんどをくれてやれ、ってことだよ。処理能力ってのは、いつかのように魔法を『数学』に例えるなら、『逆算』、『因数分解』のようなものなのだろうから、順を追ってバラバラに喰わせるよりも、一気にまとめ食いさせた方が効果的だろうから、服の内側に『矢』を、『暗器《あんき》』のごとく仕込むって形になるのかな。それで、ツナギの処理能力がパンクした時点で、まだその時点でりすかの部品が残っていれば――『魔法陣』が発動する、はず」

そこで『魔法陣』が発動さえすれば――こちらの勝ちだ。状況がそこまで展開されれば、既にその時点において、ツナギの処理能力はパンクしているのだから、成人バージョンのりすかの相手ではない。鎧袖《がいしゅう》一触《いっしょく》、何の抵抗も何の摩擦《まさつ》もなく、不戦勝といってもいいくらいの楽勝を得られることだろう。

「りすかの『魔力』――ツナギが喰うのは、りすかが使いこなせるだけの魔力ってことじゃなく、潜在能力その全て。だったら――影谷蛇之ほどとは行かずとも、その総量は膨大だ」

「……やっぱりキズタカなのが、キズタカなの……」りすかががくん、と膝《ひざ》から崩れた。よくわからないが、何かに落胆したようだ。「折角、少しだけ優しくなったと思ったのに……」

「何当たり前のことを言っているんだ。ぼくがぼくでなくて、一体誰なんだよ。言ったろう？　ぼくがやることは、全部ぼくが決めたことだ。ぼくがやることで、ぼくらしくない行為なんて、一つだってあるものか」

「リスクを犯す……って、そういうことなの」りすかは、しかし、さすがにもう慣れたのか、緩慢な動作ではあったが、俯《うつむ》けた顔を元に戻した。「でも、確かに……それくらいしか、思いつく手はないの。勿論、あの子の処理能力が、わたしの身体に流れる魔法式を、全て喰らい尽くせるレベルのものだったら——わたしはあの子の栄養源になっちゃうわけだけれど……もう、この状況……、この、窮地《きゅうち》。——仕方ないの。自決するよりはまだマシ……リスクを犯すしかないの」

「えらく手っ取り早く決意してくれてありがたいけれど……ここまでは、まだ、『いつも通り』の段階だよ。何のイレギュラーもない、いつも通り……特にリスクは犯していない」ぼくは、手を伸ばして、りすかの腰に巻かれたホルスターから、カッターナイフを取り出した。『きちきちきちきち』と、その刃を、剝き出しにする。「リスクを犯すのは、ここからだ」

「……？　どういうこと？」りすかの顔に——早くも不安が戻ってくる。「何をする、つもりなの？」

「正直なところ、常識的には——『水倉りすかの魔法式』ありったけか、『影谷蛇之の矢』ありったけの、そのどちらかだけでも十分パンクすると見るべきなんだろうけれど——普段のぼくなら、間違いなくそう判断するところだけれどね。しかし、この……『偶然』によって生じてしまったこの状況の中では、その二つを足してもまだ、手を打ちつくしたとは言えない……最善に最善を尽くして、多分、まだ足りない。だから——打てる手は、全て打っておこうって、ことさ。条件を極限にまでシビアに絞ろう。一の勝利を手に入れるために——九十九まで、負けておこう」

「じゃ、あまり意味はないかもしれないけれど、念のために訊いておこうか、りすか」ぼくは、カッターの刃を、りすかの頬に当てた。「最後に何か、ぼくに言っておきたいことはないかい？」

「…………」

★　★

佐賀県警の幹部であり、ぼくの父親もやっている、供犠創嗣《きずつぐ》という男がいるが——その男が、ぼくに対して、日頃から、聞き飽きたというくらいに繰り返している座右の銘があり、それは『策を弄《ろう》せば策に溺《おぼ》れる』というものだ。人間の出来ること、感知しうる範囲には限界があり、策を練れば練るほどに、対象にしている事態とは全く違う場所からの偶然に、してやられる——のだそうだ。この世は小説のように、ドラマチックにはできていない——紆余曲折《うよきょくせつ》などなく唐突に、因果の外から、悲劇は起こる。理不尽に、何にも起因しないものに、ねじ伏せられる。いかにも、いつでも行き当たりばったり、その場凌《しの》ぎとしか思えないようなやり方ばかりで、今までの人生をやってきた人間の言いそうなことだ——確かに、その通り。経験から学び理と知でことに臨む者は、予想外の事態に酷く脆《もろ》い。ぼくは実践的だが——あの人は、実戦的だ。『あらかじめ綿密なる作戦を立てるということは、柔軟な発想の喪失を意味する』――今回は、それを思い知らされた。あんな父親の言うことであっても、たまには真実が含まれているということか。さておき――この病室。調べてみれば、第三病棟の四〇一号室だったが――やはり、りすかの見立て通り、さっきの、第四病棟五〇三号室の窓から、丁度《ちょうど》直線に、眺められる位置にあった。移動にかかる時間は、十数分といったところだろう――それが、りすかがさっき、『省略』した時間の分量だ。イメージできる未来の限界がここだった、とりすかは言った。それは――あの少女、ツナギから逃走できるのは、精々十数分が限度だろう――と、りすかがそう予想したからということに他ならない。それは卑屈でも弱気でもない――『天敵』を前にした、りすかの厳然たる予想だったのだろう。逃げ切れて――十数分。そして、その予想は、的中した。ぼくとりすかがこの個人病室に『省略』してきてから、ぴたり十七分後――既にほとんど崩れかけている扉が廊下側から喰われて――喰われて壊れて、破壊された。破壊された向こう側に――彼女が……ツナギが、存在していた。魔法使い、ツナギ――身体は、変態したままだ。その身体には――五百十二の口が。その額には――牙の鋭い笑みが。

「きみ達を喰い尽くす前に一つだけ質問するわ」

再会の挨拶も抜きで、ツナギは指を立てた。

「きみ達が水倉神楡に敵対する理由というのは——一体全体何なのかしら？　神にして悪魔、世界にして宇宙、あの男に敵対していいことなんて——何一つないというのに」

「…………」

「…………」

ぼくとりすかは——すぐには、答えない。二人で、ただ、ツナギを睨みつける。さっきの五〇三号室とはポジションをチェンジした——りすかが前衛で、ぼくが後衛。後衛といっても、ぼくにはもう、することもなければできることもない——何かできることがあるとすれば、精々、りすかを見守るくらいのことだ。ぼくは、壁に全面的に体重を預けて、腕を組んでいた。

「まして……さっきのでわかったけれど、りすかちゃんはともかく——きみ、創貴くん。きみはただの『人間』でしょう？　生まれついての魔法使いどころか……私と同じですらない。ベッドのスプリングを利用したりカーテンを目くらましに使ったり……そういう『対応』は、魔法使いのものじゃないわ。どうやら相当、場数を踏んでいるというか、戦い慣れているようだけれど——きみは、ただの人間よ。きみはただの人間の癖《くせ》に——あの、水倉神楡に、どうして、敵対しようというの？」

「…………」

「私の質問が聞こえないのかしら。どうせきみ達はこれから私に喰われて死ぬのよ。

りすかちゃん——きみにとって私が『天敵』だということは、既によくわかっているでしょう？　その、魔法式だらけの身体——私には最高級の料理にしか見えないわ。だからもしも——きみ達の目的が、私の立ち位置から判断して『正義』であったなら——きみ達の『目的』は、私が代わりに果たしてあげるから」

「……一応、訊いておきたいんだけれど」ここでぼくはまた——質問を質問で返す。「ここで『ディスク』を返せば——ぼく達を見逃してはくれないかい？　色々と行き違いはあったかもしれないけれど、正直、ぼくときみには、戦い合う理由がないと、思うんだけれど」

「愚《ぐ》に愚を重ねた愚問だわ」こちらの愚かを三度も繰り返して非難し、ツナギはぼくに軽蔑《けいべつ》するような眼差しを寄越す。「たとえ『ディスク』のことがなくとも——元々、最初から、一目見た瞬間から、私はきみ達を生かして帰す気はなかったのよ。『目撃者』だからね——『目撃者』は始末しないといけないわ」

「どの道——勘弁しちゃあ、くれないってか」

「どの道——観念してもらうって、それだけよ」

「……そう割り切ったことを言ってくれると、こっちにも迷いがなくなるよ」ぼくは力なく、首を振った。「質問に答えておこうか……それは、そこの、水倉りすかが——水倉神檎の、一人娘だからだ」

「…………へえ」

さすがに予想外だったのか——ツナギは、驚きの表情を浮かべた。しかし、更に質問を重ねてきたりは、しなかった。水倉神檎の——一人娘。それだけ聞けば、多分、十分だったのだろう。

「娘……ね。いたんだ、そんなの……ふうん。言われてみれば……似て……なくも、ないかしら」

「こっちは答えたんだ。そっちも——それなりに聞かせておけよ。ツナギ……きみはどうして、水倉神檎に——敵対するんだ？」

「きみ達は三時のおやつに悩み事を相談したことがあるのかしらね——しかし、死者への手向《たむ》けというのもあるかしら。いいでしょう、教えてあげるわ——一言で言えば」ツナギは額の口を歪めて見せる。「水倉神檎に殺してもらうため——かしら」

「……成程ね」

それだけ聞けば——多分、十分だった。

「勿論、お察しの通り——私をこんな身体にしてくれやがったのは水倉神檎だからね……だからやっぱり、敵というより、仇、なのよ」ツナギは笑う。「この空腹——決して癒されることのない、この空虚の空腹。とりあえず、水倉神檎の娘でその場を凌ぐというのは——悪くはないわね」

「悪くはないか」

「悪くはないわ」

ぼくも、ツナギに対し、笑った。戦略上の微笑ではない——自然に、笑みがこぼれてしまったのだ。この『偶然』——予期せず『敵の敵』に出会ってしまうというこの偶然は、最悪の中の最悪ではあったが、しかし——よりにもよってその『敵の敵』が、りすかの『天敵』だったというのは最悪の中の最悪の、更に最悪だったが——しかし、それが、他の誰でもなく、ツナギであったことだけは、比較的、マシな現象だったと——そんなに悪くはなかったと、そういってもいいのかもしれない。同じ存在を敵に回している同士、奇妙な連帯感を感じる。無論——連帯など、できるわけもないが。ぼくが連帯する、ぼくが連携する相手は——一人だけだ。

「それじゃあ、りすか——」

ぼくはりすかに、合図を送る。

「——ご馳走してやれ、い、い、い、い」

りすかがツナギに——飛び掛った。『省略』は使わず、自分の脚で。無駄な魔力は一ミリだって使うわけにはいかない——どうせ、ツナギは、敵の攻撃を避けたりはしないのだ。ツナギの全身を覆いつくすその『口』においては、防御がそのまま攻撃に繋がっている。触れれば喰われる、喰われれば飲み込まれる。それだけ、単純明快。具体性に欠ける抽象的な単純さ。直接攻撃型、接近戦タイプ――対応できない、その単純さこそが最大の武器。その読み通り、ツナギはりすかが向かってくるのに対し、身をかわそうとする素振りを見せない。迎え撃つ――つもりだ。りすかは形だけ、カッターナイフを構えてはいる。しかし、いうまでもなく、それはただのポーズ。大事なのは――服のあちこちに、見えないように仕込んである、十二本の『矢』――その存在を、ツナギに悟られないこと。ここでは、りすかの演技力が試される――りすかの覚悟が試される。こちらの考えていることを予想されてはまずい。……あるいは、ひょっとすると、そうではないのかもしれない。ツナギはかなりの――負けず嫌い。こちらの作戦を読んで、それでもなお、受けて立つかも、変わらず迎え撃つかも、しれない。そういう、相手の思惑に乗るやり方は、ぼくの好みじゃないが――その思考回路は、理解できる。だからここまでは、予想の範囲内――ぼくの策の、ぼくが弄した策の、範囲内。だが、否、だから、ここから先は――賭《か》けだ。ツナギのキャパシティが、処理能力が、果たしてどれくらいのものなのか――それが、その限界値の位次第では――ここで、おしまいだ。水倉りすかも、供犠創貴も、おしまいだ。りすかはひときわ強く、サイズの合っていない帽子が勢いで脱げ落ちるくらいに、ひときわ強く、リノリウムの床を蹴《け》って——ツナギの肉体に見える内、一番大きな口を目掛けて——さっき、『火住峠』の生首を飲み込んだ、腹部の口を目掛けて——飛び込んだ。

「——面白い！」

ツナギが——ツナギの全身の口が、歓喜を表すように、咆哮《ほうこう》をあげた。『ががががが、が、が、が、が、が、が、が、が、が、が、が、が、が、がっ——』『ぎぎぎぎぎぎぎぎぎぎっ——』口が、口が、口が——りすかの矮躯《わいく》を、喰らう。矮躯といっても——ツナギの肉体も、大きさはりすかとそんなに変わらない。身長も体格もほとんど同じであるにもかかわらず——ツナギは、りすかを、喰らっている。鋭い牙が、りすかの肉に刺さる。十八本の牙が、それぞれがそれぞれに、別の生命のように、獣のような、魔物のような十八本の牙が——獣のように、魔物のように、りすかに絡みつく。牙というよりそれは触手のようにすら見えた。触手のように、蠢く。腕が引き千切られる。脚が引き千切られる。胴体が引き裂かれる。内臓が引き裂かれる。腰がすり潰される。頭がすり潰される。骨が噛み砕かれる。肉が噛み砕かれる。粉々に、粉々に、粉々に。血が流れでる暇もない、そんな一瞬すらも与えられない。とても正視に堪える光景ではなかった。原形など、刹那に消失した。りすかのありとあらゆる部分が、あらゆる風に、混在されていく——咀嚼されていく。よく噛んで、よく噛んで、よく噛んで——そして、食べ零《こぼ》しなど、一切なく。それは、表情などない、あくまでも、ただの空虚な空間と、赤い舌と、十八本の牙でしかないはずなのになんて――なんて美味しそうに――食べるんだ。それとも――そんなに、美味《おい》しいの、だろうか？　水倉りすかの……肉体は――

「――ごっくんっ！」

そしてツナギは――水倉りすかを、飲み込んだ。ぼくは、少なからず――驚いていた。その現象に、ではない。りすかが――喰われるにあたって、悲鳴一つ漏らさなかったことに、だ。自分のカッターナイフで傷をつけるのとはわけが違う――痛みがないわけが、ない。生きたまま全身を食われるというのが、どれほどの痛みなのか。少なくともそれは、体験したことのないぼくの想像の及ぶ範囲でないということは、わかる。それぐらいわかっていなければ、こんな指示を、りすかには出せない。そしてりすかも――ぼくがこんな指示を出したことの意味を察し、だからこそ、苦痛の悲鳴をあげなかったのだろう。感じる――りすかからの、信頼を。更に、この状況にありながら、こんな分の悪い賭けに出てなお、ぼくの気が折れないのは――りすかがいるからだと、供犠創貴からりすかに対する信頼も、また、強く感じる！

「私の処理機能をパンクさせる――そう考えているのね⁉　創貴くん！」ぐらり、と膝を折って――ツナギは、ぼくを、今や前衛を失い、一人、後衛として残ったぼくを、びしりと指差す。「お生憎様――私はこれまでの人生で、処理機能がパンクしたことなど一度もないんだから！　これまでの――二千年の人生で、一度だって！」

「に――」

二千年……っ！　四百年どころじゃない――そんなの、完全にバケモノじゃないか！　そんなものはもう人生とは言えない！『魔法の王国』どころか、魔法そのものが、成立するかどうかといった、そんな時代から――ツナギは、喰らい続けて生きてきたというのか！　器が――あまりにも器量がでか過ぎる！　絶句するより他にない――たまたま出会った『敵の敵』が、そんな存在だなんて……あまりにも滅茶苦茶だ！　マシな現象だなんて、とんでもない思い違いだった、ツナギは――ぼくが、絶対に出会ってはならない対象だったのだ！　こ、こんな偶然……まるで出来損ないの運命！

「りすかちゃんの『魔法』、『時間』の『省略』は既に、五〇三号室で一度見せてもらっている――一度でも魔法を見れば、その魔法式の総量くらい、私には予測はつく……そして、わからないとでも思ったのかしら!?　りすかちゃん、あちこちに『矢』を隠し持っていたわよねえ！」

見抜いている――やはり、見抜かれていた！　そりゃそうだ――何せ、二千年だ。もしもツナギが二千年もの間、魔力を、魔法を、魔法式を魔法陣を、魔法使いを喰らい続けてきたというのなら――この程度の作戦、この程度の『策』に遭遇したことが、一度や二度ならず、あるに決まっているのだ！　経験――経験！　それは、それだけは、ぼくとりすかに、決定的に欠けているものだ――十歳の、ただの十年しか生きてきていない、供犠創貴と水倉りすかには！

「その数はおよそ十本から十三本の間！　りすかちゃんのあの薄着じゃあ、隠せてそれくらいが限度でしょう――だけど私は、あの『矢』に刻まれていた『魔法陣』の大体のところも、予想はつく！　何故なら、それももう――一度、体験しているから！」ツナギは折った膝を――立て直す。それは、ただ単純に、腹ごなしに一旦座ってみせただけだと言わないばかりに、悠然と、ぼくに一歩を踏み出す。「そして統合してみる結果！　創貴くん、足りない足りない足りないのよ――惜しいところまでは行くけれど、ぎりぎりのところまでは行くけれど――そこまで！　そこまで、そこまできみ達が最善を尽くしても、まだ私には届かない！　りすかちゃんの魔力はずば抜けているけれど、しかし！『矢』の一本一本の魔法陣も恐るべきだけれど、しかし！　それでも私の空腹は！　私の飢餓《きが》は！　満たされない！　癒されない！　私の処理機能は、分解能力は――私の魔法はァ――依然健在なのよっ！」

「……なに？」

「あとはきみを喰らって『ディスク』を――え？」

「だから、『なに？』って言ったんだ。人の話はよく聞けよ」と――ぼくは、ツナギの台詞に――割って這入った。「『惜しいところまでは行く』――『ぎりぎりのところまでは行く』って、そう言ったな？　今、ツナギ、貴様はそう証言したな？」

「……？　……ええ！　でもそれでも、あと『人間』の子供一人分くらい喰らう余裕は――」

「証言を取り消さないか」

　ぼくは――ずると、体重を預けていた壁から……滑り落ちた。リノリウムの床に、尻餅をつく。よかったよかった……聞き違いかと思ったから……ほっとした。

「ならば……ぼく達の勝ちだ。魔法使いさん」

「――っ!?」

　瞬間――ツナギは、血を吐いた。額の口からではない――さっきりすかを喰らった、腹の口から。そして今度こそ、明らかに己の意志とは関係なく、両膝が崩れ、床についた。腹部の口は――苦しそうに、吐血《とけつ》を続ける。

「な、な――なにぃ!?」ツナギが、己の腹部の異常に――混乱の声をあげる。「こ、こんな――馬鹿な……処理機能が……いや、そんな……問題なかったはずよ！　あの程度――何度でも喰らったことはある！　計算違い……いや、こんな簡単な計算を誤るわけがない！」

　吐血――しかし、それは、ツナギの血ではない。それは――その血液の、持ち主は。『口』に収まりきることなく、とめどなくあふれ出る、その血液の――持ち主は、別にいる。

「予想はしていた——予想は。だから、だからこそツナギ、きみの言う通り——最善を尽くしたのさ。最善を尽くす——換言すれば、リスクを犯した」ぼくは——頑なに組んでいた、腕を解いた。「これが今回の種明かし——といった、ところだ」

「…………貴様アッ!?」

ツナギが驚愕するのも無理はない……ぼくが晒したその左腕には——手首がなかったのだから。左手首……りすかのカッターナイフで、ぼくが、自分で、切り落とした。手首を切り落とすというその行為自体に意味はない——大量に血が流れればなんでもよかった。舌を噛み切るのでも、腹をかっさばくのでも、なんでもよかった。ただ、止血の都合も考えれば、手首が一番都合がよかったというだけだ。

「手首を……だが、それに、その行為に一体何の意味があるっていうのよ！」ツナギは、混乱のままに——悲鳴のように叫ぶ。こんな経験は——どうやら、初めてらしい。

「そんなの、ただの自殺じゃない！　ただの自殺以外の何物でもないじゃないの！」

「自殺……？　冗談じゃない。ぼくはたとえこの世が地獄だって、自殺はしないって決めてるんだ」

「で、でも、そんな行為、一個も意味がない——」

「つい最近も誰かに言った台詞を繰り返すことになるんで、意地悪なお兄ちゃんからはワンパターンだと誤解されるかもしれないけれど、しかしこれはお約束だから言っておくぜ——ぼくの身体は、半分以上、りすかの部品でできてるんだよ、ツナギ」

……実を言えば——さっきから、ぼくの意識は、かなり朦朧《もうろう》としている。企《たく》み自体をツナギに悟られないよう、『痛覚』、というよりは痛み、それに関しては、あらかじめりすかにしこたま舐めまくってもらい、麻痺《まひ》させておいたのだが——本来、この規模の損傷においては、痛みはむしろあった方がいいくらいなのだ。張っていた気が、箍《たが》が、緩んでしまって……、意識が……ぼやける。喋るどころか、息をすることすら、ままならないくらいに。これは、そう、『貧血』という現象だ……。「その部品を——りすかに返した」

「部品——『血液』、『魔法式』！」

　ぼくの種明かしに、ツナギが絶句する。ようやく——主導権を握り返せたことに、ぼくは満足する。だが、もう少しだ。もう少しだけ——頑張《がんば》らなくては。もう少しだけ、意識を保たなくてはならない。

「さて、算数の問題だ——簡単な計算だ、誤るなよ。『ぼくの半分がりすかの部品で、それをりすかに返却しました』——そしてプラス、『十二本の矢』。それらを合計した魔力は、それでもまだ、ツナギの処理能力を超えないのかい？」

「……貴様——ガキがっ！」

「そう悪し様《あざま》に言わないで欲しいな……たとえそっちが二千歳でこっちが十歳でも――お互い、生きるか死ぬか、切ったはった、やってんだから、さ。命の価値は、平等だぜ」

大体――ぼくは、それがなくては生きていけないから、りすかの部品で身体を補っているのだ。単純にこれは『血液』だけの問題じゃない、観念的にぼくの『生命』の半分、となる。命、換言すれば、それは存在そのものだ。それを、一時的とはいえ返却するなんてことは――やったら、どうなるか、わかったものじゃない。当たり前だが試したことなど一度もないから、結果なんて予測もつかない。まかり間違えば、ツナギがこの病室に至るその前に、『出血多量』で死に至っていた可能性もある。否、一番高い可能性が、それだっただろう。無論、全部を返したわけじゃない――ぼくの生命とほとんど融合しているような部分は、返したくとも返せないわけだが……ともあれ――元々は自分の身体のものなのだ、ツナギが魔力を『食べる』ことで『分解』するのと同じように、りすかは、ぼくの『血液』を『飲む』ことで――その総量が『強化』された。それが、現状で、ぼくが尽くせる、最大の最善、だった。そして――ぼくとりすかは、賭けに、勝った。

「食べ過ぎは身体によくないぜ――ツナギちゃん」

「………………っ！」

「リスクの時間はこれでおしまい――りすかの時間を、始めよう」いい頃合だと――ぼくは、勝利宣言の言葉を、口にする。ちなみにこれは――もう、合図じゃない。

「さあ、それでは楽勝しようか――喰い散らかせ、水倉りすか！」

『い た だ き ま す っ !!』

そして――呪文の詠唱。ツナギの腹部の口から――牙の隙間を通すように、呪文の詠唱が、響く、響く、響き渡る。それはまるで聖歌のように高らかに、かつて病院として機能していた、今やただの廃墟の、何のために存在しているわけでもないこの座標に――響き渡る。

『のんきり・のんきり・まぐなあど　ろいきすろいきすろい・きしがぁるきしがぁず
のんきり・のんきり・まぐなあど　ろいきすろいきすろい・きしがぁるきしがぁず
まるさこる・まるさこり・かいぎりな　る・りおち・りおち・りそな・ろいと・ろいと・まいと・かなぐいる　かがかき・きかがか　にゃもま・にゃもなぎ　どいかいく・どいかいく・まいるず・まいるす　にゃもむ・にゃもめ――』

『にゃるら！』

腕が――牙を、十八本の牙を全てへし折りながら、現れた。血を、赤い血を、撒き散らしながら、その腕が――床に落ちている帽子をつかむ。これこそ、これこそあり得ない光景だった――小学生くらいのサイズの少女の腹から人の形をしたモノが、一個体――生まれてこようとしているのだから。しかし、ありえないことも非常識も、現実の前ではなんら意味をなさない――血を、血を。腹部の口からだけではない、ツナギの身体中の、ありとあらゆる、五百十二の口のその全てから――赤き、うねるような赤き血が、溢れ出る。血が滴《したた》る。身体中から血が滴る。その血液が、それぞれ、一滴一滴が確固たる揺ぎ無い意志を持っているかのごとく一点に集中していく。その腕を中心に――人型を、形成していく。それはやはり、ツナギの『変態』とは種別が違う――『成長』。本来的な部分から、『時間』を『省略』する。『時間』を――支配する。そう広くないこの病室が、赤く、染まっていく。殺風景《さっぷうけい》な廃墟が、赤色に染め上げられていく。澱んでいた空気が――溜まっていた空気が、清掃されていく。全てが赤に。赤色に掃除《そうじ》されていく。『赤き時の魔女』――水倉りすか。『ニャルラトテップ』、水倉神檎の愛娘、神にして悪魔の一人娘、その最終形態が、十七年分の時を省略して、今、ここに、この時点に――顕現する！　拾った帽子を――彼女は、被《かぶ》った！

「……………………………」

「……あれ？」

帽子を被ったところで……彼女、完成したりすかは——床に、へたりこんでいた。赤い髪、赤い瞳、ボディーコンシャス、カッターナイフのホルスター、高いヒール。大胆に露出された肌、瑞々《みずみず》しい熟《う》れ切った肉体、長い手足……そこまではいつも通りなのだが、いつもなら、なんていうか大魔神のごとく笑いながら登場する、二十七歳、成人バージョンのりすかからすれば……なんだかえらく、疲れ切っているように見えた。リノリウムの床に、四つん這いになって、ぜえぜえと、息も絶《た》え絶《だ》えに沈黙してしまっている。

「……えっと、りすかさん——」

「話しかけるな……」

喋るのも気だるそうな小声にして、低くドスの利いた声だった。性格は——どうやら、スタンダードなそれからさして外れていない、成人りすからしい。

「てめえ……、キズタカ、よくもこんな洒落になんねえことしやがって……かなりマジで死ぬかと思った……」

「…………」

『魔法式』でなく、『魔法陣』の方も……ある程度、喰われてしまっていた、ということか。いや——本当に『ぎりぎり』だったんだな、と、ぼくは、自分のとった行動の危うさを、改めて痛感した。こういうのは、失敗したときよりも成功したときの方が、より痛感できる……

「くそ……ほとんど『魔力』を持っていかれちゃってるじゃねえかよ……。小指一本を動かすのもしんどいぞ……この『姿』のときは、全部が全部『魔法』製だから、魔力と体力が直結してるってこと、ちゃんと計算に入れて考えたのか……この作戦……。考えてても考えてなくても腹立たしい……このわたしにこんな思いをさせた罪は重いぞ、キズタカちゃん……」

「……悪かったよ」

こんな力ないりすかは、子供バージョンのときでさえも見たことがなかった。思わず、なんだか恐縮してしまう。ぼくはこの、成人バージョンのりすかの性格が何より苦手で、だからこそりすかのことを『扱いづらい』と思ってしまうのだが、これくらいに力と元気が削られた状態なら、なんていうか、可愛らしいものだな……。二十七歳のりすかを可愛いと思うのは、これが初めての経験だった。

「——面白い……」

りすかの向こうで——ツナギが、ゆっくりと、立ち上がる。あちらもあちらで——息も絶え絶え、だ。いってしまえば、食べ過ぎて嘔吐《おうと》したようなものだから、当然だろう。そして、処理能力をパンクさせてしまった以上——もう、全身のどの口でも、りすかを喰らうことはできない。消化不良をおこしたようなものなのだ。彼女の、ツナギの魔法は——完全に封じられた。しかし、それでもなお——ツナギは、額の口で、にやりと笑う。りすかを前に——まだ笑う。今まで、どんな魔法使いでも、それはなかった反応だった。

「処理機能を破壊したあとのことなんて考えていない神風特攻なのかしらと思っていたけれど——そんな切り札を隠していたとは、面白いわ……しかし！　その様子だと、りすかちゃん——『りすかさん』と呼ぶべきかしら——も、わたしと同じく満身創痍《そうい》っ！　二人とも、完全に魔力を失っている状態……。魔力を失った魔法使いが、二人！　こういう状態での戦闘というのも——また面白いわ！」不敵な笑みで——ツナギは、りすかに向けて、拳法のような構えを取る。「魔法をなくしても——まだ、まだまだ、私の牙は健在なのよ！」

「うるさい——気安いぞ、雑魚。話しかけるな」

りすかが——鬱陶《うっとう》しそうにそう言って、ゆるりと、立ち上がった。そしてツナギを振り向く。ホルスターからカッターナイフを取り出して、『きちきちきちきち！』と、その刃を全部、剥き出しにした。そして彼女は——

「ああああああああああ————————はっはは!!」

ようやく、笑った。

「……え？　……え？　え、ええ？？？」

ツナギは、唖然と、半笑いのような表情になる。いや、まあ実際——そちらとしても、笑うしかないだろう。ぼくも、それに関しては全く同じ気持ちだった。

「馬鹿め！　ごちゃごちゃくっちゃべってんじゃないぞ、どうでもいい書割《かきわり》にも等しい雑魚！　歴史上において何の価値も持たないゴミが！　貴様のごとき変態少女が高貴で美しいこのわたしに向かって思い上がった口をきいているんじゃないぞ！　悪いけどこっちはもうとっくにビンビンなんだよ！　新本格魔法少女りすかちゃんを甘く見ちゃ駄目なのさ——既に、魔力を喰らわれるその前にまで『時間』を戻した！」

「は……はぁあっ!?」

「だから——今はもうさいっこうに元気全開っ！」

「……そ、そんなのずるいっ！」

「ずるくない、素晴らしい！」

……やっぱり、苦手だ、この性格。ぼくは今更という気もしたが、そう思った。そんなことができる癖に、今まで僕の血とかで傷を癒していたのか……。何が『可愛い』だ——全然可愛くない。今に限った話ではなく、ぼくは時たま、不思議に思う。どうしてあの、基本的にはのんびりとした性格の水倉りすかが、十七年後、こんな名状しがたい性格になってしまうのか。未来は可変だというのに、顕現するのはいつだって、妙に高飛車な、好戦的な性格ばかりだ。ひょっとすると今、現在進行形で誰か悪い奴から影響でも受けているということなのかもしれない。もしそうだとすれば、頑張れば改善できる余地があるな……。そうだ、『彼女』の性格さえなんとかなれば、もう少し、もう少しだけではあるが——水倉りすかとその魔法は、扱いやすく、なるのだから。ふうむ、例の『お兄ちゃん』あたりが怪しいな。あいつは性格が悪かった。

「じょ、冗談じゃないっ！　やってられないっ！」

ツナギの判断は早かった。普通、逃走というのならば、這入ってきた扉に引き返しそうなものだが——今のりすかに背中を向けることの危険を認識していたのだろう、ツナギは逆に、りすかに向かって特攻した。しかしそんなものは勿論フェイクで——彼女はりすかの、高い身長を飛び越えて、その背後の、窓に向かったのだ。窓を蹴破り——その桟《さん》に、ツナギは着地する。りすかは、そんな様子を、何をするでもなく、目で追うように——再度、身体の方向を変えただけだった。

「き、急な用事を思い出したから——もう帰らなくっちゃいけないわ！」ツナギは……なんだかとても、難儀なことを言った。「だからその『ディスク』——預けておくわよ、創貴くん！」

「……まあ、聞いておいてやるよ」ぼくはどうでもよくなってしまって……ツナギにそう応じた。「縁があったらまた逢おう——今度はもう少し建設的なおしゃべりがしたいね、ツナギちゃん」

「ええ、そうね——」ツナギは、額の口で、意地悪っぽく笑う。「水倉神檎に敵対する、りすかちゃんの理由は聞いたけれど、私はまだ——」

「創貴くんの理由は聞いていないことだし——ね」

「…………」

「バイバイッ！」

そしてツナギは——四階の窓から、躊躇なく飛び降りた。直接攻撃型で戦闘タイプの魔法使い——魔力を失ったところで、その程度の体術はマスターしているのだろう。てっきり、ぼくは『逃がすかっ！』とでも言って、りすかがそれを追うだろうと思っていたが——しかし、りすかは、窓の外になど目もくれず、ぼくに向かって、近付いてきた。……おや？　なんか……眼が怖い。ぼくを睨んでいるように見える。

「えっと……逃げちゃったけど」

りすかは応えない。

「……なんか、怒ってますか？」

りすかは応えない。

「ひょっとして、ぼくに、何か？」

りすかは応えない。え……あれれ、今回ぼくが執った作戦に、マジで怒ってる、のだろうか？　そんな、いくらなんでも心の狭い。確かに、ちょっとばかし、ていうか結構、りすかに苦しい思いをさせてしまったかもしれないけれど、あの状況では、あれ以外に打つ手はなかったじゃないか。何せ、ツナギは、水倉りすかにとって『天敵』だったのだから――

「馬鹿者」

ぽん――と、頭に、手を置かれた。ぐりぐりとがしがしと、万が一の可能性で考えれば撫で回しているのかもしれない行為を、そのままりすかは続ける。

「死ぬかと思ったじゃないかよ」

「いや、それは悪かったたって――」

「わたしじゃない。キズタカが、だよ」

言って――りすかは、自分の左手首を、カッターナイフで切り落とす。豆腐でも切るように、あっさりと。その断面はすぐに液状化して、どろどろと、溶けていく。

「『わたし』が死ぬのはいつものことだけれど……キズタカが死ぬかもしれないと思ったのは、初めてだった」

「……今回は――リスクを犯した、からね」

いつもの、りすかの『壁』となったときの、事後に回復が約束されている肉体の損傷とは違う――その場で死んでしまう危険もあった。正直なところ、半分くらいは死を覚悟していた――りすかとの別れも、覚悟していた。無論、その場合だって、最低限『ディスク』とりすかの安全だけは確保できる……ぼくが死んでしまえば、りすかが一人で『省略』できない理由も消失する。その程度の計算はちゃんと立った、だからいうほどに無謀な策だったわけでもないのだが――しかし、客観的に考えれば、やはりこうして、今、生き残ってりすかと向かい合っていることは――奇跡のようなものだ。こんなこと、一度やればたくさんだった。

「それで、得るものはあったのか？」言いながら、切り落とした手首を、ぼくの腕と、接続する。血液同士、ぼくの血液とりすかの血液が『同着』し――流動的に絡み合い、やがて、落ち着く。これで、りすかに返した分を――また、貸してもらったというわけだ。「キズタカが命を賭けた、その対価として得るものは」

「いや――どうかな。どうだろう……」確かに『ディスク』は確保できたけれど――その『ディスク』に果たして、どれくらいの価値があるものなのか。ひょっとするとすごい価値があるのかもしれないが、それより高い確率で、価値はゼロかもしれない。そう考えると、今回の件は……「うん。得るものは――あったよ」

「そう。ならいいけれど――少しだけ、いいけれど。いいってことに、しておいてあげるけれど。……でも、命を賭けるのは、『りすか』だけでいいってことを、忘れちゃ駄目だね。キズタカが命を張る必要なんて――あるだけで既に罪悪だよ。自分が死んだらおしまいだってことは、わかってる？　ったーく、めそめそと情けない。キズタカは、誰にも優しくせず、誰にも揺らされず――誰にも威張って、胸張って生きていればいい。理解できる？　……『今』はともかくとして――十歳のときの『わたし』はナイーブなんだから、弱いところなんて見せないで頂戴。キズタカは強くある義務があるんじゃない」

「……ご忠告、痛み入るよ」

苦手だ。徹底的に苦手だ。今なら言い返されないと思って、ここぞとばかりに、言いたいことを言ってくれる……。ぼくは、しかしこれでようやく、本当に終わったのだな、と思い、長く、嘆息した。『ディスク』は確保した――この『ディスク』は、そうだな、楓《かえで》にでも解析を任せるのがいいだろう……保管場所としても、楓のところが最適だ。吉と出るか凶と出るか、鬼が出るか蛇が出るか、それとも何も出ないのか……現時点では予測できないけれど、それでも、『敵の敵』であるところのツナギが、あれほどこの『ディスク』に執着していたところから考えれば、多分――それなりに必然性はあるのだと思う。当たり前だ、ここまでやって必然性がなければ大変だ。偶然が、あるいは必然だったのだと――そう思いたい。そう……実際のところ、あまりもう、ぐずぐずやっては、いられないかもしれないのだ。少なくとも影谷蛇之に対したことで――水倉神檎は、りすかの存在を、認識している。今回、ぼく達に先行してツナギが『喰って』しまった魔法使い、『火住峠』もまた、影谷蛇之同様に水倉神檎に通じていたのだし、その上二人が管理していた『ディスク』を奪われたとなれば――水倉神檎が、そろそろ、そろそろ、何らかのアクションを、リアクションを起こしてきたとしても、おかしくない。これまでは、今晩のことを含めてこれまでは、こっちが一方的に攻めるばかりだったけれど――そろそろ、攻守交替の時期に来ているのかもしれない。そう思った。そして――そこで重要になってくるのは、水倉神檎、彼だけではない。水倉神檎の方からぼく達に向けて動くとなると――『魔法使い』が積極的に動き始めるとなると――いよいよ、委員会の連中が、動き出すかもしれないからだ。ぼく達のことをとりあえずさておいても、例の『箱舟計画』のこともある――委員会が動く理由は、既に現段階で、十分に揃っているといっていい。無論、ぼくだって馬鹿じゃあない、委員会の動向についてはずっと以前から探りをいれてはいるけれど――問題なのは、委員会が動けば、その手足として、佐賀県警も動くことになるという点だ。それは、ある程度――憂鬱な問題であるといっていい。今日のようなことを体験してしまえば、その『敵の敵』を、迂闊に、無闇やたらに敵に回することには、慎重にならなければならないだろうし……。多分、ツナギは『敵の敵』の中でも最悪の魔法使いだったと思うが、というよりそう思いたいのだが……しかし、彼女に関しても、問題は残ったことを忘れてはならない。さっきあんなことを言ったものの、恐らく――縁のあるなしにかかわらず、遠からず、きっと彼女とは、再会することになるだろう。りすかの天敵である――彼女と、再戦することになるだろう。今回は……とても、うまくやったとはいえないし、そんなことは思わない。手際も悪く、抜け目だらけだった。策も何もへったくれもない、ただのパワーゲームでの、じゃんけんみたいな決着だったし……影谷蛇之との戦闘で折角手に入れた『矢』を、早くも全て失ってしまったのは大いに計算外だった。ついてなかった。精々幸運があったとすれば、それはツナギの側が、連戦だったというくらいだろう。彼女が先に『火住峠』と戦闘していなければどうなっていたことか――いや、そんな後ろ向きなことは、考えないでおこう。いずれにせよ、この、佐賀県に限りをおかない九州全土が、戦場と化す日も、そう遠くはない。待ちどおしいような気もするし、そうでないような気もした。そんなことを思うにはまだ早過ぎる――ぼくもりすかも、まだまだ、全然――途中なのだから。ぼくに至っては、りすかよりも遥《はる》かに――途中、なのだから。

「おっと……そろそろ『時間』か。なんかわたし、今回は何もしなかったな……」完膚なきまでに完成されていたりすかの身体が――どろり、と、どろどろ、と――溶解していく。『時間』を逆行していく。十七年分の『時間』を、さかのぼるのだ。その、最終形態でいられるのは一分間が限度――それが、彼女の魔法陣の構造の限界、それが彼女の魔法陣の構造の現在なのだった。「それで――キズタカちゃん。この『わたし』とは、これでまたしばらく逢えないと思うけど……何か、わたしに言っておくことは？」

「…………」

「これが最後かもしれないよん？　ん？」

やけに魅惑的な笑顔と、やけに思わせぶりなその言い草に、ぼくは多少気恥ずかしい思いをさせられたが……、しかし結局、ぼくは――さっき、ツナギがこの病室にやってくる前、同じことをりすかに訊いたときに――りすかから返された言葉を、そのまま、何のひねりも加えずに、返すことにした。これが最後かもしれないと、自分の死を覚悟したぼくに対して、あまりにも的外れだった、その言葉……今回の事件で得られた唯一の確かなものといえば――それくらいだろうから。

「……これからも、よろしく」

こちらこそ、と、彼女は応えて——

★　★

——そして、その、片瀬記念病院跡での騒動から、ぴったり十日後。佐賀県河野《かわの》市、葉隠《はがくれ》町、市立河野小学校、第五学年、ぼくが委員長を務める、五年桜《さくら》組に——転校生が、やってきた。

「繋場《つなぎば》いたちですっ！　いえいぅッ！」

鴉の翼のような艶のある黒髪をした、端正な顔立ちの、少女だった。えらくだぼだぼの服を着ている。手袋やマントこそないが、どういう理由なのか全く不明ではあるけれど、額に絆創膏《ばんそうこう》を張っていた。

「供犠くんっ？　供犠創貴くんっ！」

「……………」

「変な名前っ！　面白いっ！」

「……………」

「ねえ、タカくんって呼んでいいっ？」

「……………」

「決めたっ！　タカくんって呼ぶねっ！」

「…………」

「んっ？　何か言いたいことでもあるのかなっ？」

「…………」

真夏の太陽の如き明るい笑顔で、とにかくのべつ幕なし、口が二つあるんじゃないかってくらいに親しげに話しかけてくる撃場いたちには、確かに言いたいことが色々とあったが——しかしぼくは、引き攣《っ》った笑みと共に、沈黙を続けることを選択した。

いや、まあ、なんていうか……

口は災いの門、とか。

《Eating One》 is Q.E.D.

第五話

魔法少女は目で殺す！

城門管理委員会について語るにはその前に少しばかり説明が必要だろうと、このぼく、供犠創貴《くぎきずたか》はそう思う。何故ならその存在とその内在は、一般人の間にはほとんど浸透してはいないからだ。たとえ知っている者があったとしても、しかしそれは、本当の意味での知識とは言いがたい、とんでもないフェイクでしかないのである。『魔法の王国』・長崎県と、言うならば人間の世界とでも表現すべき佐賀県よりこちら側（長崎県の住人——魔法使いからしてみれば『佐賀から先』）を隔てる『壁』である、県境を端から端まで遮《さえぎ》る形の『城門』における人の出入りを管理している民間組織——という、そんな認識では、城門管理委員会は、まるで足りないのだ。そもそも城門管理委員会の歴史は深く、その起源は長崎県が『魔法の王国』と『成った』、四百年前にまで遡《さかのぼ》る。その頃は民間組織ではない、幕府が——二十一世紀を生きる小学五年生であるところのぼくからしてみればこの幕府という言葉には正直失笑を禁じえないが——幕府がその背後に控えた、超法規にして超権治の公儀組織。対『魔法使い』、対『魔法の王国』の、西洋における教会のような役割を背負っていた（実を言うとこれは結構皮肉な比喩ではあるのだが、それはまた別の話だ）。無論、その頃の『彼ら』は、城門管理委員会などといった大人しい名称では呼ばれていない、カムフラージュする必要がないという以前の問題で、『彼ら』が『城門』を『設計』し『建設』したのは、もう少し後のことになるからだ。『彼ら』が『城門管理委員会』を名乗るのは、明治維新後、『彼ら』の組織が解体され、組織が公儀から民間に下ってからのことである。それまで『魔法使いを殺す術』を独自に修得していたという『彼ら』のやっていたことは、そのもの『魔女狩り』――『魔法狩り』だったわけだが（言うまでもなく、これが現在、水倉《みずくら》りすかが呼ばれている、『赤き時の魔女』に続く二つ目の通り名の由来だ）、その役割は、『魔法使い』に『人権』が認められた明治維新をきっかけに看板を下ろすことになり、以後『彼ら』は城門管理委員会を名乗り、長崎県と佐賀県との行き来を記録するだけの平和な団体となり、『知る人ぞ知る』組織から『誰も知らない、知らなくてもいい』組織へと成り代わったのだった――あくまでも、表向きには。

「んーっと。供犠創貴くん、で、いいんですか？　格好いい名前ですねー」

ぼくが知っているのは偶然だ――たまたま、ぼくの父親が、現在の佐賀県の保安を担《にな》っている警察組織、佐賀県警の幹部である供犠創嗣《きずつぐ》であるが故《ゆえ》に、表面上は何事も起こっていないとはいえ、常に『魔法』の脅威に、日本全国で唯一、隣り合わせで晒《さら》されているこの佐賀県の『安全管理』を担っている佐賀県警の幹部である供犠創嗣であるが故に、ぼくは知っているに過ぎない。『彼ら』は——昔から今に至るまで、ほんの一瞬としてすら、ひよったことなんて、ないということを、知っているに過ぎない。法律で『魔法』の存在そのものが否定されてしまっているので、『魔法』に関してはどうしても消極的にならざるを得ない佐賀県警を隠れ蓑《みの》にする形で、『彼ら』——城門管理委員会が今もなお行っている『魔法狩り』を、知っているに過ぎない。

だから、ぼくは、『ニャルラトテップ』、神にして悪魔、影にして光、大魔道師、水倉神檎《しんご》を探すために長崎県の魔道市《まどうし》、森屋敷市《もりやしき》から遥々《はるばる》『城門』を越えて佐賀県にやって来た同い年の少女、水倉りすかと行動を共にするにあたって、何よりも一番、『彼ら』——城門管理委員会の動向には気を配っていた。りすかと行動を共にするようになってから、現時点で、およそ一年と数ヵ月——ここまでよくもったものだというのが見栄《みえ》を差し引いた偽《いつわ》らざるぼくの本音だが、しかし、それは裏を返せば、これまでがうまく行き過ぎていた、とも言えるのだった。だが、とぼくは思う。何もよりにもよって——『彼ら』と遭遇するというのは、あんまりにあんまりな気がした。——明日から夏休みだという終業式の、今日、この日の、学校からの帰り道に

「うん？　あれ？　供犠くんではありませんでしたか？　んーっと、じゃあ、『きょ

うぎ』くん？　あ、いえいえ、考えてみれば、お父さんが『くぎ』である以上、あなたの名前の読みが『くぎ』でないわけがありませんよね――じゃあ、下の名前が違うんでしょうか？　んーっと、『そうき』くん？」

「『きずたか』であっていますよ――お姉さん」ぼくは自分の名前を間違って読まれることに耐えられなくて、相手の言葉を遮るように、そう言った。特に、敵意を込めるでもなく、かといって迎合するでもない、丁度いいくらいの声質を、少なくとも自分では意識して。「人に名前を訊《き》く前に、まずは自分の名前を名乗ってくださいよ、お姉さん――いい大人なんです、それくらいできるでしょう」

「こりゃ失礼。言われてみればその通りです。なかなか正しいことを言いますね。んーっと、名刺、名刺――」

黒い服。黒いネクタイ、黒い靴。城門管理委員会の『制服』である黒い服に、城門管理委員会のトレードマークであるサングラス、それにオールバックの髪型――余った形の襟足《えりあし》を、やけにファンシーな髪飾りでまとめているのが若干《じゃっかん》気にかかるが、一番気にかかるのは、両頰に施されている、黒いラインのペイントだった。魔法陣や魔法式に似てはいるが、しかしそうではない――（これもぼくはたまたま伝聞で知っているだけなので、偉そうなことは言えないが）――それは、『魔除《まよ》け』だ。

「椋井《むくい》むくろ――城門管理委員会、秘書室勤務。対魔法技能三級、取得済み。んーっと、一応、委員長の秘書をやっています」

同じ文句が記された、黒い名刺をぼくに、深々と頭を下げながら、『彼女』――椋井むくろは、差し出した。椋井むくろ……ふざけた名前だ。偽名かもしれない、いや、そんなことはどうでもいい。問題は、彼女の肩書きの方だ。秘書――それも、委員長の秘書。ふん……やれやれ。なんだか、大物なんだかそうでないんだか、微妙な線のところが、出てきたもんだ。学校からの帰り道、それとなく嫌な予感がしたので、クラスメイトからの誘いを断って、一人帰路についたところ――まあ、どうせ今日は一旦家に帰ってからすぐにりすかのところに行く予定だったから、愚鈍で無能なクラスメイトなんかと遊んでいる暇は最初からなかったわけなのだけれど――学校からそんなに離れていない公園のそばで、「んーっと。ちょっときみきみ」と、左手に持った写真とぼくの顔とを照らし合わせるようにしながら近付いてくる『黒服』が、城門管理委員会であると一瞬で直感したところまではよかったが、こんなビルの隙間、誰も近寄りもしないような隘路《あいろ》にまでのこのこと連れてこられてしまったのは失敗だったかもしれない。どうせ、長い目で見れば城門管理委員会との接触は避けられないことなんだから、相手が一人である以上怖気《おじけ》づく必要もないか、うまくすれば出し抜いて情報だけ引き抜いて見せようと考えたのだが――『秘書』というポジション、ロールを差し引いたところで、この、やたらと「んーっと」を繰り返す、見た感じまだ二十歳やそこらの、オールバックが全然似合わない（むしろファンシーな髪飾りがお似合いの）小娘は、ぼくのやる気を削《そ》ぐのには、十分な存在感だった。まあ、考えてそうしたのだったら、大したものだけれど。

「城門管理委員会――」ぼくは言う。「……委員会の人が、このぼくに、何の用ですか？」

「んーっと。あ、ごめん、大丈夫です、そんなに時間はとらせませんから」椋井むくろはそう言って、ぼくに笑顔を向ける。見た感じ、屈託のない笑顔だった。嘘をついているようには見えないが、巧妙に嘘をついていないようにも見えない。まあ、今のところどっちとも言えない、が正解だ。「それとも、時間、ないですか？　あ、そっか、夏休みの宿題、やらなくちゃですね」

「夏休みの宿題を夏休みに入ってからやるような、低俗な人生は送っていませんよ。それよりも、用件を。安心してください――腹の探り合いをやるつもりはありませんん。誤魔化《ごまか》すつもりも、はぐらかすつもりもありません――ぼくには」

「………………。う―ん。肝が据《す》わっていますね。どんな心臓をしているんですか？　とても、小学生とは思えません」椋井むくろはそう言って、何故か照れたような表情になる。「では、単刀直入に用件に入りましょう、供犠くん」

そして、一旦口を閉じて、真剣っぽい口調で、椋井むくろは言った。

「供犠くん。供犠創貴くん。早急に『ディスク』を委員会に引き渡してください」

「…………」

『ディスク』――一口に『ディスク』といってもその種類は様々だが、しかし城門管理委員会が今現在、このぼく、供犠創貴に対して要求する『ディスク』と言えば、この世に一枚しか存在しない――そう、ついこの間、山奥の廃墟、片瀬《かたせ》記念病院跡で入手した、あの『ディスク』だ。悲しき犠牲を出し、今もまだ、そして恐らくこれからも、供犠創貴と水倉りすかにとって尾を引く出来事であろう、『影の王国』、影谷蛇之《かげたにへびゆき》との戦闘の結果、その在り処《あか》が示された、『ディスク』。片瀬記念病院跡において、命懸け、まさしく命懸けの、ぼくもりすかも、まとめて一緒に命を落としかけたすれすれでぎりぎりの戦闘の結果、手に入れることができた、『ディスク』。水倉神檎が影谷蛇之と火住峠《ひずみとうげ》、二人の魔法使いに管理を任せていた、今のところ唯一の、水倉神檎に繋《つな》がる手がかり、足がかりである――『ディスク』。それしかない。それしか、ありえないのだった。

「勿論――わ、わたし達は知っています。きみの父親が佐賀県警を実質的には支配していると言える供犠創嗣であることも知っていますし、きみが『ニャルラトテップ』の娘である水倉りすかと協力して悪しき魔法使い達を次々と、確実に言えるだけでもこれまで九十三人の悪しき魔法使い達を滅《ほろ》ぼしたことも知っています。その話はここ、佐賀県だけに限ったことでなく、福岡県博多市の病院で、『風』の魔法使いを一人滅ぼしたことも知っていますし、同級生の在賀《ありが》織絵《おりえ》が攫《さら》われた事件の犯人である魔法使いを滅ぼしたことも、知っています。その直後、水倉神檎の『甥《おい》』、水倉りすかが『お兄ちゃん』と慕う水倉破記《はき》と接触したことも知っていますし――つい最近、片瀬記念病院跡地において、『影の王国』と『火祭り』が管理していた『ディスク』を入手したことも、全部全部、知っています。だから誤魔化してもらってもはぐらかしてもらっても一向に構わなかったのですが、そうするつもりがないというのは、んーっと、ありがたいです」

「…………」

「おや？　沈黙ですか？　んーっと、何か、間違ってましたでしょうか」

「間違いは、三つですよ」ぼくは言った。「椋井さん、さっきあなたは、『滅ぼした』と三回言いましたけれど――それは違います」

「違う？　どう違います？」

「滅ぼしたんじゃない。殺したんです」ぼくは言う。それは、目を逸《そ》らしてはならないところだ。直接的な物言いを、避けてはいけないところだ。「魔法使いを殺し、魔法使いを殺し、魔法使いを殺し、魔法使いを殺し、魔法使いを殺し、魔法使いを殺し、魔法使いを殺し、魔法使いを殺し、魔法使いを殺し、魔法使いを殺し、魔法使い

を殺し、魔法使い、魔法使いを殺したんです。そうやって、九十三人、殺してきました。集団が混じってますから、それを単純計算で経験値と捉《とら》えられても困りますが、しかし、それがどうしたっていうんです？　今、この場には関係のないことでしょう。得意げに列挙されても、期待されているような応対はできませんよ」

「確かに、今、この場には関係のないこと、ですね」椋井むくろは、苦笑した。痛いところを突かれたとでも言うように。「ええ、それを、『だからどう』しようというつもりは、わたし達には――少なくとも今時点、このわたしには、ありません」

「ないんですか？　……それは少し意外ですね」

「ええ」椋井むくろは頷《うなず》く。「一体、どのくらい用心深くやっていたのか――『魔法狩り』を独自に行っている『魔法使い』がいるという話は、当然、随分前からつかんでいましたけれど、しかし、それがあの水倉神檎の娘と、供犠創嗣の息子であったことが判明したのは、つい最近のことですからね」

「…………」

「と、いうか――水倉神檎に娘がいたということ自体、わたし達は知りませんでした。『魔法の王国』じゃあ、有名な話なのかもしれませんがね。『甥』の彼にしたって……いえ、これも、関係のないこと、ですけれど」

「――そうですか」

なるほど。どうやら、ぼくらは自分で考えていた以上に、うまくやっていたらしい。となると——片瀬記念病院跡での一件から、摑まれたか。委員会も委員会で、この『ディスク』を追っていたということだろうか。あるいは。あるいは——だ。

「委員長は、あるいは、供犠創嗣に対する取引材料として、この事実を使用するかもしれませんが、んーっと、まあ、なにがどうでも、今この段階で、どうこういうような話ではないです」

「それはあなたがたの勝手ですから、こんなことを言うのは余計なお世話ですけれど——ぼくの父親に対して、ぼくは何ら、取引材料にはなりませんよ。りすかが魔法使いだということを、あの人は知りませんから、その点で、驚きはするでしょうが。いや——あるいは、それすら、本当は知っているのかもしれませんがね」

「本当、きみは小学生とは、思えませんね」

「小学生ですよ。夏休みの宿題を、終えている程度です」ぼくは言った。「ま——その件でぼくを『裁く』つもりがないという事実には、安心させられたというのが正直なところですね。無駄な戦闘をせずにすむ」

「戦闘？」

「できればあなた達——城門管理委員会と接触するときは、共同戦線を張りたいと思っていましたから」

「あら。思ったより平和主義なのですね」

「ちょっと……まあ、最近、勉強するところがありましてね。むやみやたらと敵意を振りまくのは、止めにしたんです」ぼくは言う。「しかし——勿論、仲良しこよしとは、いかないんでしょうね」

「ええ。わたし達の『目的』は『ディスク』です」

椋井むくろは言った。

「あなた達——供犠創貴と水倉りすかに対する『態度』は、その後で決定する、とのことです」

「…………」

「武闘派の人達は、水倉神檎の娘が嚙《か》んでいることもあって、暴力ずくで奪ってしまえばよいと主張しているのですけれど、如何《いかん》せん——用心に越したことはありませんから」

「用心？　水倉りすかに対して、ですか？」

「きみも含めてです。供犠くん」はっきりとした発音で、椋井むくろは言う。「委員会の中にはあなたのことを『水倉りすかの腰巾着《こしぎんちゃく》』として軽く見ている者も少なくないですが、委員長を始めとする主軸はそう思ってはいません——『腰巾着』というよりは『知恵袋』。そう表現するべきだと、ね」

「言い回しが古くって、よく分かりませんね。十歳の子供を相手にしているということを、忘れないでいただきたい」ぼくは言った。「要するに――平和主義なのはそちらこそ、というわけですか？」

「……たかが、子供の二人」椋井むくろは――ため息混じりに、言った。「叩き潰せない道理はありませんが――しかし、最低限の被害を避けられない。だからこその平和主義であるということは――勘違いして欲しくないところなんですけれど」

「そんな愉快な勘違いをするほど、おめでたくはありませんよ。ご心配には及びません」ぼくは怯《ひる》むことなく応えた。「あなたがたの功績については――父親からよく聞かされていますから」

「なら、結構です」

椋井むくろは、右袖《そで》をまくって、時間を確認した。もう随分と話し込んでいるような気がするが、実際は、それほど時間は経っていないはずだ。椋井むくろの背後に見える大通りでは、ぼくの通う小学校の、ランドセルを背負った生徒達が、まだぞろぞろと、下校している最中だった。こんな状況を誰か知り合いに見つかると厄介だが、しかしまあ、椋井むくろの陰になって、ぼくの姿は向こうからは見えないだろうから、それは気にしなくていいだろう。そもそも――そんな余計に気を割《さ》いている余裕など、ほとんどないのだから。

「で、どうしますか？　供犠くん」椋井むくろは、せかすように言う。「もしも、わたし達に『ディスク』を引き渡すつもりがないのなら、そう言ってくればいいんです——その場合、委員会が総力を挙げて、力ずくの行為に出るだけですから。形振《なりふ》り構ってられる状況でないことは、きみだってわかっているでしょう？」

「形振り構ってられないって——それは、つい最近『城門』を越えたという、『六人の魔法使い』のことを頭に浮かべて言っているのですか？」

「そう、それです」

椋井むくろは、ぼくの言葉に、頷いた。『六人の魔法使い』。水倉りすかの従兄にして『お兄ちゃん』、『迫害にして博愛の悪魔』、不幸を操る魔法使い、水倉破記から得た情報だ——つい最近、ほとんど時を同じくして、『六人の魔法使い』が、『城門』を越えた、と。六人の内五人までが称号持ち——それが何を意味するのかまでは、まだわかっていない。わかってはいないが、しかし、『ニャルラトテップ』、水倉神檎がそれに一枚噛んでいることだけは——どうやら、間違いがないらしかった。当然、『城門』を『管理』している、城門管理委員会の人間が、『六人の魔法使い』について、知らないわけがないことはわかっていたけれど——けれど、それでもやはり、委員会が『六人の魔法使い』を脅威として捉えているらしい事実を、ぼくはここで、はっきりと感じとった。そう——ぼくとりすかのことなど、構ってはいられないくらいに。

「…………」

しかし、やれやれ――さて、どうしたものかな。今のところ、うまくすれば期せずして、城門管理委員会と、同盟とまではいかずとも、敵対することなく、これからもことを進めていけそうな雰囲気は――ある。無論、そんな雰囲気など、ちょっと強い風が吹けばすぐに消え去ってしまうような頼りのないもので、そもそも城門管理委員会が約束を守るだなんて、ぼくはちっとも信用しちゃあいないのだが――ぼくはともかく、りすかのことが、ある。水倉りすか――水倉りすかは、自分の行為によって、純粋な『人間』が死ぬことを、好まない、らしい。いや、人間に限らない。魔法使いであっても、それが『悪しき』魔法使いでない限り、死んで欲しくはないようだ。いやいや、それどころか――たとえ『悪しき』魔法使いであってさえ、芯のところでは、死んで欲しくないようなのだ――少なくとも、現時点、十歳の時点の、水倉りすかは。そんな弱音をはっきりと吐いたことがあるわけではないが――どうやらそうであるらしいことを、ごく最近、ぼくは、気付いた。相手が向かってくるときにそんな甘えたことを言うような聖少女では、勿論りすかはないのだけれど、でも、恐らく中立の時点では、りすかは城門管理委員会との戦闘を、嫌がるだろう。たとえりすかにとっての悲願の一つが、あの天高くそびえ立つ『城門』の撤去にあるとしても、だ。と、なると……ここで、委員会との敵対を選択するのは、ぼくとしては避けたいところだな。りすかの機嫌を取るというわけではないけれど、わざわざ危険を冒してまで、りすかの機嫌を損ねることはないだろう。そもそも、あの『ディスク』なんてのは——

「……っ！」

と——そこまで考えたところで、ぼくは思考を停止させた。否《いな》、させられた。思考を停止せざるを、得なかった。沈黙したぼくからの答を待つ椋井むくろの、その背後の大通りに——一人の小学生を、目に捉えてしまったからだ。

「つ——」

「ん？　何？」

「あ、いえ——」

言葉が出掛かったところで——飲み込む。そして、平静を装ったまま、さりげなく、視線を、自分の足下に落とした。椋井むくろの背後の大通りから——逸らした。椋井むくろは、さすがに不審そうだったが、しかし、首を左向きに傾げただけで、特に追及はしてこなかった。助かった、とぼくは思う。いや、別に、ぼく自身は、特に助かってもいないし、そもそも危機に陥《おちい》ってもいなかったのだが——それでも、だ。やれやれ、我ながら、よく、このタイミングで『彼女』のランドセル姿を見て、下校途中の『彼女』を見て、言ってしまわなかったものだ——ツナギ、と。

「………………」

ツナギ——繋場《つなぎば》いたちという名前で小学校に通っている、つい先日、ぼくが委員長を務めている五年桜《さくら》組に転入してきた、黒髪の、額にやたらと絆創膏を張っている、転校生。常にだぼだぼの服を着ている、ヘンな女としてキャラが立ち、やってきて間もないというのに早くもクラスに溶け込んでいるという女の子なのだが——実のところ、魔法使いである。それも、そんじょそこらの魔法使いではない、超ウルトラ級の魔法使い。それどころか、女の子ですらなく——自己申告での年齢は、嘘かまことか、二千歳だとか。属性《パターン》は『肉』、種類《カテゴリ》は『分解』——その矮軀《わいく》の全身を五百十二の口へと変態させ、ありとあらゆる存在を——『魔力』さえも！　——分解・消化し、自分のモノとしてしまう、全身が魔法式と魔法陣で構成されているりすかにしてみれば、天敵のような、恐るべき魔法使いなのだ。で、どうしてぼくが、そんなことを知っているかと言うと——『ディスク』——椋井むくろが今、ぼくに要求している、そのツナギの『ディスク』を、片瀬記念病院跡において取り合った相手が、他でもない、ツナギだからだ。ぼくとりすかが片瀬記念病院跡に辿《たど》り着いたときには、既に、『ディスク』の管理人であった火住峠は、ツナギによって、食された後だったのである。思わぬ『天敵』との遭遇に、ぼくもりすかも大ピンチだったが、辛くもツナギを撃退し、痛み分けにも似た勝利を得、『ディスク』はぼくらの手に渡ったわけなのだけど——

そのきっちり十日後、ツナギが転校生として、ぼくのクラスにやってきたというわけだ。目的は不明――てっきりぼくを目的とした『偽装』の転校だと思ったのだけれど、しかし、ぼくに対して攻撃を加えてくるようなこともないし、そもそも、『ディスク』どころか『魔法』のことさえ、おくびにも出さない。まるっきり、明るく元気な転校生といった感じなのである。

「タカくん、好きな音楽はっ？」

「タカくんって、身長何センチっ？」

「タカくん、生年月日はっ？」

「タカくんの好みの女の子のサイズはっ？」

「タカくんの家、遊びに行ってもいいっ？」

そんな感じで、そんな感じばっかりで、とにかく、意味不明だとしか言いようがない。少なくとも、それは殺し合いをした相手に取る態度ではなかった。まるで、片瀬記念病院跡でのことなんて、本当は何もなく、ただの夢だったと言わんばかりだった。りすかにも相談してみたのだが、向こうから何もしてこないのなら放って置けばいいの、と、『天敵』に対して、積極的な接触を避けたがっているご様子だった。相手の出方が分からない以上、ぼくも『対応』できるわけもなく、かといってぼくは表向き学級委員長である以上、彼女、繋場いたちを無視し続けるわけにもいかず、探り探り、手探りの人間関係で、とうとう、今日、終業式を迎えてしまったわけなのだけれど――しかし、何もこんなときに、城門管理委員会の人間と話しているときに、ぼくのそばを通りすぎることも、ないだろうに。やれやれ、正に、やれやれといった感じだ。

「……仕方ありませんね」

「うん？」

「仕方がない――と言ったんです」

そうだ、仕方がない。ぼくとりすかについては、とりあえず、今のところどちらに転んでも似たような状況だと言えば言えなくもないが、逃れることも受けて立つこともどちらでもできる状況だと言えば言えなくもないが、ツナギは――そうではないだろう。ここでぼくが城門管理委員会と敵対するようなことになれば、委員会はもっと詳しく、もっと嫌らしく、ぼくらのことを調査するに違いない。そうすれば、当然、ツナギ――繋場いたちという、夏休み直前というとても不自然な時期に転入してきたとても不自然な転校生が、とても不自然な形で浮かび上がってくるはずだ。今のところ繋場いたちは、その正体を誰にも隠し通しているが――ましてぼくやりすかが口外するはずもない――しかし、城門管理委員会が調べれば、そんなことはいとも簡単に露見するだろう。ぼくは思い出す。委員会が行っている『魔法狩り』の――そのやり

　方と、その末路を。決して表沙汰にはならない、『悪しき』魔法使いの、悲惨な結末を。無論、ツナギだって馬鹿じゃあるまいし、それ相応の対策を、城門管理委員会に対しては張っているだろうが——あえてぼくが、今ここで、それがどういうことか分かっていて、委員会の矛先がツナギに向くことをよしとできるかどうかという問題とは、そんな推測は関係ない。別にツナギを庇《かば》おうというわけではない——ただ単に、これは、片瀬記念病院跡での、辻褄《つじつま》合わせだ。ここで、椋井むくろに、「あっ！　すぐそこに魔法使いがいる！」とでも言えば、彼女だって城門管理委員会の一員、喜び勇んですぐさま仲間に連絡を取り、ツナギを追って行き、とりあえずぼくは急場を凌《しの》げるということは分かっているけれど——それをしようとは、思わない。ひょっとすると『ディスク』やりすかの『魔法狩り』について、城門管理委員会が知ったのは、あるいは彼らがツナギという魔法使いを追っていて、その副産物として——という可能性もある以上、それは十分検討に値する策であることがどれだけ分かっていても、それをしようとは思わない。こういう言い方をするとりすかは気分を害するだろうが、ツナギは、なんというか、憎めない奴なのだ。クラスメイトとして、凶暴性の一切が削除されている繋場いたちとしてもそうだけれど、片瀬記念病院跡で殺し合いを演じたあのときも、一貫して、なんだか、妙に憎めないところのある、りすかと違って、つかみどころのある——愛嬌《あいきょう》のある子供だった。実際は子供ではないわけだけれど、特に危機というわけでもないこの状況で——あまり、彼女を巻き込もうとは、ぼくには思えない。恩を売るつもりもないけれど、そしてぼくの趣味じゃあないけれど、ここはアレだ、『ここは任せて先に行け』って奴を、戯《たわむ》れに実践してみるとしよう。暇潰しには、悪くない。

「あの『ディスク』はですね——」

ぼくは、椋井むくろが、間違っても後ろを振り向かないように、たっぷりと勿体《もったい》つけた話し方で、そう切り出した。狙い通り、椋井むくろは「んーっと、ふんふん」と、どこからか手帳を取り出して、頭の高さをぼくに合わせ、屈《かが》めてくる。

「——今現在、『とある人物』の下に預けています」

「『とある人物』？」

「そこまで調べはついていませんか——まあ、友達、ですよ。友達ということにしておきましょう。古い馴染《なじ》みの友達です」ぼくは、更に、相手の興味を引くような言い方をした。「預けたのは、そこが一番安全な場所であると——どこよりも安全な場所であると判断したからですし、そして勿論、『ディスク』の解析を頼むためでもありました。その結果は、芳《かんば》しくありませんでしたが」

「そりゃそうでしょう」椋井むくろは知った素振りで、頷いてみせる。「仮にも水倉神檎の所有物ですよ——仮にも『影の王国』と『火祭り』が、二人がかりで守護していた『ディスク』に刻まれているデータですよ。『とある人物』がどのような方か存じませんが、専門知識も専門器具も持たない一般民に、解析が可能なわけが——」

「いえ、そもそもそういうレベルの話ですらなく」ぼくは極めつきの情報を口にした。「あの『ディスク』——ブランクなんです。一バイトとして、データは入っていませんでした」

「……え？」

さすがに、啞然《あぜん》とした風の椋井むくろ。

「空っぽ、完膚《かんぷ》なきまでに空っぽなんですよ——あたかも生まれたばかりの赤子の如《ごと》く。無論、魔法的、魔術的な処理も一切なされていませんでした。そういう細工小細工を見抜くのを得手とするりすかが断言しましたから、まず間違いないでしょう。その辺の電器屋で売られているディスクと、何ら変わりがないんです。混ざってしまえばもうどれだったか分からなくなってしまうくらいに」

「わ、分からなくなっちゃったんですか!?」

「物の例えですよ。いくらなんでもそんなアホなことはしません」椋井むくろのあまりの慌てた態度に、ぼくは苦笑した。「『ディスク』を引き渡せというのなら、だから引き渡しますよ——あれはもう、ぼくらにとっては、不要なものです」

「で、でも——んーっと、もしかしたら、何か見落としがあるかもしれないじゃないですか」椋井むくろは、仕事を忘れてしまったかのように言う。「『ディスク』の中身がブランクだなんて――そんな……」

多分――椋井むくろ個人の気持ちではなく、城門管理委員会の総意として、その『ディスク』は、頼みの綱のような存在だったのだろう、と、ぼくは推測した。ぼくとりすかにしてみれば、最初から、それほど期待を寄せていたわけでもない『ディスク』なので、その中身が空っぽだったところで、それほどの衝撃は受けなかったが――まあ、そのためにツナギとあれだけの死闘を繰り広げたのだと思うと、思うところもなきにしもあらずだが――城門管理委員会は、そうではなかったらしい。フォローする義理もないのだが、ぼくは一応、言っておくことにした。

「勿論、お姉さんの言う通り、ぼくやりすか、それに『とある人物』が、『ディスク』について、『何か重要な事実』を見落としている可能性は否定できません――存在を否定するのは容易でも、非存在を否定することが難しい、そんな理屈に則《のっと》った上で言うのなら、ですけれど。だから、『ディスク』は引き渡すと言っているじゃないですか。あなた方で、好きなだけ調べてください――それでももしも『何か重要な事実』が浮かび上がるようでしたら、ぼくとしても、そんなハッピーなことはありません」

まあ、委員会が部外者であるぼくらにそんな重要機密を教えてくれるとは思いませんが――とは、言わなかった。言って雰囲気を殊更《ことさら》悪くする必要はないし、そもそも、言う必要もないことだ。あれが、あの『ディスク』がブランクディスクだということは、ほぼ絶対に、固定された事実なのだから。物理的なプロテクトがかけられているわけでも魔術的なプロテクトがかけられているわけでもない。魔法式も魔法陣も、欠片《かけら》として、その痕跡さえ、存在していなかった。指紋の一つすらも、付着していなかったということだった。楓《かえで》の調査結果だし、ぼくもりすかもこの目で確認した、間違いないだろう。

「安心してください、偽物を手渡したりはしません――なんなら、ぼくの家にあるディスクを全部、持っていってくれて構いません。『とある人物』の家のディスクもね。ただ、りすかの家だけは勘弁してやってくださいよ。できれば、委員会の人間と、直接的に接触して欲しくないんです――何が水倉の血を刺激するか分かりませんから」

最後の部分は適当な思いつきの口から出任せだが、城門管理委員会とりすかのダイレクトセッションはまだ先延ばしにしておきたいので、そういう風に言っておくことは、必要だった。そんなに説得力のないハッタリでもないだろう、何せ、あの水倉神檎の、娘なのだ。ぼくとりすかは委員会から随分となめられているようだが、それでも最低限の警戒心があるからこそ、委員会は強攻策にでてこない、はずなのだから。

「そこまでする必要はないです——それは、ケースを調べれば分かることですから」

「ですか。なら、明日なら時間が取れますから、明日渡すということで、いいですか？」

「いえ——そうと分かれば、なるべく早い方がいいんです。できれば、今から、すぐに」

「そうですか。じゃあ、電話だけさせてください。『とある人物』について、あなた方がつかんでいないというのなら、できる限りその手札を晒したくありませんから、一旦時間が欲しいんですけれど——」

この分じゃ今日はりすかの家に行くことはできそうにないな、と思いながら、ぼくは、今後の算段をする。とりあえず、今日は『ディスク』を渡して別れるにしても、もう一度、きっちりした席で、城門管理委員会とは話し合う必要がありそうだ。いよいよ、父親の力を、本格的に借りるときが来たのかもしれないと思うと、憂鬱《ゆううつ》な気持ちを、ぼくはとても、避けられないのだが……。

「んーっと……じゃ、それでいいです。あまり歓迎できない提案ですけれど、やむかたなしでしょう。んーっと、一旦別れて、その後、どこかで待ち合わせましょう」

「ええ。まあ、頑張《がんば》ってくださいよ。信じてもらえないかもしれませんが、期待はしています。『ディスク』の解析。『魔法使いを殺す術』を備えているというあなた方なら、ぼくらには思いも寄らないような、独自の方法で結論を導き出せるかもしれません」

「うん、そうですね――」

と、椋井むくろが頷いたとき。

「できるわけないのよ、そんなこと」

ぼくは、後ろから――首をつかまれた。

「……………っ！」

いや、正確には――後ろから、首に腕を絡《から》ませるような形で、飛びつくように抱きつかれた、というべきなのかもしれなかった。その二の腕が、頸動脈を柔らかく捉えて――そして、ぼくの頰に摺《す》り寄せるようにぼくの右から覗かせた顔からは、絆創膏の匂いがした。『彼女』は――にっかりと、笑ってみせる。ぼくに対して、そして、椋井むくろに対して。

「――ツナギっ！」

「へいへい。ツナギちゃんだよーん」

突然の登場に思わず狼狽《ろうばい》し、振り向こうとしたぼくを、ツナギは、まるでチョークスリーパーでも決めるがごとく、前向きのまま固定し、「まあまあ」と、言う。まあまあって……大体、どうしてツナギが後ろから？　さっき、大通りを、ぼくの目の前を、椋井むくろの背後を、通り過ぎていったはずのツナギが、どうして、ぼくの後ろから——

「魔法使いは後ろからこっそり忍び寄るのが大好きなのよ。不勉強ね、タカくん」

ツナギは——そう言って、尖った八重歯をむきだしにする。その台詞《せりふ》は、ぼくにとっては新鮮な驚きだった。転校してきてからこっち、ぼくに対して『魔法』の『ま』の字も口にしなかったツナギが——城門管理委員会を目前にしたこの状況で、あっさりと、己が魔法使いであることを、認める発言をしたのだから。ひょっとすると記憶喪失か、あるいは二重人格なのか、はたまたただのそっくりさんかといぶかしんでいたのだが——そうではなかったのだ。単純に、ツナギは、ただの普通の明るい元気な小学五年生を——演じていただけだった。しかし、そうはいってもそんな驚きなど、新鮮なだけで、それだけでは大したことではなかった。少なくとも、この後——ぼくが感じた、度を越えた異常に対する、驚きに較べれば。

「つ——」

椋井むくろが、ツナギの姿を見て。

「——ツナギさん！　どうしてここに！」

城門管理委員会の人間が魔法使いを見て——まるで襟でも正さんばかりの勢いで、手足をそろえて、気をつけをしたのだった。『魔法狩り』、問答無用で魔法使いを『滅ぼし』てきた、対魔法、対魔法使いに対する民間組織が——ツナギという名の魔法使いに、礼を払ったのだった。それは、ぼくにとって、最早《もはや》コペルニクス的とも言える、ここ最近ではダントツの驚愕だった。

「あら、面白い」それに対するツナギの態度は、平然としたものだった。「河野《かわの》小学校五年桜組のこの私が、下校道のそばをたまたま通りかかることが、そんなにおかしなことかしら。ねえ、タカくん？」

「……そりゃそうだ」答えないのも妙な感じだったので、ぼくは何となく、同意する。「おかしなことなど、何もない。おかしなことなど」

「聞いての通りじゃないかしら、椋井さん」当たり前のように、ツナギは椋井むくろの名を呼んだ。「椋井さん——城門管理委員会、委員長秘書。身分はあなたの方が高いのだから——そんなに畏《かしこ》まることはないんじゃないかしら、椋井さん。私なんて所《しょ》詮《せん》は使い捨ての兵士なのだから、そんなの、面白いわ」

「し、しかし——」

椋井むくろの動揺は、『ディスク』がブランクだったと聞かされたとき以上だった。ぼくは振り向くのも振り払うのも諦《あきら》め、横目でツナギを窺《うかが》い、「どういうことなんだ？」と聞いた。

「ついさっき、通信簿を受け取るときまで、このぼくに対して素性をすっとぼけてやがったことはさておくとして――ツナギ。きみ、こちらの城門管理委員会のお姉さんと、面識があるのか？」

「あら。もう『いたちちゃん』とは呼んでくれないのかしら。少し寂しいわ」

「質問に答えろ」

「面白いわ――その強気な態度。私はもういつだって、あなたを食することができるポジションにいるというのに」

「…………」

ふふ、と、ツナギは微笑んだ。

「大丈夫、心配しなくてもいいの――額に絆創膏が張ってある内は、私が普通の口で喋っている内は、戦闘モードに入っていないということだから。タカくんを食べちゃったりはしない……それに、まだ、タカくんには訊きそびれていることがあるんだから」

「質問に――答えろ」

ぼくは言う。ツナギは再び、ふふ、と笑う。

「面識があるも何も――私、城門管理委員会の一員なんですもの」ツナギはあっさりと答えた。「タカくんとりすかちゃんのことを委員会に報告したのも、『ディスク』のことを報告したのも、この私なんですもの——今日、ここで、タカくんに椋井さんが接触することも、情報としてあらかじめ知っていたわ」

「つ、ツナギさんっ！」

慌てたように、割って入る椋井むくろ。

「ぶ、部外者に、あまり、そういうことを——」

「そうだったわね——『魔法狩り』の、『城門管理』の城門管理委員会が、魔法使いを飼っているなんてことが公になったら、まずいことになるものね」ツナギは言う。「それに、そもそも『城門管理委員会』の起源まずいどころか、むしろ、楽しげに。「それに、そもそも『城門管理委員会』の起源を設立したのが、何を隠そうこの私、ツナギちゃんだなんてことがタカくんに知れたら、どれだけ大変なことになるか——」

「…………っ!!」

驚きのランキングが早くも——更新された。ツナギ——繋場いたち。魔法使いである彼女が、城門管理委員会の一員であるばかりでなく、それどころか、その設立者……、だって？　いや、そりゃ確かに、仮にツナギの年齢が、本人の申告通りに二千歳だとすれば、『魔法の王国』が成立し、ほぼ同時に、城門管理委員会の前身が設立された、四百年前の段階を、ツナギは生きていたことになるのだから——話自体に矛盾は生じないが、しかし——あまりにもその事実は、唐突過ぎる。ツナギが、城門管理委員会の人間だっただなんて——それなら、それが本当なら、前回の、片瀬記念病院跡での戦闘の意味が、全く変わってくるではないか。委員会の一員なら、全員が黒服にサングラスだという思い込みがぼくにはあったが、『魔法使い』であるツナギは、最初っからそのルールから、外れているということなのだろうか？

「驚いた？　タカくん」

「驚くも何も——じゃあ、ツナギが、城門管理委員会の、委員長だっていうのか？」

「まさか。そんな雑務は、相応《ふさわ》しい別の人間にやらせているわ」ツナギはさらっと、そんなことを言った。「私は常に前線部隊——孤高なる前線部隊よ。この前タカくんとりすかちゃんとやりあったときのように、戦うのがお仕事よ。戦うしか能のない女なの」

孤高なる前線部隊——か。ふざけているのかそれとも真面目《まじめ》に言っているのか、判別の難しい形容だが、しかし……少なくとも、前回、片瀬記念病院跡でツナギと戦闘になったとき、ツナギはそんなこと——彼女が城門管理委員会に属していることなど、まるで匂わせてもいなかった。一人で、独りで戦う魔法使い、といった感じだった。無論、それは、こちらが思いもしなかったというだけでなく、ツナギ自身、それを隠そうとしていた、というのも、あるのだろうが……しかし。

「つ、ツナギさん――」もう困り果てたというように、椋井むくろが、情けない声を出す。「勘弁してくださいよう。そ、それじゃあ、わたしの出てきた意味がないじゃないですか。ツナギさんはあくまで、陰から供犠くんとりすかちゃんを観察するというーー」

「観察は終わったわ」ツナギは言った。「というより――観察期間は終わったって感じかしら」

「…………？」

椋井むくろが、ツナギのその台詞の意味を測りかねるというように、不思議そうな表情をした。ぼくは、さすがにこの驚きのラッシュに混乱こそしていたものの、既に自分を取り戻していたので、ツナギと、椋井むくろ、その両方に注意を払ったままで、状況の整理を試みる。つまり――なんだ？　半ば予想通り、というか、解答が確定してしまってから言えば当たり前でしかないのだが、ツナギがぼくのクラスに転入してきたのは、やっぱり、ぼくとりすかを『監視』するためであって――そんなことは、まるで匂わせてもいなかったとは言え、そうとわかってから考えてみれば、『ディスク』を追って、ツナギがぼくとりすかよりも一足先に、火住峠を『滅ぼし』ていたのは、ツナギ個人としての行動ではなく、城門管理委員会としての、一連の行動だった、というのなら、後から考えれば引っ掛かりとしてあった、ツナギがどうしてああも執拗《しつよう》に、ぼくとりすかを殺そうとしたのか——にも、論理的な得心が行く。目撃者を消さなければならない必然が、あのときのツナギにあったとするならば、だ。それならば、ぼくは、既に十数日前の段階で、気がつかない内に、城門管理委員会とのファーストコンタクトを終えていたというわけだ。片瀬記念病院跡で観測したツナギの性格からして、すぐさまぼくとりすかの下へリベンジに、『ディスク』を取り返しにくるだろうと思っていたのだが、それをしなかったのは文字通り『ディスク』を『預けて』いたからか……ツナギも委員会の者として、『水倉神檎』の娘の存在を知った以上、好き勝手に動くわけにはいかなかったのだろう。ツナギが武闘派の一員であるのかどうかは、不明だが、とにかく、ツナギはぼくを観察するという役割を負って、転校してきた。ん……いや、しかし、これだけでは、何かおかしいか？　そうだ、『ディスク』。やっぱり、『ディスク』だ。もしもぼくに『預けて』おいたのだとすれば——どうして今になって、今この時点になって、その『ディスク』を、回収しようとする？　時期的にも中途半端だし、回収するならば、それこそツナギがやればいい。どうして、わざわざ委員長秘書なんていうキャラクターが登場しなければならない？　先ほどのツナギと椋井むくろの会話から判断する限り、どうやらツナギが委員会の一員であるというのは、トップシークレットらしいから、というのを理由に据えるとしても——

「観察期間が、終わったからよ。タカくん」ツナギは言った。「椋井さん——あなたは、どうやら知らないままにこの任務を請け負ったようだけれど、そもそも、自分でも変だとは思わなかったかしら？　委員長の秘書である自分に、『ディスク』の回収なんていう、どっちつかずの任務が回ってくるなんて」

「……え？　んーっと、それは、まあ」

「他の人達が、今、それどころじゃないからよ。だから、そのしわ寄せであなたがこんな任務をせざるを得なかった——かくいう私も、同じこと。タカくんの観察なんて任務を、呑気《のんき》かましてやっている場合じゃ、なくなったのよ。これはこれで面白かったんだけれど、でもまあ、夏休み、入っちゃったしね。いいタイミングといえば、いいタイミングじゃないかしら」

「ど、どういうことですか？」

「『六人の魔法使い』の最初の一人——『眼球倶楽部』、人飼無縁《ひとかいむえん》の動きが、確認されたのよ」

椋井むくろの問いに、ツナギは答えた。

「ま——『魔眼遣《まがんつか》い』の、人飼無縁が——」

「椋井さんも知っての通り、『六人の魔法使い』は『城門』をくぐってから、全員行方知れずとなっている——その動きを完全に潜《ひそ》めたままだった。だから、私にも、私達にも余裕はあったわけだけれど——これで、タカくんやりすかちゃんに割くだけの容量が、本当になくなったことくらい、椋井さんになら分かるでしょう？」

「……だから——『ディスク』の回収を？」

つまり——ぼくらを泳がせておく余裕が、委員会になくなったということか？　これまでのように——泳がせておく余裕が。『魔法狩り』を行っている魔法使いの存在をつかんでおきながらその正体がツナギの報告があるまで不明だったのは、ぼくの用心深さもあったろうが、それ以上に、委員会がその調査に本腰を入れていなかった——『魔法狩り』を泳がせていた、というのもあるのだろう。事実、ツナギとの遭遇以降も、ツナギが転入してきた以外、委員会はぼくとりすかに対して、何もしていない。泳がせていた、というわけだ。『ディスク』のことも含め——泳がせていた。しかし——『六人の魔法使い』の一人が見えてしまったが故に、それができなくなった、というのか。『眼球倶楽部』、人飼無縁。水倉破記から——聞いた名だ。今、椋井むくろは何と言った？　『魔眼遣い』？　『魔眼』——なんだそれは？　りすかからも、聞いたことはない単語だ……。

「そう。だから予定を変更して早急に『ディスク』の回収を行うことにした——というのが、昨日までの話」

ツナギは言った。

「その時点では、私のことについては、タカくんとりすかちゃんには『伏せ』たままで、『ディスク』だけをうまく回収する予定だったの――だから椋井さん、あなたには、『眼球倶楽部』のことは伏せられていたんじゃないかしら。けれど、そうは言っていられなくなったのよ」

「観察期間が――」椋井むくろが反復する。「観察期間が、終わった、ですか？」

「そう」

ツナギは言う。

「今朝――河野小学校で終業式が行われている正にそのとき、『眼球倶楽部』が――小学校の周辺をうろついていた、らしいの」

「…………！」

「…………！」

ぼくと、椋井むくろが――揃って絶句する。ツナギは、まるでじゃれあっているかのように、ぼくの首に腕を回したままではあるが、さすがに真剣な口調と表情で、言葉を続ける。

「狙いが私なのか、それともタカくんなのか――あるいは、不登校で終業式にも出席していなかったけれど、りすかちゃんなのか。それは分からないけれど、あるいはその全員なのかもしれないけれど——人飼無縁の狙いが、その三人の内の誰かであるのは、明白なのよ。だから——観察期間は終わり。委員会の判断——『命令』として、ツナギ、それに椋井むくろは——観察対象であった供犠創貴と協力し、人飼無縁を捕獲——それが不可能であれば殺害せよ、とのこと、だったかしら」

「そ、そんな——」

戦慄した風な椋井むくろだったが、どうしてか供犠創貴の名が勝手に命令の中に組み込まれていたような気がして、ぼくはそれどころではなかった。

「可能であれば水倉りすかとも合流しろ、とのことだったんだけれど、どう？　タカくん」

「『どう？』じゃないよ——どうしてぼくがきみに協力しなくちゃいけないんだ、ツナギ」

「あら。生死を共にした仲じゃない」

「敵味方で、だろうが。そんな生死に意味があるか」あまりに図々しいツナギの言い様に、ぼくは呆れ混じりに応える。「そうでなくとも、りすかときみとを会わせることはできないよ——りすかはきみに対して、かなり恐怖しているようなんだから」

「りすかちゃん、おいしそうだもんね。ていうか、実際おいしかったし」

「もう二度と食べるなよ」

「協力してよー。タカくん。悪しき魔法使いを一掃するという意味では、私達とタカくんは、利害の一致した関係にあるわけじゃないかしら」

「あそこまで人を食い尽くそうとした奴の言う言葉じゃないな。ぼくにとってはツナギこそ、悪しき魔法使いの一人だよ」

「そんなつれないこと言わないでさー」やけにフランクな感じで、ツナギはぼくの耳元に囁《ささや》くようにする。「ほれほれ。こうやって抱きつくとおっぱいの感触が通じない？　ぽよんぽよんぽよーん。りすかちゃんにはない、この未曾有《みぞう》の感覚、どうかしら？」

「小学五年生に小学五年生の色仕掛《いろじか》けが通じるか」

それにりすかだって最近は、と言いかけて、やめておく。なんかアホらしい展開になりかねない。

「そんなこといって、わかってるんだから」ツナギは言う。「さっきタカくん、魔法使いである私を、私という魔法使いを、城門管理委員会から、庇ってくれたんでしょう？　私が委員会の一員だと知らなかったから的外れな行為だったとは言えさ。それなら、一回助けるも二回助けるも、同じじゃない。一回助けて二回目は見捨てるなんて、不実なんじゃないかしら」

「虫のいいことを言うな。自分のことは自分でやれ。自分のことだろうが」

「……そんなこと、言われなくても、わかってるわよ。私だって、本当なら、こんなことは言いたくない――タカくんのことは嫌いじゃないけれど、嫌いじゃないからこそ、正体はもう少しの間、隠していたかったわ。たとえ『六人の魔法使い』の一人が、小学校の周辺をうろうろしていたからといって、それが『魔眼遣い』でさえなければ、タカくんに協力を仰いだりはしないのよ」

この辺は田舎だから委員会の影響力が薄くって――とツナギは言う。

「委員会全体で対応しようとしても、どうしても時間がかかってしまうのよ。先に何かを仕掛けられたらヤバい。タカくんはどうだか知らないけれど、私達委員会は、魔法使い相手に後手後手に回るのは避けたいのよ。迅速な対応が、私達には求められているのよ、タカくん」

「それはさておき――ツナギ。『ディスク』の解析が、できるわけがない、というのは、どういう意味だ？」ぼくは、あわよくば面倒そうな話を逸らす意味も含めて、訊いた。「それはぼくらと、あれだけ取り合った『ディスク』について、するコメントであるとは、思えないな」

「ああ、そういう意味じゃないわ。ただ、タカくん達に解析できないというのなら――私達にもできないだろうと、そういう意味なのかしら」

「…………？」

「今、この周辺に『魔眼遣い』がやって来ているというその事実も――それを裏付けているわ。だからこそ、私達は急がなくちゃならない。タカくんにも、協力してもらわなくちゃならないの」

「……『魔眼遣い』」ぼくは、ツナギの言うことをとりあえず無視して、自分の訊きたいところだけを訊く。「『魔眼』ってのはなんだ？　人飼無縁が使用する魔法と、何か関係があるのか？　そう言えば称号も『眼球倶楽部』とか言ったっけ――」

「ああ！」

ツナギは大仰な、悲鳴のような声をあげた。

「なんてこと――タカくん、あなた、『魔眼』を知らないのね？　そっか、だから『眼球倶楽部』の称号を聞いても、そんなのほほんと構えていられるのかしら――面白いわ。このテンションの差異。私の、私達の焦りが、あなたにはいまいち通じていないというわけかしら？」

「…………？」

見れば、椋井むくろも、驚いたような顔をしている。どうやら城門管理委員会の者にしてみれば、その『魔眼』という言葉は、かなり一般的なものであるらしい。『魔眼遣い』――『眼球倶楽部』か。その詳細までは、水倉破記は教えてくれなかったから、ぼくには想像することすら許されていない。しかし……何にせよ、『六人の魔法使い』の一人が、ぼくの通う小学校付近に存在していたというのは、これもまた、驚きの事実ではあった。目的が、ツナギなのかぼくなのか、りすかなのか——あるいは『ディスク』なのか、それは判然としないが……。りすかに会いたければ、りすかの根城であるあのコーヒーショップに向かえばいいのだから、その懐《ふところ》に『ディスク』がありそうだということを考えて、りすかよりはぼくかツナギだという可能性が高い。城門管理委員会にはツナギ本人が報告した形だからバレバレだけれど、客観的に見れば、ぼくかツナギ、どちらが『ディスク』を持っているかなんて、わかりっこないのだから。いや、ぼくかツナギなら、普通はツナギが『ディスク』を持っていると考えるだろう——少なくとも、水倉神檎側の人間からしてみれば。ふん——やれやれ。だとすると、ここで、押してまで、ツナギと椋井むくろ、ひいては城門管理委員会に、協力する理由は、見当たらないな。恩を売るつもりがないのは、ツナギが城門管理委員会の一員であり、設立者であるとわかった今でも、同じことだ。さっき、椋井むくろからツナギのことを庇ったのと同じ意味で（まあ、それはツナギの言う通り、えらく的外れな行為だったわけだが）、ここでツナギに協力する必要はない、と、ぼくは考えた。ああそうか、と思い当たる。ぼくと椋井むくろが『ディスク』についで話しているまさにそのそばを、タイミングよくツナギが通り過ぎるなんて、偶然が過ぎると思っていたけれど、あのときツナギは、ぼくと、ぼくに『ディスク』を要求しているであろう委員会の人間を、探していたわけだ。

「仕方ないわ。じゃあ、説明してあげる。タカくん、『魔眼』というのはね――」

ぼくの思考などまるで察する様子もなく、限りなく自己中な様子で『魔眼』についての説明を、ツナギが始めようとしたまさにそのとき――異変は起きた。

「う……っぐっ、い、っ！」

そんな――嗚咽《おえつ》ともなんとも取れない声、否、音を――咽喉の奥から搾《しぼ》り出すようにして――椋井むくろが、胸を押さえながら――その場に崩れ落ちたのだ。

「……え？」

ぼくは、不覚にも――非常に気の抜けた反応をしてしまった。こういう場合としては、最低のリアクションだったと思う。しかし、そうするしか、なかった。何かがあったわけではないのだ。何かが光ったわけでも、何かが聞こえたわけでも、何かが匂ったわけでも、何かが触れたわけでも、何かを味わったわけでもない――何もなかった。何の現象も、起こっていない。だから、異変は起こらないはずなのだ。しかし――起こらないはずの異変が、起きた。彼女――椋井むくろは、何も、何一つとして、状況に揺らぎはなかったはずなのに――くぐもった音を立てて、膝の関節が壊れてしまったかのように、崩れてしまったのだ。

「む——椋井さん!?」

ようやく、一瞬遅れで、ぼくと、そしてツナギは反応し——倒れた椋井むくろに駆け寄ろうとする。椋井むくろは、しかし、それを遮るかのように——うつ伏せに、倒れたままで——震える右手で、震える右手の親指で、ぼくを指差すようにした。否、ぼくではない——ぼくの背後を、指差したのだ。倒れた衝撃でサングラスが外れ、覗いた両目は既に瞳孔が開いていて、焦点も定かではなかったけれど——はっきりと、ぼくの背後を、椋井むくろは、指差したのだった。

「『魔眼』についての説明は誰よりも我輩が相応しいだろうよ。いや、『魔眼』についての説明は誰よりも我輩が相応しくないだろうよ、と言うべきかな?」

背後からの——声だった。それが——今日、このビルとビルとの狭間において迎えた、驚きのラッシュアワー、最後の——今度こそ最後の、驚愕だった。ぼくは、ついさっき、ツナギから聞いたばかりの言葉を、思い出す。いわく——魔法使いは後ろからこっそり忍び寄るのが大好きなの——だ、とか。

「『眼球倶楽部』、人飼無縁——!」

ツナギがはき捨てるように言う。背後からは、笑い声が聞こえる。嫌らしい嫌らしい、まさに、魔法使いの、笑い声が——した。

「教えてあげよう、少年。いや、教えてあげない、少年、と言うべきかな？」背後の魔法使い、人飼無縁は言った。『魔眼』とはその名の通り文字通り、見たら死ぬ、そんな目のことを言うのだよ」

★　★

魔法とは——要はその使用者の、精神そのものであると言っていい。人間の精神を、換言するならば『心』のようなものを、外側の世界に向けて放出する行為、それが魔法。だから、逆に言うならば、その者が使用する魔法を観察すれば、その者が一体どのような人物であるのか、判明する、ということでもある。水倉りすかのように、他者——りすかの場合は、父親、水倉神檎——から無理矢理に刻み込まれた魔法であったとしても、それは同じだ。己に内在する『時間』を操作できるというりすかの魔法は、りすかの精神性をよく表している。全身を『口』に変態させるというツナギの魔法も、また然《しか》り。影谷蛇之の『固定』の魔法、あれほど彼の精神性に適《かな》った魔法は他にないし、『運命』、偶然に干渉し不幸を操作するという水倉破記の魔法なんて、言うに及ばないだろう。では、たとえば、ここで人を殺すことだけに特化した魔法が、あるとしよう。真空を召喚《しょうかん》しその結果として人を殺すのではない、影を縫いつけその結果として人を殺すのではない、不幸を呼び寄せその結果人を殺すのではない、全身の口でかぶりつきその結果人を殺すのではない、ただ単に、純粋に、人を殺す結果人を殺すという——そんな魔法があったとしよう。見たら死ぬ。そんな魔法があったとしよう。だとすれば——そんな魔法を使用する者の精神性——人間性とは、一体どれほどに——計り知れない概念で、あるのだろうか。

「ふ——振り向いちゃ駄目ッ！」

ぼくらとの戦闘のときでさえ出さなかった、そんな切迫した声で——ツナギは、右にひねろうとしたぼくの頭を、両腕で挟み込む形で、固定した。ツナギもまた、ぼくを抱きすくめるような姿勢のままで、後ろを振り向いたりはしない。目前では、椋井むくろが倒れている。既に絶命していることは、瞭然《りょうぜん》だった。どうしようもないほどに絶命していることは、瞭然だった。絶命——死んでいる。ついさっきまで、ぼくと話していた人間が、死んだ。ついさっきまで、ツナギと話していた人間が、死んだ。それは、重い衝撃として、ぼくとツナギの胸の真ん中を射抜いていたが——しかし、そんなことすら構っていられないとしか言いようのない圧迫感が、背後に、ずっしりと、存在していた。

「つ、ツナギ——」

「先手を打たれたか――！」本気で悔やんでいることを示すように、ツナギは歯軋《はぎし》りをする。「くそ――なんてことなの。全然面白くないわ――」

そして、ツナギは、背後の存在に向けて言う。

「そこにいるのね――人飼無縁！」

果たして、背後からは。

「ははは」

と、まず、笑い声がした。

「久しぶりだね。いや、初めましてと言うべきかな？ツナギ、、、ツナギさま」それは無闇に、無理矢理に上品ぶったような、癇《かん》に障《さわ》る声だった。「如何《いか》にも如何にも、我輩の名は人飼無縁。『眼球倶楽部』の人飼無縁だよ」

「くっ――」

ツナギの歯軋りが一層激しくなる。振り向けない――振り向けない以上、相手の姿を捉えることはできない。背後にいる人飼無縁とやらが、どんな容姿の持ち主なのか、判別することはできない。しかし、その野太い声質からすれば、壮年くらいの男性であることは、想像がついた。『六人の魔法使い』の一人――『眼球倶楽部』、人飼無縁。

「さて、どうやらその少年が『魔眼』についての説明を求めていたようだから、我輩はとりあえずその女を殺してみたのだが、感想は如何《いかが》だったかな？　それが『魔眼』、これが『魔眼』だよ。見たら死ぬ、見たら死ぬ、見たら死ぬ――目が合えばそれだけで死ぬ。魔法陣も魔法式も、どころか呪文の詠唱すら必要ない――究極魔術の一つだよ」

「究極――魔術？」

魔法陣も魔法式も呪文の詠唱も必要ない――だって？　馬鹿な、そんな魔法が――あるというのか？　呪文詠唱の義務というのは絶対不可欠で、それを補うために、魔法式や魔法陣があるのであって――最低限、その三つの内どれか一つは、魔法の発動には必要なはずなのに。少なくとも、今まで出会ってきた魔法使いは、全員、そうだったはずなのに。どんなレベルの高い魔法使いでも、そうだったはずなのに。こいつは――違うというのか？　『魔眼』――『魔眼遣い』だって？　ぼくはツナギに視線をやる。ツナギは「悔しいけれど奴のいう通りよ」と言った。

「それが『魔眼』。目が合うだけで死を意味する――究極魔術どころか、ほとんど禁《きん》呪《じゅ》に近い。魔法使いが決して辿り着けない彼岸《ひがん》にのみ存在する、悲願の魔術構築――それを達成した者は、これまで皆無――」

「ただ一人の例外を除いて」

背後から、人飼無縁が言った。誇らしげに。

「それがこの我輩だよ、少年」

そうか——と、ぼくは得心する。要は魔眼というのは、エビル・アイの、魔術ヴァージョンということか。エビル・アイとは、伝承によって様々なヴァリエーションがあるが、突き詰めたところ、それは人間の死に直結する眼球のこと——『視線』というものが、リアルに存在していると信じられていた頃の、妄想の産物だ。実際は眼球とは受容器官だから、自ら『視線』のようなものを発射したりはしないのだが——このイメージは、蝙蝠《こうもり》やイルカの超音波理論に近い——、『魔法の王国』では、それは『魔眼』という形で、伝承されていたというわけだ。究極魔術という単語もまた、ぼくは聞いたことのないものだったが、つまり迷信のような感じなのだろう。雷様がおへそを取りに来るぞ、みたいな。実際は雷様なんてこの世にはいないし——そして、『魔眼』も存在しない、はずのものなのだ。だが——ここにいるのは、一人の例外。例外の——魔法使い。ツナギが、そして城門管理委員会が、『魔眼遣い』を恐れていた、このぼくを協力させようとしたその理由に——ようやくぼくは、このとき、追いついたらしかった。

「…………」

だが——疑問は、まだ残っている。そう、どうして、そんな『魔眼遣い』、『六人の魔法使い』の一人が、今、このとき、この場所に現れたかということ——

「――で？」

ツナギが、剣呑《けんのん》な、低い低い声で――言った。どうやら、既に覚悟は決まったらしい。さすがだとしか言いようがないが、唐突な形で椋井むくろが『殺されて』しまった衝撃からは――既に立ち直ったようだった。

「何の用なのかしら、あなたは――昔を懐かしみに来たというわけでも、ないんでしょう？」

「勿論、用件はある。いや、用件はない、と言うべきかな？」対する人飼無縁は、余裕たっぷりの口ぶりで応じた。「とりあえず、まずはこちらを向きたまえよ、我輩の方を向きたまえよ――背中を向けられたままでは、満足に話もできない」

「冗談。あなたを相手に正面を向くなんて――少しでもあなたを知っている魔法使いには、決してできない所業じゃないかしら」

「ははは、なんだ、そこの女が死んだことを怒っているのかな、ツナギさま？　馬鹿馬鹿しい。馬鹿馬鹿しいよ。その女は我輩が殺したから死んだのではない。弱いから死んだのだ」人飼無縁は嘲《あざけ》るように、そう言った。「ツナギさまの美しいご尊顔を拝みたいと望むのは、我輩のような紳士としては至極真っ当な要求であると思うのだがね？」

「……反吐《へど》が出るわね、『魔眼遣い』。いいからさっさと用件を話しなさい――委員会の人間を殺しておいて、この私と友好的な話ができるだなんて、思っているんじゃないわよ」

「こちらを向けと言っているんだ」

人飼無縁は言った。

「さもなければ——きみ達から今見えている大通りを行き交う人々を、全員殺す」

正面の——大通り。まだ、下校中の小学生の姿も、多々見えるし——『魔法』のことなんて、まるで興味のない、一般の人々が、普通に、ただ普通に、歩いている——そんな道。人飼無縁から見れば、ぼくとツナギの身体が、大通りまでの間には存在しているわけだが、しかしぼくやツナギの、小さな身体では、何の障害物にもならない。彼からは——大通りが、広く見渡せていることだろう。

「道を埋め尽くす死体の山を見るのと、我輩を見るのと、どちらでも好きな方を選ぶがよいよ。言っておくが——『魔眼』とは、別に意識的に我輩の目を見ている必要はないのだよ。その視界の中に我輩の目が入っていれば、十分に用は足る。要は、我輩の『魔眼』から発される魔力が、破壊対象の受容体である『眼球』に届けばいいだけなのだから。我輩の『魔眼』と対象の『目』とが、直線で結ばれてさえいれば、距離も意識も関係がないのだから。それは純然たるルールなのだよ。なんなら試してみようか？　今、この場で『魔眼』を使用して——一体何人の人間が死に至るか」

「…………っ！」

ツナギが息を呑むのがわかった。そりゃそうだ、ぼくだって全く同じ心境だった。何のためらいもなく──無関係の他人を、道行く人々を巻き込む言葉を口にした、人飼無縁。それだけならば、まだいい。それだけなら──ただの脅《おど》しの文句として、理解できる。そんなものは、ただのコミュニケーションの一種に過ぎない。ツナギが、そしてぼくが、ここで背筋も凍るような、そんな気分にさせられたのは──人飼無縁の言葉の底から感じ取れた、明らかに、そういった大虐殺に──慣れている、経験者の物腰のせいだった。大通りの人間を全員殺すといったような大虐殺を──既に一度と言わず二度と言わず、経験していることが確実な、その言いっぷりだった。否、この男──殺人に慣れているんじゃない。殺人に慣れ親しんでいる。試すまでもなく──人飼無縁は、知っているのだ。ここで、今ここで『魔眼』を使えば──一体何人の人間が、死に至るのか。ふん……しかし、やれやれ、だ。終業式からの下校中に訪れた、このいきなりの危機に、どう対応したものか──ぼくは、まだ、判断に迷っていた。『魔眼遣い』──それが本当だとするならば、この状況下で対応できるはずもない。ツナギの魔法は──『牙』であろうと『口』であろうと、『魔眼』には届かない。何故ならツナギは、直接攻撃型、それも接近戦タイプの魔法使い。それはかなり恐るべき魔法使いであることは確かなのだが、逆に言えば、相手に近付かないことには話にならないということを意味する。離れていても攻撃——それを攻撃と呼ぶべきなのかどうなのかは微妙なラインだが——できる、『魔眼』の前では、魔法として、ないも同然なのだ。そしてそれは、ツナギを天敵とするところの、りすか——水倉りすかにしたって、同じである。何故ならば、りすかの魔法は、『血』。身体から血を流さないことには話にならない。だが、目前の椋井むくろを見れば一目でわかるよう——『魔眼』で殺された場合、一滴の血も流れることはない。ただ、ただ単純に、死ぬだけなのだ。それでは——それでは、りすかは、切り札も伏せ札も、使用することができないではないか。りすかがこの場にいないのは、そういう意味ではラッキーだったと言わざるを得ないが——しかしそれで、ぼくとツナギが、危機から脱出できるというわけでもない。ツナギについてはさっき考えた通りだし、そしてぼくは——魔法使いでもなんでもない、ただの人間だ。魔法に対しては、『対応』するしか、やり方を持たない、人間。だが、『魔眼』のように、相手が魔法を発動させた瞬間に、勝敗が決してしまうとなれば——そもそも『後手』が存在しないではないか。それこそ、打つ手がないという奴だ。

「どうした？　振り向かないのなら——」

「待てよ」

人飼無縁の言葉を遮って——ぼくは振り向いた。

「たータカくんっ!?」

「離せよ、ツナギ」ぼくは、まだ首に引っ掛かっている形のツナギの腕を、振り解きながら、言った。「ぼくらの勝手で、無関係の人を巻き込むわけにはいかないだろうが。同じ小学校の生徒だっているんだぜ」

「で、でも——」

「とっとと従え。離せ、と言っ、たんだ」

三回言ってようやく——ツナギは、腕を、ぼくの首から、解いた。随分と長い間拘束されていたような気がするが、これでようやく、自由になった。ツナギから解放されたことで、身体ごと——人飼無縁の方を向くことができた。

「……ふうん」

まあ、大体——予想通りの、風体だった。堂に入った壮年、という印象。背はそれなりに高く、しかしどうにも不健康そうな、痩《や》せた身体。底の厚い、先の尖ったブーツ。全身を包む、この季節にはやぼった過ぎる、真っ黒なローブ。吊り上った眉《まゆ》に、左右に裂けたような口唇。ニュートンに恨みでもあるんじゃないかというくらい、重力に逆らった髭《ひげ》。社会の教科書に出ていた、板垣退助《いたがきたいすけ》という人物の髭に似ている。両手には、青い色の手袋。そして、その目は——『魔眼』とやらは、まあ——何と言うこともない、普通の、普通にしか見えない、三白眼だった。

「ははは」

人飼無縁は――ぼくを見て笑った。

「少年の方は随分と勇敢だ。いや、少年の方は随分と勇敢じゃない、と言うべきかな？」人飼無縁は思い切り馬鹿にしたように言う。「そうだ、そうだよ。自分ひとりのために、無関係の大勢が殺されることなんて――当たり前の神経をしていたら耐えられないよな？　我輩だってそうだ」

いけしゃあしゃあとそんな言葉を吐く人飼無縁。

「まあしかし、そんな、どこの誰とも知れない少年など――我輩にとってはどうでもよいのだよ。我輩が用があるのは、ツナギさま、あなただけだ。あなたは、どうなのかな？　他の全てを犠牲にしてまでなお――我輩を振り向かないだけの、勇敢さを備えて、いるのかな？」

「……面白いわ」

かくして――ツナギもまた、ぼくに続いて、『魔眼遣い』を振り向いた。振り向くと同時に、再び、その両腕で抱きしめるように、ぼくの首を固定しにかかる。この場合、固定したのは首というよりも、身体全体だろう。ぼくが何か先走った行動を取らないように――あらかじめ、押さえ込んだのだろう。それを余計なお世話だとは、ぼくは思わなかった。つまり――今、既に始まっているこの戦闘は――そういう種類のものなのだ。目前にあった椋井むくろの身体を背後に回し——このぼく、供犠創貴と、ツナギ、繋場いたちは——人飼無縁と、正面に、向かいあった。

「ははははは」人飼無縁は高らかに笑った。「二十年ぶりになろうというのに、あなたは全く変わっていない、ツナギさま——むしろ若返ったと見える。察するに随分と健啖《けんたん》なお食事ぶりだったようだな。胃の弱い我輩としては、羨《うらや》ましい限りだ」

「で、結局、何の用なのよ——人飼無縁」

「いちいちフルネームで呼ぶとは他人行儀な。しかしまあいいだろう。用件？　用件ね」

「……私を、殺しに来たというわけかしら？　水倉神檎の——命令に従って」

「誤解されては困る。いや、誤解してもらって結構、と言うべきかな？」人飼無縁は愉快そうに言う。「我輩は決して、あのお方の配下に入ったというわけではないよ——立場としては対等なつもりだ。同じ目的を持つ同志と言ったところなのかな」

「………………」

同じ目的——影谷蛇之が言っていた『箱舟計画』のことか？　その確証はないが、しかし、『六人の魔法使い』が、その影谷蛇之の死と前後する形で、城門を越えているという事実を照らし合わせて考えれば——そうである可能性は、決して低くない。

『六人の魔法使い』について、水倉破記から聞いた段階から、何かが動き始めていることはわかっていたけれど――それは、そういうことだったのか。

「だから何よ。結局は同じことじゃないかしら」ツナギは強気な態度で言う。それは、決して虚勢だけのものではなかった。「その『目的』とやらを達成するために、私、そして私が水倉神檎を打倒するために練り上げた組織である城門管理委員会が――邪魔だってことでしょう？」

「違う」

人飼無縁は、ツナギの推測を、否定した。

「逆だよ、ツナギさま。いや、その通りだと言うべきかな？」人飼無縁は言う。「城門管理委員会をあなたが設立したことは――あのお方にしてみれば、計画の一部でしかないのだよ、ツナギさま。目的達成のための過程にしか過ぎない。ツナギさま、あなたはあのお方を打破せんがために『城門』を製作し『城門管理委員会』を作ったおつもりだろうが――しかし、そうではない。そんなのは全て――あのお方の、意のまま思いのまま。手のひらの上で、可愛らしいダンスを踊っているに過ぎないのだよ」

「は……はあ？」

ツナギは、人飼無縁の言葉に、苦笑いのような、引きつった表情を返す。人飼無縁の言葉は、それほどまでに、ツナギにとっては――予想外のものだったのだろう。

「何を言っているのかしら。あなた――頭がおかしいんじゃないかしら？　そんな無茶苦茶な……」

「『魔法の王国』が『魔法の王国』であるために、『城門』は不可欠なものだったからね——ツナギさまとしては長崎県を『封印』したつもりだったのだろうが、あのお方にしてみれば、それは全く裏返しなのだよ。まあ、たとえばだがね」人飼無縁は裂けた口を更に裂いて、笑う。「城門管理委員会にせよ——『将来の敵』が一箇所に集中してくれているのが、便利好都合極まりないと、そういう風には考えられないかな、ツナギさま？」

「戯言《ざれごと》を——ほざくじゃないの」

ぼくの首を固定する、ツナギの腕が、かすかに震えている。怒りに——震えているらしい。まずいな、とぼくは思う。ツナギはぼくの独断専行を封じる意味で今ぼくに腕を絡めているのだろうが、しかし、どちらかといえば独断専行に出そうなのは、この様子ではツナギの方のようだ。りすかもまた、挑発行為や侮辱行為にはすぐに反応してしまう、リミットの短い魔法使いではあるけれど、ツナギもツナギで、気の長い方ではないらしい。まあ、そんなこと、前回の戦闘で、既によくわかっていたことなんだけれど……。

「その少年はどうやら城門管理委員会ではないようだが——うん？　我輩の目撃者か何かかな？　だがまあ、そんなことは、どちらでも同じこと。我輩達は目的を達成するにあたって、城門管理委員会だけを削除すればいいというのだから、簡単なものだ」

「…………」

「おっと、そうそう。あのお方のお嬢さんのことも、忘れちゃあならないが――まあ、優秀な従兄どのに執事どのが、彼女の背後にはいるわけだし、心配にはあたらないか。少々はしゃいだところですぐに分を弁《わきま》え、無茶はするまい」

ふん――やれやれ。なるほど、後ろから現れたがゆえに、一体どこからぼくとツナギ、椋井むくろの話を聞いていたのか、判断しかねていたが――どうやら、ぼくが水倉神檎の娘、水倉りすかの協力者であるという事実に――人飼無縁は、気付いていないようだ。ぼく達が交わしていた会話の、そのほとんどを、人飼無縁は聞いていなかったらしい。精々、最後の最後、『魔眼』についてのくだりぐらいか。ふむ……。幸運……なんだろうか？　わからない。だが、しかし、それが光明となるかもしれないことは、確かだ。考えろ。考えろ――どうする。敵が『魔眼』である以上、不意打ちすらも意味がない――呪文の詠唱やら何やらの、『タメ』が不必要なのだから。影谷蛇之の『固定』の『矢』がほんの数本でもあれば、あるいはこの状況からでも勝算はあるのだが、残念ながら、あれはツナギとのバトルの際に、一本残らず使い切ってしまったからな……。

「はん――」ツナギが言う。声までも、怒りに震えているようだった。「何よ。結局、つまりは、私……私達、城門管理委員会を、ただ単に叩き潰そうとしている――ということじゃない。回りくどい言い方はやめてくれないかしら」

「違う、違うよ――ツナギさま。確かに、我輩達は――『六人の魔法使い』と、そしてあのお方は、城門管理委員会を、跡形残らず削除する予定ではあるが――あ、い、い、あなただけは別だ」

「は……？」

「我輩はあなたを勧誘にきたのだ、ツナギさま」

人飼無縁は、変わらぬ口調で、そう言った。

「あのお方が描いている壮大な地図には――あなたというピースが決して欠けてはならないのだよ、ツナギさま。『俺の下に還れ』と――あのお方は、あなたに対してそう仰《おつしや》っておるのだ」

「…………」

それは――ぼくにとってもツナギにとっても、意外で、意外過ぎる――言葉だった。ツナギが、水倉神檎に対して決定的に敵対しているという事実は、前回の事件を振り返るまでもなく、既にはっきりしていることだ。ツナギは、これでも、元『人間』の魔法使い。生まれついての魔法使いではない――水倉神檎の手によって、無理矢理『魔法』使いにされてしまった、そんな存在だ。全身という全身が口になってしまうような、そんな荒唐無稽《こうとうむけい》な身体にされてしまった、そんな存在だ。ツナギは、水倉神檎のことを――ただ単に『敵』ではなく、『仇《かたき》』とまで呼んだ。そんなツナギを――『勧誘』だと？　馬鹿な……ふざけ過ぎている。しかし、人飼無縁は、まるで構うことなく、言葉を繋ぐ。

「『ディスク』を手に入れたろう？　ツナギさま。あれが――合図だったのだよ。様々な難関を突破して、あのお方がこれ見よがしに用意したトラップを撃破して、そうして辿り着いた一枚の『ディスク』――あれは、チェックポイントのフラッグだったのだよ、ツナギさま。もう解析は終わったろう？　空っぽの『ディスク』でがっかりしただろうが――なあに、あんな下《した》っ端《ぱ》の、『影の王国』や『火祭り』なんぞに、そもそも内容のある『ディスク』なんて、あのお方は任せはしない――彼らはツナギさま、あなたが主役のゲームの、ほんの中ボスだ。まあ、ツナギさまにしてみれば、若干物足りないゲームだったかもしれないがね」

「……確かに、ね」

苦々しそうに頷くツナギ。ぼくは、他人事を聞き流しているように装いながら、あの『ディスク』にはそういう意味があったのか、と、一人、納得していた。恐らく——ずっと昔から、数年前とか十数年前とかいうそんな段階ではない、ぼくやりすかが生まれるずっと前から、あの『ディスク』は、様々な形で、様々な形態をとりながら——隠され続けていたものだったのだ。ツナギの現在位置を確認するための、フラッグ。ふむ——ツナギと水倉神檎の因縁というものは、ぼくが考えていたよりもずっと、どうやら深いもののようだった。まあ、実際は、そのフラッグである『ディスク』は、ぼくとりすかが横取りしてしまったわけなんだけれど——やっぱり、人飼無縁は、それには気がついていないようだった。まあ、『ディスク』を最後まで管理していた『火祭り』、火住峠をやっつけたのはツナギなのだから、『ディスク』を入手したのがりすかではなくツナギであると考えるのは、人飼無縁にしてみれば当然なのだろうが——もしも、火住峠を倒したのがりすかとぼくだったなら、ストーリーはまた違った展開を見せていたというわけだ。なまじもう一人の管理人である影谷蛇之を(別の形であるとはいえ)倒してしまっているだけに、考えさせられる話だった。もっとも、全体を上から眺めて考えてみるに、人飼無縁、『六人の魔法使い』、それにあのお方——水倉神檎が、水倉りすかについて、それほど重要視していないのは、確かなようだ。『影の王国』を派遣したことだって、如何にもことのついでと言わんばかりだし……。やれやれ、とぼくは思う。委員会だけじゃなく、水倉神檎サイドにも、随分となめられているようじゃないか、りすか。このことは、是非とも本人に教えておいてやらねばならない。

「勿論、考える時間はあげよう。いや、考える時間はあげない、と言うべきかな？」

人飼無縁は大袈裟な身振りで、言った。「今まで散々敵対してきた――明に暗に、表に裏に、敵対してきたあのお方の軍門に下るなど、プライドの高いあなたには迷いの残る選択となるだろうからね。一時間、待とう」

「い……一時間？」

それって待ったことになるのかしら、とでも言いたげなツナギを、まるっきり無視する形で、人飼無縁は「そう、一時間」と言った。

「一時間後――そうだな。見晴らしのいい場所がいい。潜入捜査でもしているのかどうだか知らないが、あなたが今、年齢不相応に通っている小学校のすぐそばに、大きな公園が、確かあった……そこで、待ち合わせをすることにしよう。人払いは我輩が済ませておこうじゃないか。あのお方の軍門に下ることをよしとするなら――あの『ディスク』を持って、一時間後、そこに来てもらおう。ノーなら、来なくていい」

その場合は――と、人飼無縁。

「その場合は、我輩の『魔眼』でここら一帯周辺にいる人間を全員殺す。委細構わず誰彼構わず、全員だ。何、『魔眼』を使用すれば、一時間もあれば、綺麗さっぱりすることであろうよ。見せしめであるとともに、それが我輩からの、再会の挨拶だ。小学生が多そうで——中々、心が痛みそうではないか」

「き——貴様ッ！」

「落ち着きたまえよ——我輩は『影の王国』のような悪趣味を備えてはいない。できれば、い、い、い、い、い、い。過去のしがらみなど、綺麗に水に流して、仲良くしようじゃないか——ツナギさま」

思わず出てしまったらしいツナギの怒号に対しても、人飼無縁の態度は冷静沈着そのものだった。人飼無縁は何ということもなく次の台詞を言った。

「そして、あなたが心血を注いで作り上げた城門管理委員会を、あなたと共に歩み、苦楽を共にしてきたかけがえのない仲間を、我輩達と一緒に虐殺しようではないかね、ツナギさま」

★　★

今更、改めて確認するまでもないことだったが、椋井むくろは、完璧に——死んでいた。人飼無縁が呵々《かか》大笑しながら立ち去った後、即座に、ぼくとツナギで、蘇生措置を取ったけれど、そんなものはとっくに手遅れだった。ツナギは、まず、ランドセルから携帯電話を取り出して、気だるそうにしながら、番号をプッシュし、城門管理委員会本部と連絡を取った。「椋井さんがリタイアしたから、その処理をよろしく」と、それだけ言って、電話を切った。てっきり人飼無縁に対する増援を呼ぶのだろうと思っていただけに、それだけで通話を終えてしまったのは、ぼくにとって意外だった。していると、ツナギは、「悪いけど、タカくん」と、ぼくに向かった。「ちょっとついてきて。人気《ひとけ》のないところで話がしたいから」。そう言われて、正直、人飼無縁がぼくを、りすかどころか城門管理委員会とも無関係だと判じている以上、ここで、ツナギを見捨てて、問題から逃避して、家に帰るという手も、考えないでもなかったのだが、しかし――少し考えるところがあって、というより、思いついたこともあったので、言われるまま、ツナギについていくことにした。地面に置いておいたランドセルを背負い直して、ツナギの後に続く。人気のないところと言って、一体どこに行くつもりなのだろうと思っていたが、ツナギは、結局、さっき門を出たばかりの、ぼく達が通っている小学校、その、職員駐車場に、ぼくを連行したのだった。なるほど、ここならば、既に掃除は終わっているし、教員達は職務が終わるまでやって来ないから、落ち着いて話ができそうだった。ぼくは、恐らくは三年梅組を担任している若い教員が乗ってきているのだろう、スクーターに腰掛けて、ツナギと、向かい合った。

「一気に色々あり過ぎて、正直、整理するだけで手一杯、ツナギには聞きたいことが山ほどあるって感じなんだけれど——しかし、そのほとんどは、とりあえず、後回しにすることにしよう。それでも、最初に一つだけ訊いておくことにするんだけれど、ツナギ、きみ、どうするつもりなの？」

「やなことを訊いてくれるじゃないのよ」

二年の学年主任の愛車であるシボレーのボンネットに尻を載せたツナギは、えらく不機嫌そうな感じで、しかしやはり気だるそうに、ぼくに応える。『魔法の王国』には自動車という概念がないらしいので、どんな気分でそのボンネットに腰掛けているのか、わからない。いや、そうじゃないか。ツナギは元人間であり、そして自動車なんてものができる遥か前から、生きているのだった。

「人飼無縁、『眼球倶楽部』——以前、『魔法の王国』で会ったときより、更に凶悪化しているわ。恐らく水倉神檎の影響だとは思うけれど……。実際、あそこまで先手を打たれるとは思わなかった」

「凶悪がどうとか言う問題でもなさそうだけれどね。で、どうするんだよ。さっきの電話じゃ、委員会には、人飼無縁と遭遇したことすら伝えていない様子だったけれど。どうして増援を頼まなかったの？　たった一時間とは言え、時間を稼ぐことにはど成功したんだから、委員会の総力で叩き潰せばいいじゃないか。ぼくと椋井さんとツナギとの三人で、どうしてもやらなくちゃいけないって状況じゃあ、既にないだろ。さっきまでと違って、十分に応援を待てる状況だよ」

「……一時間程度の中途半端な時間稼ぎじゃ、何も変わらないわ。中途半端に犠牲が増えるだけ。むしろ時間はよりなくなったと言うべき――それが、先手を打たれたという意味よ。正直、ここまで素早く動いてくるとは思わなかったわ。二手三手、四手は先手を打たれたという感じかしら」

「ふうん……」その言葉だけで納得するのはちょっと無理があったが、しかし、ここは退いておくことにする。「で――もしもそれが必要だって言うのなら、今から『デイスク』が、一時間以内にツナギの手に渡るように手配してもいいんだけれど、ツナギ、きみは一体、どうす――」

「戦うわ」

ツナギは、きっぱりと、言った。

「愚に愚を重ねた愚問だわ――タカくん。私が、あんな悪しき魔法使いに与《くみ》するわけがないじゃない」

「仲間を殺すのは、忍びないかい？」

「当たり前よ。しかし、それだけじゃないわ。たとえ城門管理委員会のことがなくともあんな下種《げす》のいうことに従うほど、私の『人間』は腐っていない」

「『ディスク』はいらないってかい？」

「不必要この上ないわ」

「ここら一帯周辺の人間、全員を危険に晒して？」

「全員、私が守ってみせるわ」

「委員会の力を借りずに？」

「たかが称号一つの魔法使い、私一人で十分よ」

「相手は『魔眼』だぜ」

「それがどうしたというのかしら」

「敵は『魔眼遣い』だぜ」

「それがどうしたというのかしら」

「近付くことすらかなわない」

「それがどうしたというのかしら」

「ツナギの牙は、決して届かない」

「それがどうしたというのかしら」

ツナギはぼくを睨《にら》みつけて、言う。

「それがどうしたというのかしら、タカくん。私は——私の理由にのっとって、私の目的のために、『魔眼』を、『魔眼遣い』を――全身全霊という全身全霊をもって、喰らい尽くしてみせるわ」

「なるほどね」

ぼくは、その、りすかにも匹敵しかねない、ツナギの、頑固で意固地な態度に、呆れ混じりに両手を広げ、頷いた。

「だったら、ぼくの頭脳を使ってくれ」

「…………え？」

「そのつもりで、ぼくをここまで連れてきたんじゃないのかい？　そうであってもそうでなくても、是が非であっても、手伝わせてもらおう。ストーリーに噛ませてもらおう。力を貸そう、協力しよう、きみのために戦おう。血の一滴から肉の一欠片に至るまで、全てツナギを助けるために捧げよう。きみが『魔眼遣い』を打破するというのなら、ぼくはそれに、出し惜しみなく力になろうじゃないか」

「な――何よ、急に。気持ち悪いわね……」ぼくの言葉に、ツナギはとても失礼なことを言いやがった。「さ、さっきまで、協力してくれるつもりなんて、全然なさそうだったじゃない――反対ばっかりしてた癖に」

「反対したんじゃない。反対意見を言っただけだ」ぼくは言った。「この間は、誰かに魔法でもかけられていたのか、不幸な行き違いがあって、敵味方になってしまったけれど、よく考えれば、ぼくらとツナギ、城門管理委員会の利害ってのは、結構一致しているようなところがあるからね」

「さっきと言っていることが逆だわ！」

黙っていればわからないことを、わざわざ突っ込んでくるツナギだった。ぼくはやれやれ、と嘆息してみせる。

「ツナギ。ぼくはね、怯むことなく諦めることなく、難関に立ち向かう奴が——昔っから、大好きなんだ。勝ち目のない戦いに堂々と挑んでいく奴が、大好きなんだ。確固たる、未来に続く目的を達成しようと、精一杯頑張ってる奴なら、ぼくは誰にだって力を貸すのさ」

「……人飼無縁にも？」

「あんな下種の目的が、未来に繋がっているとでも思うのかい？　あんな、無関係の人間を、ああも簡単に巻き添えにしようとする、とんでもない下種の魔法使いの目的が。くだらないことを言わないでくれ。それならツナギは、さっさとあいつらの仲間になっているはずだろう。きみが昔、水倉神檎とどんな関係だったのか、それを探るつもりは今はないけれど——きみのような人格の持ち主が袂を分かち敵対しているというだけで、ぼくにとって、人飼無縁は評価に値する人間ではない」そして、付け加えるように、ぼくは言った。「あと、自分のことを我輩とかいう男は、かなり好かん」

「……私もよ」

ツナギは――ぼくに、右手を差し出した。

「いいわ――確かに、私は最初から、タカくんには、協力してもらう予定だった……ものね」

「それが少しわからないかな。小学校の周辺に人飼無縁がいて、すぐそばにいた椋井むくろと合流するというのは、まあ、納得はできるんだけれど、どうして、椋井むくろが『交渉』をしていたぼくにまで、委員会は協力を要請したのか」

「椋井さんにはああいう言い方をしたけれど、タカくんに一枚嚙んでもらおうとしたのは、私の判断だわ。独断と言ってもいいかしら」ツナギは言った。「少なくとも、前回の戦闘で――私はその程度には、タカくんを評価したと、そう受け取ってはもらえないかしら――『魔法使い』使いさん」

「………………」

「使ってもらうのは、私の方よ。供犠創貴くん。勿論、まずは今回に限ってだけれど――私はあなたの駒になってあげるわ。加減なく惜しみなく、好きなようにお気に召すまま、使い尽くして使い潰して頂戴」

「言われるまでもなく、望むところだ」

ぼくはがっちりと、ツナギの右手を、握った。子供っぽい趣味だと笑われるかもしれないが、しかし、こういう、ついこの間殺し合った相手と共闘する、というシチュエーションは、実のところ——嫌いでなかったり、する。血湧き肉躍るとまではいかないが、少なくとも、人飼無縁に対する上でのぼくのモチベーションは、最大級にまで、アップした。

「じゃあ——」

とはいえ、そんな余韻《よいん》に浸っている暇などありはしない。すぐにぼく達は手を離し、人飼無縁に対する、これからの対策を練らなければならない。先に切り出したのは、ツナギの方だった。

「とりあえず、どうする？　りすかちゃん、呼ぶ？　彼女の『省略』なら、一時間以内にここに来てくれるのは問題ないとしても——」

「いや、ツナギの考えてる通りだよ」ぼくは言った。「りすかの『時間』の『省略』という魔法じゃ、人飼無縁には対応できない。りすかは、何をするにあたってもまず、魔法式の刻まれた『血』を流さないことには、話にならないんだから」

ツナギほどでないにしても——りすかにとって、人飼無縁、『眼球倶楽部』は、天敵的存在なのだ。ツナギに対してはりすかの魔法は通じない——そして人飼無縁に対してては、りすかの魔法は使えない。この意味は全然違うけれど、結果としては、同じことである。『省略』を使って、いきなり後ろから切りつけるという手もあるが——

りすかのはテレポーテーションじゃなく、あくまで時間の省略である以上、本人のイメージできないことは、できない。未来の座標にありえないことは、できない。多分りすかは、『眼球倶楽部』に近付いている自分というものを——イメージできないだろう。

「人飼無縁が『魔眼遣い』であることを伏せておけば、なんとかならないかしら？それって、未来における自己実現の問題なのでしょう？」

「それにしたって、まずりすかが、人飼無縁を見なければならないからね——まあ、りすかの条件で、人飼無縁を打破する手段というのも、全くないでもないんだけれど、それでも、一時間以内にその状況を作り上げるというのは、ちょっとばかし難解だね。面倒くさいというのが実情だ。いくらぼくであっても、さ」

せめて、最低半日でも時間があれば——と言ったところなのだが、しかし、ない時間を悔やんでも、仕方がない。実際はそれとは別に、りすかが『天敵』、ツナギとの共闘をよしとはしないだろうという客観的な予想もあるし、人飼無縁のあの性格も、いかさままずいものがある。ああいうのは、りすかには、少々、相性の悪い性格なのだ。影谷蛇之のときもそうだったけれど……りすかは精神的にまだ未熟なので、ああいう『醜《みにく》い』性格を前にすれば、簡単にキレてしまうだろう。ツナギもどっこいどっこいのご様子だったが、そこは、まあ、妥協するしかない。二千歳というその貫禄に、期待するしかない、そんな感じだ。そして――後一つ。りすかをこの場に呼んではならない、決定的な、理由もある。そんなわけで――

「今回はりすか抜きだ。ぼくの頭脳とツナギの魔法だけで、『眼球倶楽部』には対応しよう」

「え――でも」

「なんだい。一人でやろうって決心までしていたんだろう？　その上ぼくまで味方についている、何も恐れることはないさ。それとも、りすかがいなくっちゃ心細いかい？」

「い、いや、そんなことはないけれど。だからって、いくらなんでも、『魔眼』相手に無為無策でかかるわけにはいかないわ――それとも、タカくんに、何か策があるっていうの？」ツナギは詰め寄るように言う。「『魔眼遣い』を、タカくんと私の二人だけで、やっつける策を、思いついているっていうの？」

「相手が『魔眼遣い』なら策はない」

ぼくは言った。

「だが――『魔眼遣い』でないなら、策はある」

「……え？」

ツナギが、きょとんとした表情になる。

「どういう――こと？　何を言ってるの？　それってどういう意味？　タカくん」

「人飼無縁は『魔眼遣い』なんかじゃないって可能性を、今、ぼくは考えているのさ」

「『魔眼遣い』――じゃ、ない？」

「そ」

ぼくは頷く。

「ツナギ。魔術と奇術の違いが、分かるかい？」

「えっと……魔術にはタネがなくて――奇術には、タネがある？」

「違う。魔術にだって、タネはある。それが理解できるかできないかの違いだ。理解できないタネを持つ奇術が、魔術と呼ばれるようにね」

「じゃあ、魔術と奇術はなにが違うの？」

「魔術師が使うのが魔術で、奇術師が使うのが奇術さ」ぼくは言った。「ぼくの推理する限りにおいて――人飼無縁の『魔眼』は、魔術じゃない。ど真ん中の、奇術の類だ。とんでもない、フェイクって奴さ」

「……………」

「そして、もしも人飼無縁の『魔眼』がフェイクであるなら――ほんの少しだけ棺桶に踏み込むだけで、勝機は生まれる、と、思う。勿論、ツナギのフォローは不可欠だけれどね」

「……根拠は？」ツナギは言う。「何を根拠に——タカくんは、『眼球倶楽部』の魔法を、疑うの？」

「一つには——ツナギも椋井さんも、つまりは城門管理委員会が、公然として、人飼無縁が『魔眼遣い』であることを、知っていたことかな」ぼくは手短に、説明を始めた。「考えてもみろよ、ツナギ。『魔眼』なんて、そんな便利な能力——自分で言いふらしでもしない限り、絶対に露見することはないだろう？　何せ、何の証拠も残らない殺人行為しか、生まない能力なんだから。呪文の詠唱も魔法式も魔法陣も必要ない、目が合えばそれでいい——目と目が直線で結ばれればいい、『魔眼』。仮にそんなものが実在したとして、じゃあどうして、人飼無縁が『魔眼遣い』だなんて、そんな、みんながみんな、知っていることなんだ？」

「それは——」ツナギはしばし、考えてから、言う。「……人飼無縁本人が、そう流布《る ふ》させているから——としか、推測できないわよね」

「何の得があって、そんなことをする？」

「じ——自己顕示欲？」

「そうかもしれない。けれど、『魔眼』なんてのは、戦う相手とすれば難関ではあるけれど、逃げるのは逆に容易じゃないか？　目を瞑《つむ》って、後ろを向いて走れば、それでいいんだから。目が合わなければそれでいいというんなら——逃走方法は、五万とあるよ」

「となると——フェイク」

「そう。それがまるっきり、嘘である可能性」ぼくは言う。「相手が自分を『魔眼』だと、『魔眼遣い』だと思い込んでいてくれたら——こんな楽な話はないよ。さっきの例で言えば、目を瞑って後ろ向きになった相手を、ただ殺せばいいだけなんだからさ」

「でもちょっと待ってよ。実際に——人飼無縁は、『魔眼』を使うわ。タカくんだって見たじゃない。椋井さんが——突然に」

「うん。人飼無縁の場合、実際に——『魔眼』らしきものを使うことは、どうやら認めざるをえないことだ。けれど、ツナギ。『魔眼』というのは、自動的で恣意《しい》性に欠けている、というわけじゃないだろう？　術者本人の確固たる意志が根幹にあって、作動するものだろう？　でないと、視界の中にある全ての人を、最悪、殺してしまうことになる」

「うん——まあ、そうだけど」

「椋井さんはサングラスをかけていた」ぼくは言った。「目が合ったかどうかなんて、人飼無縁の方から、わかるもんなのかい？」

「それは──いえ、それは、椋井さんの方からの問題なのよ、タカくん。メデューサの顔と同じ。椋井さんが人飼無縁の目を見てしまえば、それで発動条件は整うのよ。後は、『魔力』を発動させれば、それでいいの。人飼無縁の方からそれが確認できる必要はないのよ」

「あっそう。それじゃあ、今の推理は撤回しよう。でもね、ツナギ──考えてごらんよ。魔法を使えば人を殺すことくらい、簡単だろう？　何も、『魔眼』なんて引っ張り出してこなくったって」

「………………」

「たとえば、この間、『風』の魔法使いと、ぼくは遭遇した。最初、ぼくはその魔法を念動力かなんかだと思ったんだけれど、実際は『真空』を召喚して、結果として重量を動かしていた、だけだった。まあ、この話は、委員会で既に調べられていると思うから、念のために説明しただけだけれど──つまり、ツナギ。『魔眼』でなくとも、『魔眼』と同じ現象を導き出すことは、出来るんじゃないか？」

「それは──」

ツナギは、更に考え込む。前回の戦いぶりからするに、決して頭の鈍い方ではない、その上で、かなり経験豊富な魔法使いだ──ぼくの言っていることがわからないということは、ないだろう。

「でも……呪文の詠唱も魔法陣も魔法式もない以上——人飼無縁のあれは、『魔眼』と断ずるしか、無いんだけれど……実際に、あいつが大勢の人間を、一気に殺したところも、見たことがあるし——」

「よく思い出して、よく考えてみて。隙間がないかどうか、もう一度確認してみて。人飼無縁が『魔眼』であるという仮定を捨てて——いや、人飼無縁は絶対に『魔眼』じゃないという仮定に則って、思考するんだ。きっと、何か、答が出るはず。呪文の詠唱、魔法陣、魔法式——どれかが、そこに、あるはずなんだ」

「……ローブの下」

ツナギは、はっとしたように、言った。

「ローブって、あのやぼったいローブ？」

「ええ——そうだ。もしかしたら……あいつ、あのローブの下に——魔法式を、描いているのかも」ツナギは続けて、言う。「呪文の詠唱がほとんど必要ないくらいにびっしりと——そして、それを、あのローブで隠しているんだとすれば」

「可能？」

「……まあ、可能」

ツナギは、曖昧に、頷いた。

「人飼無縁の着ているあのローブが、物理的じゃなく、法学的にも、魔法式を『隠す』ための処理が施された糸で織られたローブだとするなら——外側からでは、観測できないわ。うん……そっか。あのローブ……なんか変だと思ってたけど、もしかして——」

「隠身の魔法、って奴かい？」

「それに似ている——正確には少し違うのだけど。それだけじゃない、ということかしら。じゃあ——いや、そうか、魔法式じゃなくて、継続型の魔法陣なのか……詠唱なしで、条件で発動するタイプ。視線の射線が通れば発動する魔法陣——だと考えれば、辻褄は合うわ」

魔法陣は、普通効果は一回切りだけれど、裏技を使えば、何度でも継続して使用できるという話を、確か水倉破記から聞いたんだったが——まさに、それか。

「き……気付かないものだわ。こんなこと……ちょっと考えれば、わかりそうなものなのに」

「疑問に思う暇も隙間も与えないほどの、徹底した情報操作があったってことだろ。むしろ、全く知らない部外者のぼくであったからこそ、些細《ささい》なきっかけで、それに気付けたというだけに過ぎないよ。奇術師のミスディレクションが子供には通じないのと、同じこと。ツナギがショックを受けるようなものじゃない」

「……普通は、魔法陣みたいな『罠』、トラップを——自分の身体に仕掛けるような、危険無防備極まりない真似を、しないからね……一歩間違えば、魔力が暴走して自分の身体がお釈迦になっちゃうんだから」ツナギは言う。「それに――あまりにも無駄が多過ぎる。魔法陣を、隠身で隠すだなんて――普通は何の意味もないもの。効率が悪い、効率が悪すぎる――だからこそ、盲点だったんだけれど」

しばらく、自らの不覚を恥じ入るように、ツナギは俯いていたけれど――しかし、すぐに立ち直ったように顔を起こし、「でも」と、ぼくに言った。

「たとえ――人飼無縁の魔法が『魔眼』でなかったとしても、それと同じ効果をあげていることに、代わりはないわ。『魔眼遣い』という売りがフェイクでも、その結果に変わることはない――一体どんな魔法でもって、『魔眼』もどきを練り上げているのかがわからない限り、状況は何も変わらない。それに――それが特定されない限りにおいて、ひょっとすると、本当に『魔眼遣い』であるという可能性だって、捨てきれないんだから――」

「それは、椋井さんが教えてくれた」

ぼくは言った。

「人飼無縁がどんな魔法を使っているか――どうやって『魔眼』もどきを行っている

かは、既に見当がついている。椋井さんが、教えてくれたよ」

「何を言っているの？　椋井さんは、さっき、人飼無縁に――」

「殺された。ただ、しかし、さすがは城門管理委員会の委員長秘書を務めているだけのことはあった――彼女は死に際に、一つ、ぼくらにヒントを残していってくれたんだよ」

ぼくは指を一本、立てて言う。

「いわゆるダイイングメッセージって奴さ」

「……何それ」

「ミステリというマイナーなジャンルの一用語だよ。誰かに殺されるにあたって、ただ殺されるのが悔しいから、被害者が残す犯人の手がかりのことを言うのさ」

「ふうん……」微妙な表情のツナギ。「……今から死んでしまおうってそのときに、自分を殺した相手のことなんか考えている余裕が、果たしてあるものなのかしら」

「現実的にはそうだね。だけど、この場合は違う。椋井むくろ。彼女は職務を全うしたんだ」ぼくは言った。「人飼無縁の『魔眼』もどきで絶命せんとするその間際に――ぼくと、それに、ツナギに向けて――自分が体験した事実を、伝えようとした。ぼくは、そもそもそれをきっかけに――人飼無縁の『魔眼』が、フェイクなんじゃないかと、疑ったんだよ」

些細なきっかけだけれど——それは、かけがえのない、きっかけだった。

「え——でも」ツナギは額に指を当てて、回想してみせる。「……でも、そんな——メッセージなんて、彼女、残していたとは思わないけれど。地面に字を書いていた、なんてこともなかったと思うし。人飼無縁が去ってから、一緒に検分、したもんね。それとも、タカくんにだけ、わかる形での伝言だったの？」

「いや。むしろ、椋井さんが伝えようとしたのは、ツナギの方だと思うよ。椋井さんからみれば、ぼくよりもツナギの方が、ずっと頼れる奴なんだろうし」

「ま、椋井さんとは、委員会の中じゃあ、仲がよかった方では、あるけどね」

「自分で作ったってわりに、あまり和気藹々《わきあいあい》とした組織じゃないみたいだね」

「色々あるのよ」

ちょっと不機嫌そうにツナギはそう言った。どうやら、本当に色々あるらしい。まあ、本当に和気藹々としているなら、そんなの、雑務だなんだ言わずに、ツナギが委員長に就任していそうなものだから、それもわからなくもないけれど。ただ、純粋な能力としてなら、椋井むくろの立場からして、ぼくよりもツナギを頼ったはずだ。

「で、何なのよ。そのメッセージって」

「そうだね。時間がないし、それこそ本当にミステリとやらをやっているわけじゃない、さっさと詳《つまび》らかにしてしまおう。なに、謎解きってほどの謎じゃない。ダイイングメッセージっていうのは解いてもらうための伝言なんだから、簡単でないと意味がないんだよ」

そう言って、ぼくは、ツナギに向けて、右手を拳にし、親指だけを、立ててみせる。

「これ、なんだかわかる?」

「……グッドラック?」

「ん。まあ、そうなんだけど」ぼくは、指の形をそのままに、手首をひねって、立てた親指で、ツナギを指さすようにした。「こう。この形」

「はい?」

「こういう形で——椋井さんは、ぼくらの背後を、指さしたんだよ。憶えていない?」

「背後を——指さした?」

『魔眼』——『魔眼』もどきで、倒れた、後。駆け寄ろうとしたぼくとツナギを、まるで遮るかのように、右手を出して——その親指で、背後を」

「……そうだったっけ」

「うん。人飼無縁が立ち去ってからも確認したから、間違いない。でも——ツナギ。これも、考えてみて欲しいんだけど。普通、何かを指さすときに、親指でさしたり、する？」

「そりゃ……しない――わね」

「まして、咄嗟《とっさ》に、背後に迫っている危険を知らせようというときに――だよ」ぼくは一旦、握って作っていた右手の拳を、そのまま開く。地面に平行な形での、平手。「親指というのは一番短い指だから、こうして他の指を開くと、どこを指さしているのか、わからない。小指を一本立てているだけでも、そうだね。だから、親指で何かを示そうというときは、他の指を全て、こうやって閉じる必要がある――」

再び、人さし指中指薬指小指を閉じ、グッドラックのハンドジェスチャー。

「――実際、椋井さんの手も、こういう形になっていた。だからぼくは、それが親指であっても、椋井さんが背後を示したんだとわかったわけだけれど……でも、もし、そうでなかったんだとしたら」

「そうで――ない？」

「椋井さんが背後を指さしたんじゃないとすると――指さしたというのは実はフェイクで、人飼無縁に気付かれない形で、ぼく達にメッセージを残していたんだとすると――だ」

ぼくは、ツナギに向けていた親指を、空に向け直す。

「勿論、それは『グッドラック』じゃないよね。あの状況でそんなへっぽこなメッセージをぼくらに残していくわけがない。かといって、引っ繰り返して『死にやがれ』なんて捨て台詞でもないだろう。それじゃあもっとへっぽこだ」

大体ぼくらに『死にやがれ』なんて向けてどうするんだ、という話である。

「じゃあ——なに？　椋井さんは、私達に、一体なんて言いたかったの？」

そんなにもったいぶったわけでもないのに、早くも苛々した様子で、ツナギが、シボレーのボンネットから飛び降りて、ぼくに近寄ってきた。

「時間がないんだから、早く——」

「……親切でずっと指をこの形にしているんだから、いい加減、自分で気付いて欲しいもんだけどね」ぼくはやれやれ、と、肩を竦《すく》める。「ああ、こうすればわかりやすいかな？」

ぼくは、右手に並べて左手も、ツナギに対して突き出す形に構え、右手と同じように親指は天に向け、人さし指でツナギをさし、その人さし指に直角になる風に、中指も立てる。ツナギは、ぼくの左右の、それぞれに形作られた手を順番に見て、

「あ」

と言った。

「……右ねじの法則？」

「そ」

ぼくは頷いて、右手を下ろす。「ちなみにこちらはフレミング左手の法則、ね」

と、続けて、左手も下ろし、スクーターのシートに、添えるようについた。

「四本の指をコイル状の電流の流れとすると、親指の向きがそのまま磁界の向きになる——中学レベルの理科だ、まさか知らない奴はいないだろう」

「つ、突っ込み待ちっ？」

「なにをわけのわからないことを言っているんだ。識字能力があれば教科書なんか大学院のものだって読めるだろう。生きる上で不可欠な知識は、なるだけ早く摂取しておくに限る」

実際、このように役に立つわけだし。

「で、これ、右ねじの法則を、椋井さんが残してくれたのだとすれば、その意味することは一つだろう？　即ち、人飼無縁の使う魔法の正体は——」

「電気」

言ったのはツナギだった。

「属性《パターン》は『雷』、種類《カテゴリ》は、多分、『操作』……自身で電気を創造するんじゃなくて、自然界に常態で存在する電気的要素を調整するタイプの、電気使い——『魔眼』、『魔眼』もどきの正体は、単純に、電気ショックで相手の心臓を停めているだけ――ということ」

「ふむ。電気、つまり、『雷』の『気』というわけか。まあ、外傷を与えない『突然死』を演出しようと思えば、一番相応しいのは心停止、心不全、心臓麻痺の心臓発作だからね。脳溢血やなんかは、マクロレベルで血管を酷く傷めることになるし。一切の傷をつけずに心臓を停止させる術としては、順当なところだ」

「……タカくんがりすかちゃんを呼ばない、本当の理由が、分かった気がするわ――りすかちゃんの『水』じゃあ、『雷』には、かなり弱いものね」

電気分解されちゃうもの、とツナギは言った。うん、まあ、その通り。ツナギとの遭遇があって以後、りすかとは入念に話し合って、幾つかりすか（付属してぼく）の弱点を洗い出しておいたのだ。そのときあがった弱点の内、もっとも分かりやすいものの一つが、『電気』なのである。

「魔法式であり魔法陣であるりすかは、『分解』にかなり弱いからね――それは、ツナギが一番よくわかっていると思うけれど」

「………………」

「そうは言っても、多分、電気自体は、非常に微弱なものだと思う。電撃という名には、恐らく値しない。世の中にはスタンガンなんて物騒な凶器があるけれど、あれは電圧ばかりが高く、電流が弱いって仕組みだったっけ……でも、あんなロスの多い『電気』である必要はないんだ。『魔法』なんだから、電気抵抗のある皮膚を無視して、心臓に直接、打ち込める」

人間の神経反応は全て、そもそも電気のようなもので、当然、心臓だってその例外ではない。ちょっとばかしその辺の、どこにでもある空気中、肉体中の『電気』を集め、心臓の適切な部位に適切な角度で打ち込めば、それで――それだけで、心臓は停止する。何事もなかったかのように停止する。ばちばちっという音もないし、ぴかっとした光もない、そんな、微弱な電気で十分だ。多分、それがそれだとわかるのは――心臓を停められた、本人だけだろう。椋井むくろのように。

「電気――か」

人飼無縁の『魔眼』の正体をぼくから説明されて、しかしツナギの表情は、決して明るくはならなかった。むしろ、より沈痛になったといっていい。

「……さすがはタカくん――私の見込んだだけのことはある、と言いたいところだけど。でも――」

「でもってなんだよ。これで人飼無縁が『魔眼』であるという可能性は完全に否定されたようなものなんだぜ？」

「確かに、どんな魔法で『魔眼』もどきを練り上げているのか分かった以上、状況は変わったと言うべきだけれど——でも、実際のところは、『だからどうした？』って感じじゃないのかしら。だって——『魔眼』だったところで『電気』だったところで、あいつに近づけないことに、変わりはないのだから。見たら死ぬ——目が合えば死ぬという事実に——何ら、変わりはないのだから。あいつの魔法が不可避であるという事実は、揺らがない。『魔眼』はなくとも、『眼球倶楽部』は健在なのよ。同じことだわ」

「全然違うよ」ぼくは言う。「『死ぬから死ぬ』という恐るべき『魔眼』とは違って——『電気』によって『心臓が停まったから死ぬ』というのなら、そこに厳格な理屈が通っている分——対応のしようがあるってもんだ」

「………………？」

「言ったろ、『策』はある。それに先立って、聞いておきたいんだけれど——ツナギ。たとえばだけれど、人飼無縁の懐——すぐ間近にまで近寄ることができれば、もうツナギは、目で人飼無縁の姿を追うことなく、全身で『食べる』ことができるよね？」

「そりゃ——近接戦闘時に、相手のことなんか見ていないのが普通だけれど。一メートルの距離まで近づければ、勝機はあるけれど——そこまでが、大変なんじゃないかしら。遠くから近くに、近づくためには——相手の存在する座標を、見ないわけにはいかないのだから」
見晴らしのいい場所を指定してくる辺り、信用させて騙《だま》し討つという手も使えない
しね――と、ツナギは言う。まあ、それ以前に、ツナギがそんな戦法に向いている奴
だとは思わない。不意討ち騙し討ちは、するのもされるのも苦手といった感じだ。強
力な戦闘能力を持つ者にはありがちなことに、姑息な手段を使うことに慣れていない
のだ。
「それに――よく考えたら、もう一つ、課題はあるわ。人飼無縁の魔法が『魔眼』で
はなく、条件によって発動する魔法陣だということになれば――彼自身、、、呪文の詠唱
によって、、、同じことができるということ。近接戦闘時、たとえ目が合っていなくとも、
彼は私の心臓に、電気を打ち込むことができることになるわ。変わったという状況
は、むしろ悪化しているのよ」と、ツナギ。「勿論、あんなローブまで着てしまって
いる以上、その魔力の大半を魔法陣の方に使っちゃっているでしょうから――それこ
そ、微弱な電気しか使えないでしょうけれど。でも、心臓に的確に打ち込まれたら、
それでおしまいだわ」
「なるほど、脅威ではあるね。しかし――」ぼくは言う。「問題がそれだけなら、問
題ないさ」
「問題ないって……」

「要するに、だ。『相手の目を見ずに気付かれることなく接近し、相手から心臓の座標を隠す』ことができれば——ツナギは、人飼無縁に、勝てるってことでいいんだな？」

「ま、まあ……そうかな」

「おいおい、よく考えて返答してくれよ。悪いけれど、ぼくは絶対の自信を持って言っているわけじゃないんだ。あの人飼無縁という魔法使いについて、ぼくは一切の情報を持っていないんだから、それに、ツナギの使う『魔法』にしたって、完全に理解しているわけじゃないんだから、人飼無縁と旧知であり、そして自身の魔法について深く理解しているであろう、ツナギの判断が、ここでは一縷《いちる》の望みって奴なんだ。軽はずみに頷いたりしないでくれ——どうだい。それだけの条件が、それだけの状況が整えば、ツナギは、人飼無縁に勝てるかい？」

「……し、心臓だけじゃなく——脳も、かしら」

「ふん。その程度なら、同じことだ。『急所を隠』せばいいってことだね」

「隠すって——どうやって？　心臓も脳も、物理的に切り離せるものじゃないわ。どこにあるかも、はっきりと決まっている。ぶれがあって、精々、心臓が左にあるか右にあるか、くらいでしょう。一口に隠すと言っても、隠すなんて——」

「人飼無縁があのローブで全身の魔法陣を『隠して』いるのと同じだよ。切り離す必要はない、相手から見えなければ、それでいいんだ」

「だから――結局、タカくんは、どうしようっていうのよっ！　奥歯にものの挟まったみたいな物言いはやめて、はっきりとわかりやすく言いなさい！」

ツナギはとうとう、大きな声で怒鳴った。

「だから――」

対して、ぼくは、極めて平静に応える。

「いつも通りに、やるだけさ」

★

★

無限に近付かんとする行為が魔術の理想であるという、いつかりすかに聞いた言葉を信じるならば、『魔眼』もまた、『魔法の王国』においては、理想の権化であるのだろう。それこそが、究極魔術の意味。とはいえ、理想は実現できないからこその理想――多くの理想は、所詮はもどき以上のものではない。人飼無縁の『魔眼』もまた、そうであったわけだが――正直言って、実際のところ、このぼく、供犠創貴に、そこまでの確信があったわけではない。椋井むくろが残したダイイングメッセージの解釈については、恐らくあれで正しいのだとは思うが、別の解釈も当然あるだろうし――

それこそ、マジで『グッドラック』だった可能性もある――、そうじゃなくても、椋井むくろが、『魔眼』のことを勘違いしただけなのかもしれない。無論、あのダイイングメッセージだけが『魔眼』を否定する理由ではないけれど、しかし、ツナギにはああ言ったが、人飼無縁が『魔眼』である可能性は、全然否定できてなどいないのである。一つの解を否定するために別の解を持ってくることは、つまり代案としての対案を提出するということなのだけれど、それは決して、『より正しい』を脱せず、『正しい』証明とは、それだけでは成り立たないのだ。しかし、それでも、それをツナギに説明する必要があるとは、思わなかった。一つにはそれは、本当はツナギだってそれくらいはわかっているだろうと思うからだけれど、もう一つには、彼女には今、信じるものが必要だから、だ。自信たっぷりに保証をしてあげるのが、指揮官の仕事である。この場合、あくまで今回に限ってではあるが、指揮官とはぼくだ。己の判断に疑問を差し挟んではならない。そうでなければ、人格を持った『人間』を、『使う』ことなどできるものか。今回、ツナギに提案したぼくの『策』は――仮に、もしも――人飼無縁が本当に『魔眼』使いだった場合は、ぼくは死んでしまうことになるのだが、そのリスクは、かなり低いと考えている。確信はないとは言っても、それはこの場にいない第三者の他人を説得できないというだけで、その程度には、人飼無縁が『魔眼』でないという考えに、根拠はあるつもりだ。それに、万が一、人飼無縁が

『魔眼』だったとしても——最悪の場合でも、ツナギが人飼無縁に勝つことはできる。勝率は百パーセント。控えめに見ても、九割は軽く超えるだろう。ツナギと戦ったときのことを思えば、楽勝どころの話ではない。供犠創貴が死ぬ可能性を、完全には否定できないというだけのことだ。

「前も思ったけどさ」ぼくの『策』を聞いて、ツナギは言った。「タカくんって、滅茶苦茶な作戦を立てて、りすかちゃんに随分酷い思いをさせてるみたいだけれど——いつも自分が、一番危ない目にあってるんじゃないかしら」

「そうでもないよ。ツナギとのバトルのとき、たまたまそうだっただけ。あんなこと、あれが初めてだったよ」

「他の事例も、委員会で調べたわよ」

「だったら、わかってるはずだろ。ぼくが決して、安全圏からは、片足しか踏み出さない人間だということが」

「身体の半分以上を、既に失っている人間の言葉とは思えないわ。常識外れよ。りすかちゃんは、『死後の復活』が、あらかじめ設定されているけれど、タカくんは必ずしもそうじゃないというのに——りすかちゃんの『治療』があるにしても、そんな普通の肉体で、何の特殊技能があるでもなく、魔法使い同士の戦場に身を置こうというのが、そもそもリスクなんじゃないかしら」

「そうはちっとも思わないね。死ぬかもしれないというだけで——決して死ぬわけじゃない。そこで死ぬなら、ぼくもそこまでの男だったというだけのことだよ」

そう——そこで死ぬなら、それまでというだけ。それは、今までだってそうだし、これからだってそうだから、今、この時点もまた、そうなのだ。人飼無縁が真実の『魔眼遣い』だったなら——それは、それで、仕方のないことだろう。判断を間違ったぼくのミスなのだ。ぼくが責任を取れば、それでいい。幸い、ツナギの方は、りすかに対して、それほどの悪感情を持っていないらしい——委員会の全体姿勢としても、りすかをどうこうしようという気はないようだ。敵になるか味方になるか、灰色の存在であった城門管理委員会だが——ここを乗り切ろうが乗り切るまいが、りすかが困るような事態には、ならないだろう。勿論——

「こんなところでぼくが死ぬなんて、ありえないんだけれどね」

『六人の魔法使い』の、たかが一人目。後五人も残っているし、水倉神檎その人だって、その背後に控えている。そして何より、ぼくにとっては、城門管理委員会や水倉りすかが最終目的としている水倉神檎すらも——所詮は、通過点に過ぎないのだ。こんなところで終わるほど、ぼくの存在は安くない。

「……………」

学校のそばの公園——その広場。まだ真っ昼間といってもいい時間帯、終業式帰りの子供たちが遊んでいてもおかしくはないのだが、そこに立っているのは、暑苦しいローブを着たおかしな髭の男、ただ一人だった。『人払い』と言っていた。その意味するところが公園に近付く人間を全員虐殺する、だったらどうしようかと、実は密かに不安に思っていたのだが、さすがにその程度の常識はあるのかないのか、人飼無縁でもそこまではしないらしかった。ツナギ曰く、『魔法の王国』にはそういう『結界』にも似た高等魔術があるのだそうだ。それ相応の魔力を必要とするが、しかし、魔法陣を記したお札などで、簡単に代用できてしまうという裏技もあるらしい。こちらに向けて使われると厄介そうな魔法だが、今回の場合は、都合がいいと言えるだろう。一応、それなりの変装はするにしても、自分の通っている小学校のそばで、無茶なことはしたくないからな……。しかしやれやれ——とはいえ、だ。その『人払い』という行為、ありがたいとばかりは言えない。何故なら、それは、人飼無縁にとって——というか、魔法使いにとっては、戦闘準備。人飼無縁は、ツナギが、大人しく恭順の証である『ディスク』を持ってのこのこやってくるなど、ちっとも思っていないということだ。いや、あの、慇懃《いんぎん》無礼ともいえないような態度——水倉神檎がどうなのかは知らないが、少なくとも人飼無縁は、ツナギを仲間にする（戻す？）ことを、よしとしていないのかもしれない。そうなると『人払い』は更に、逆に、この周辺の人々を、遠回しに『人質』にとっているとも言えるのだ——先刻、ビルとビルとの狭間で、そうしたのと同じように。

「まー―それにしても何にしても、計画に支障はないんだけどね」ぼくは、公園の入り口そば、ブロックに身を隠したままで、そう呟《つぶや》く。ここからだと、人飼無縁は後ろ姿なので、『目』は見えない。仮に今、人飼無縁が無差別に魔法陣を発動させても、ぼくは死なない。距離は――五十メートルくらいか。「さて……じゃ、始めるか」

そしてぼくは――跨《また が》っていたスクーターの、エンジンをかけた。ついさっきまで、ツナギと話しているとき、ずっと腰掛けていたスクーター。駐車場から、そのまま乗ってきたのだ。無論、いうまでもなく無断借用、鍵なんて持っていないから、まあ、いわゆる直結という奴だ。簡単な工具があれば(理科室から拝借してきた)、中学レベルの理科の知識さえ必要ない。これもまた、考えてみれば、電気のスパークなんだけど……、ツナギの『牙』で鍵を壊してもらい、シートの下から取り出した手袋を借りてはいるものの、一緒に入っていたヘルメットは、かぶっていない。駐車場に置いてきた。ノーヘルでの運転は危険ではあるが、この場合、ヘルメットをかぶってはいけないのだ――人飼無縁が、はっきりとぼくを認識して、ぼくに『魔眼』、『魔眼』もどきを使ってもらわなければ、困るのだから。なに、スクーターを運転するのは初めてだけれど、さっき三分ほど練習した、テクニックは大体理解した。道路で走るのはまだ無理だろうけれど、広場を五十メートル直進できればいいだけなら――もう、十分だ。

「頼むぜ、ツナギ——うまくやってくれよ」

もしも人飼無縁が本当に『魔眼』だった場合は、ぼくが間違っていたというだけなのだから諦めはつくにしても、チームワークの乱れによる敗北、だけはいただけない。ことの決行にあたってぼくが唯一懸念しているのは、それだった。今回のパートナーはりすかじゃない、ツナギとの即興のコンビネーションだ。タイミングのずれが命取りとなる、ぼくの策——そこだけは、祈らざるを得ない。ふん——まあ、根拠はないが信頼しているぞ、繋場いたち、と、ぼくは言って、握っていたハンドルを捻る。スクーターが、発進する。ブロックの陰を出て——そして、

「おおっ！」

ぼくは、できる限りの雄叫《おたけ》びを上げながら——人飼無縁に向かって、突進した。一瞬で、人飼無縁は、振り向いて、ぼくに気付く。エンジン音に加えての雄叫び、気付くなという方が無理だろう。

「——おやおや」

さすがに、人飼無縁は、ぼくの姿をとらえた瞬間、驚いたような表情を浮かべたものの……すぐに、余裕ぶった、紳士をいびつに真似たような、意地の悪げな微笑にな

る。そして、きょろきょろと、周囲をうかがってから、またぼくを向く。スクーターに乗って、自分に突っ込んでくる供犠創貴を、冷然と見やる。

「頭の悪い少年だな。いや、頭のいい少年だな、と言うべきかな?」人飼無縁は言う。その場から動こうともしない。完全に、こちらをなめきった態度だった。「そういえば我輩、まだきみの名前を聞いていなかったな……委員会と関係のない、ツナギさまのクラスメイトくらいのものだろうと考えていたが、なんだ、きみもまた、『魔法』にかかわるなにがしかなのかな? その割には、魔法を使える様子はなさそうだが……うーん。そういえば、奇妙な『魔力』は感じるかな……感じないかな——」

奇妙な『魔力』とは、多分、ぼくの身体の半分以上を構成する、りすかの『血』だろう……奇妙と言うよりは奇跡と言うべき、りすかの血液。ぼくは傷つくたびに倒れるたびに、りすかの『血』によって、治療を受けてきたから——だけど今回ばかりは、その手は使えない。ゆえに、いつも通りにやるとは言っても、必要な覚悟はいつも以上だ。

「ツナギさまは——何処《どこ》かな? 何処からか、我輩を狙っているというわけかな? ふん。我輩達の軍門に下る気はないというわけか……愚かな。まあ、予想通りではあるがな。わかっていたことだ。シナリオ通りだ」

「…………」

スクーターの速度は、時速四十キロを越えている——普通なら、そんな速度が自分に突っ込んでくれば、少しはあせりそうなものだ。けれど、人飼無縁は余裕そのもの。それは、当然といえば当然……人飼無縁は、今の段階で、ぼくを簡単に、いつであっても、殺すことができるのだから。ぼくはこうして——スクーターを運転しながら、人飼無縁の目を、しっかりと見据えているのだから。いつでも、思うときに好きなときに……殺せる。

「性格からして、人間の少年を一人犠牲にして自分だけは逃げようというタイプではあるまい……さて、何処から我輩を狙っている？　その『牙』を研《と》いでいるのか？しかし無駄だ——ツナギさまは我輩に近寄ることすらできないのだから。いかに、囮《おとり》を使って陽動作戦に出ても、同じことだ」

「そいつは……どうかな！」

ぼくは更に速度をあげる。時速、五十キロ。どうやら人飼無縁は、ぼくをまったく問題にしていないらしいが……それならそれで、かまわない。ぼくとしてはこのま、スクーターで人飼無縁に衝突してしまっても、別に構わないのだから。

「おおおっ！」

いつも通り……そう、人飼無縁の言う通り、これは、いつも通りの——囮作戦だった。『ぼくが時間を稼いで↓《やじるし》りすかが決める』。りすかの役割を、代わりにツナギにやってもらうというだけで、いつも通り、である。まずは前衛としてぼくが人飼無縁に挑み——そして生じた隙に、ツナギが人飼無縁を、喰らう。全身の、五百十二の口を以ってして、喰らい尽くす。単純にして明快な、教科書通りの順番通りの予定調和、いつも通り、である。ぼくは、更に更に、更に速度をあげて、加速して——あっという間に、人飼無縁まで、残り十メートルという距離にまで近付いて……

「おおっ！」

「うるさいよ」

人飼無縁が、ぼくを見た。

途端——身体の中が、静かになった。

「——ぐぅっ——」

心臓の音が、普段、どれだけ身体の中で鳴り響いているのか……そんなこと、普通にしていれば自覚することはまず決してないだろうが——今、ぼくが体験している静寂は、それだった。電気が流れたような感覚を最後に……ぼくの身体は、とてもとても、静かになった。

「――あ……」

ハンドルから――自然に、手が離れる。身体に、力が入らない。するっと、鰻でもつかんだかのように、抜けていく感じ。そうか……他が、全部、健康な状態で、心臓だけが、停まる、と……こんな、感じに、なる、わけ、か。

「――大したことないね」

ぼくは、そう呟いて……自分の意思で、スクーターから、転がるように、飛び降りた。人飼無縁から見れば、『心停止』で、自然にすべり落ちたようにしか見えなかっただろうが、これは確かに、ぼくの純然たる意思だった。ここまでは……計画通り。むしろ、ここでようやく、ぼくは……

「にや」

と、安心、した。まだ……笑える程度に、意識が残っている。残っているということは……人飼無縁の『魔法』は、『魔眼』ではないということが、はっきりと確定的に、証明されたことになるのだ。電気ショックによる心停止……その効果は、『魔眼』と同じように見えて、しかしそれは、全然違うものなのだ。心臓が停まる――心臓が停まれば、死ぬ。それは、小学生どころか、下手《へた》すれば幼稚園児でも知っているような、常識だ。だけれど……右ねじの法則を知っているくらいの常識人であれば、心臓の停止など、死への過程の一つでしかないことは、誰でも知っている。『心臓が停止する↓《やじるし》血液の循環がなされなくなる↓《やじるし》体内、特に脳に酸素が巡らない』、そして↓《やじるし》——死に至る。つまり、『↓《やじるし》』であって『＝《イコール》』ではない。『魔眼』のごとく、『見る＝死』とくらべたら、それはまるで、兎と亀、否、アキレスと亀ほどの差異がある。心停止は——即死ではないのだ。つまり……

「——ぐあっ！」

地面に叩きつけられた。貧血にも似た意識の遠のきが、それによって、逆流する。やっぱり、時速六十キロ近くのスクーターからノーヘルで落下するというのは、無理があったか……まあ、いい。右肩を強く打ったが、それだけだ。ぼくは、身体を動かすことも、最早ままならなかったが——たまたま、人飼無縁を向いた方に、倒れていたのは、幸運だった。彼の最期を、眺めることができるから。

「さて……ん、あっ！」

ぼくを『殺した』ことで、改めて周囲をうかがい、ツナギを探そうとしていた人飼無縁だったが……直後に、慌てたような声をあげた。それは悲鳴に似ていた。当然だ——ぼくがハンドルから手を離したことで速度は若干落ちているとは言え、スクーターが、そのまま自分の下に向かってくるなど、人飼無縁にとっては、予想外だっただろうから。

「『魔法の王国』には、自動車がない……当然、スクーターもないわな」ぼくは、絶え絶えに、呟く。心臓が動いていない、ゆえに、呼吸が意味をなさないので、喋るのは苦しいことこの上ないが。「それでも、慣性の法則くらいは知ってろよ」

動いていい、い、い、い、い、い、い、いる物体は動き続ける——勿論、軌道がぶれないように、ぼくは自分からスクーターから飛び降りたのである。人飼無縁にしてみれば、運転しているぼくを殺せば、運転されているスクーターも停止するのが当たり前だったただろうが……甘い甘い。

「う、うおおおおっ！」

気付いたときには、既に、避けられる距離ではない。人飼無縁は、スクーターの直撃を、右足に、受けた。と言っても、速度は落ちていたし、それだけでなく、ぼくが乗っていない以上、その体重分、重量が減っている。威力は、普通に考えただけでも、かなり、通常の『バイク・アタック』よりは劣っている……そして、その上、相手は、魔法使い、魔術師なのだ。スクーターは、すぐに横倒しになってしまったが……人飼無縁は、片膝を、地面についただけだった。それも、ただ単に、バランスを崩した、というだけのように。

「ふざけるなよ——小僧！」

本性を現して——人飼無縁が、倒れ伏せているぼくを睨んだ。『魔眼』もどきの、その目で。無駄なことだ、ぼくの心臓は、既に停まっている。今のぼくは、死んで行く過程にあるばかり。こうなればたとえ本来の『魔眼』であれ、怖くもなんともない。しかし……なるほど。やはり、スクーター程度じゃ、どうにもならないか。いや、たとえ四輪であっても、結果は同じだっただろう。それはツナギの予想通りだ。無論、ぼくは四輪ではなく二輪を使う必要があったわけだし、スクーターをぶつけるだけで、決着がつくだなんて、思ってもいなかったけれど。

「ふ……ふざけるなよ！　ふざけるな、ふざけるな、ふざけるな、ふざけるな、ふざけるな、ふざけるな、ふざけるな……わ、我輩を、我輩を、我輩を、こんな、こんなことで、出し抜いた、出し抜いたつもりか、ええ、違うだろう、こ、こんなの、なんでもない、なんでもない、痛く、痛くもなんとも、痛くも痒《かゆ》くも、ない、ない、ない、ない、ない、ない、ええっ！」

ダメージはないはず……しかし、人飼無縁は、あっさりと、予想外の攻撃を受けたというそれだけで、精神的に、瓦解《がかい》した。なるほど、なるほど……やれやれだ。影谷蛇之もそうだったが、やはり、魔法陣に全面的に頼っているような魔法使いは、プライドばかりが高く、精神的に脆《もろ》いというのが、一般的な傾向であるらしい。これを予定通りというつもりはないが、しかし、都合がいいことには変わりはなかった。人飼無縁は片膝立ちの姿勢のまま立ち上がろうとはせず、そのまま、両手を低く広げ、周囲の警戒に入った。スクーターの衝突によって現在生じているその『隙』に、ツナギがつけ込んでくると、そう思っているのだろう。それは正しい……その通りだ。ぼくの役割は、そこまでなのだ。既に終わっている。ぼくが飛び降りた後のスクーターが、たとえ人飼無縁にぶつからなくっても、彼にかするような形で、その辺に転がってくれ、人飼無縁の意識を一瞬でも奪ってくれればそれでよかった——それだけできれば、ぼくの役目はおしまいなのだ。実際に虚を突かれ隙ができるかどうかはともかく、人飼無縁本人が、虚を突かれ、隙ができたと思ってくれれば……それでいい。

「く……無駄だ、無駄だ、無駄だぞ、糞馬鹿ツナギ！　妖怪ロババアが！　我輩にこんなことで勝ったつもりか！」

ぐるぐると、その場で回転するように、人飼無縁は周囲全てに視線をやる。恐らく、既に、『魔眼』もどきの魔法陣は、発動しているのだろう。どこかからツナギが人飼無縁を見ていれば、その場で『心停止』に至る、魔法陣。椋井むくろやぼくに向けてピンポイントにやったのとは違う、完全に無差別に発動しているはず、こうなると『人払い』が、ただ単にありがたい。余計な犠牲を出さずに済む。

「く……このそばにはいないのか！」魔法陣が効果を表していないことが自分でわかるのか、人飼無縁は全然、冷静にならない。焦る一方だった。「は、はは、さては、あれだな、遠くから我輩を、狙撃でもするつもりなのだなっ！　馬鹿め！　そんなものが我輩に効くものか！　我輩が着ているこのローブは、あのお方より直々に拝領した、防御結界！　物理攻撃も魔法攻撃も、ありとあらゆるものに関して絶対の防御を誇るのだ！」

まるで虚勢のように威張っている人飼無縁だが、それは、そもそも、予想済み。スクーターの衝突に、ダメージとしての効果がないのは、そのためだ。もっとも、スクーターのように『わけのわからないもの』からの攻撃で、そこまで混乱、パニックになるとは、予想以上なのだが。

「ど、どこからでもかかってくるがいい！　貴様は我輩に近寄ることすらできんのだ！　我輩の当たり判定は、視力の及ぶ範囲内っ！　貴様のような一メートルそこそことは、天地の差だ！　ま、ま、ま、『魔眼』だぞ！　我輩の目は『魔眼』、我輩こそは『魔眼遣い』！『眼球倶楽部』！あのお方に選ばれし、『六人の魔法使い』の一人！　この九州の地に閉じ込められた魔法使いを世界中に解放する……我輩は選ばれし勇者なのだ！」

勇者……？　恐ろしくそぐわない言葉だったが、人飼無縁は、確かに、そう言った。魔法使いを……解放？　それは、つまり……『箱舟計画』のことか？『箱舟計画』のことを言っているのか？　しかし、再び意識が遠のき始めているぼくに、そんな質問を発する余裕など、あるわけがない。人飼無縁も、当然、その台詞はぼくに向けて言ったわけではなく、そしてツナギに向けたわけでもなく、己を鼓舞するための台詞だったようで、それ以上言葉を続けようとはせず、用心深く、まだ立ち上がらずに、倒れたスクーターに背中を預ける形に移動し、きょろきょろ、きょろきょろと、怯えた仕草で辺りを警戒する。ツナギからの攻撃を警戒する。顔面は蒼白。奇怪な髭が、しゅんとなって、揺れている。

「………？　………？　………？　………？　………？
……………………………………………………！！！！？？？？？？？」

しばらく、そうしていたが、さすがに、いくら時間が経過しても、何も起こらないことを不審に思ったのか……それとも、単に耐えられなくなったのか、人飼無縁の顔には、怯えよりも、疑問の色の方が、濃くなってきた。どうして、追撃がこないのか。自分が見せたはずの隙を、ここまで突いてこないのは、どういうことなのか……『魔眼』もどきの、当たり判定の範囲内に、ツナギはいないということなのか……と、様々な疑問が、頭を回転しているのが、傍目にもわかる。かすんでくるぼくの目にも、わかる。

「は──ひひひ！　な、なんだ──まさか、あいつ、ガキを一人生贄《いけにえ》にして、自分だけ逃げたのか！　ガキをそそのかして特攻させておいて、自分だけは委員会の檻の中に逃げ帰ったってか！　そんなことをする奴じゃあないとばかり思っていたが、ははは、所詮、奴も『人間』か！　テメエの身だけが可愛いってか！　い、いや、あいつは昔からそういう奴だった！　しょ、所詮は『人間』！　所詮は駄人間！　我輩達魔法使いとは、生まれも育ちも、まるで違う劣等種！　旧人類が！」

　人飼無縁は……そっと、立ち上がる。笑いながら。

「馬鹿馬鹿しい！　いや、華々しいと言うべきかな！　折角この我輩が、動揺し狼狽した振りをして付き合ってやったというのに、この機会を逃すとはな！　そうとわかれば……ふん！　宣言通り！　ここら周辺の人間を、我輩の『魔眼』で殲滅《せんめつ》し全滅させ絶滅させるまでのことよ！　一匹残らず、目に映る者は全員殺す！　人払いの結界など、これまでだ！　駄人間が！　駄人間が！　嫉妬《しっと》深く罪深い、ただ生きているだけの無能、出来損ないの駄人間如きが！　のろしだ、開戦の合図だ、城門管理委員会！　今すぐに、霙《みぞれ》と蠅村《はえむら》の奴も呼んで……まずはこの佐賀の地を、地獄の一丁目へと変貌させてくれるわっ！」

「……………」

　今まで晒していた失態を帳消しにしようとせんばかりに、誤魔化しているとしか思えないばかりに、大声で、誰にともなく、大声でそう叫ぶ人飼無縁の姿。黒いローブの魔法使い。『六人の魔法使い』の一人、『眼球倶楽部』。堂々と、胸を張って背筋を伸ばし、高らかに哄笑する、人飼無縁の姿。その、すぐ背後に——

ツナギは、いた。

その牙を、むき出しにして——人飼無縁の、一メートル圏内に。

「——いた、いた、いた、いただきます」

その言葉に——さすがに後ろを振り向いた人飼無縁は、しかし、それを……『それ』を、自分の知るツナギという魔法使いであると、咄嗟には判断できなかったろう。それはきっと、人飼無縁にとっては、スクーター以上に、『なんだかわからないもの』だったに、違いない。

「へ……？」

ぽかんとした感じの、呆気にとられた、人飼無縁。『なんだかわからないもの』は……強いて言うなら、肉と牙の、化け物だった。人の形はしていない。強いて言うなら、ぶっとい蛇に、近いだろう。全身に鋭い『牙』を備えた『口』を持つ、蛇。白い牙と赤い肉と肌の色。ぬめぬめと、てかっている、蛇。化け物としか、表現のしようはない。他に言い繕う言葉など、この世にはない。

「へ……あ、ひ、ひぃぃい!? ま、ま、まさかっ！ し、しかし、今まで――」

『牙』に見覚えでもあったのか、それとも単なる直感か――『それ』がツナギであることを察した人飼無縁は、悲鳴をあげる。一メートル。それは、ツナギにとっては、もう相手の目など、『魔眼』であろうがなかろうが、もう見ることもなく……容赦なく攻撃できる、距離である。

「今まで何処にいた！ い、いきなりこんな距離まで詰め寄れるわけがない！ ど、どこからどうやって近づいて来た！ 瞬間移動の魔法など、貴様に使えるわけが――否、使えたとしても、魔力の発動を、こんなそばで、感知できないわけが――い、今まで一体何処にいたのだ！」

「スクーターの中に決まってんだろ」

聞こえるかどうかわからないが、ぼくは、搾り出すように、言った。

「スクーターの座席の下には、ヘルメットを入れるためのスペースがあるんだよ……長崎生まれの長崎育ちの貴様に、言ってわかるとは思わないがな。ふん。おかげで、へ、へ、へ、ヘルメットは駐車場に置いてこなくちゃならなかったわけだが」

「……な、なにぃ！」

どうやらぼくの声はぎりぎり届いたようで、反応する人飼無縁。ぱっと、スクーターに目をやる。さっきまで、人飼無縁が背中を預けていたスクーターの、シートが開いていた。音を立てないようこっそりと、そこから『それ』、ツナギは出てきたのだった。

「ツナギにはスクーターごと貴様のそばまで近付いてもらったと……そういうわけさ。目隠しして突進するのと、理屈は同じ」

それが、囮……ということ。簡単な、シンプル至極な、それだけの話だった。

「し、しし、しかし……あんなスペースに！　あんな、小さな、ほんのわずかな空間に、子供の姿とは言え、人間が一人収まるわけ……」

「どこが子供の姿なんだ？」

ぼくは言った。

「『全身に五百十二の口がある』というのがツナギの魔法だということは、貴様だって知っているだろう……それは換言するまでもなく、『全身に五百十二の関節がある』という意味だ」

そのヒントは、既に、前回の事件で、得ていた。

「なら――身体を普通よりもずっとコンパクトに、折り畳むことができる。スクーターのシートの下に収まるくらいには」

四輪ではなく二輪を使ったのは、四輪では、そこに、人間一人くらい隠れるスペースがどうしても生じるため……人飼無縁に突っ込ますのは、人間の形をしたものなら誰も隠れられないことが一目でわかる二輪でなければ、ならなかったのだ。実際には、関節を折り畳むのではなく、逆に関節を、『顎《あご》』が外れるくらいに開く、という形になるし、ツナギは五百十二の口を全て制御することはできないから、自律的制御ができるだけの『口』となるわけで、その『関節』の数はぐっと減ることにはなるのだが、それでも、あれだけのスペースに収まるのには、十分だった。ワニのような、深く長く裂けた形状の『口』へと多く変態すれば、より簡単……。理屈としては、関節を外して排水溝の隙間をすり抜けるのと、そんなに変わらない力技。ぼくとしても、まさかあそこまで、『なんだかわからない』姿、なんだかわからない形にまで変形するとは、思っていなかったが。本当に……肉と牙の、化け物だ。蛇、というよりり、こうしてよくよく見てみれば、縦に裂けた形がいっぱいいっぱいにまで放射線状に広がって、両面とも裏側のヒトデといった有様だ。全身に『口』があって、その全てを開くと、あんなおぞましい姿になるのか。まあ、人間、普通に一個顎の関節が外れるだけでも、ヒトの形は失ってしまうらしいが……それにしたってそれにしても……

「…………………」

うーん。しかし、心臓が停まって死に掛けているときに思うようなことではないけれど、ぼくの立てる作戦って、りすかを使うときでもツナギを使うときでも、変わらず、美的センスには大いに欠けているんだな……。どうでもいいことだけど、気付いてしまったら、ちょっとショックだ……。

「ぎ、っ、！」

共鳴するように――ツナギの全身の口が、吼える。食事を前に、食餌《しょくじ》を前に、飢えた獣のごとく、飢えた魔物のごとく。牙が光り、舌がてかる。余韻など欠片もない、風情など微塵もない、もったいぶるつもりなど皆無、ツナギは全身という全身で……人飼無縁に向かって、喰らいかかった。

「くっ――！」

恐らくツナギは……既に、目まで『口』と化しているはずだ、『魔眼』もどきの魔法陣の、発動する隙間など、ない。ただ一つ、人飼無縁に残されている選択肢があるとすれば……

「く、くそっ！　だ、だったら、直接、心臓に――」

そこで、少し、ほんの一瞬だけ、迷って。けれど、人飼無縁は、己の命惜しさに、ついに、『魔眼』、『魔眼遣い』という、掲げていた看板を……降ろした。

「直接心臓に『電気』を叩き込んでやるまで！　らい・らい・もっち　はがらき・は

がらき・まちらいな——な……」

開始された『電気』、まごうことなき『電気』の呪文の詠唱は——だが、そこで、停まった。停まらざるを、得なかった。それは……何故なら。

「……ふん。やれやれ」

ぼくは言った。

「わかるわけがないよな……そんな、『なんだかわからない』、牙と肉の化け物の、心臓の位置なんて、さ。心臓どころか、頭の位置すら、わかるまい」

「………………っ！」

驚愕の表情で——ぼくを振り向く人飼無縁。馬鹿が。余所見《よそみ》をしている暇なんて、今の貴様には、一秒たりとも与えられていないのに。残り少ない余生を、そんな風に使うとは……愚か者の、見本のような男だな。愚劣きわまりない。

ツナギが人飼無縁に、がぶりついた。

「ぎ——ぎ、いやあああああああああああああああああああああああああああああああああああああああっ！」

生きながら全身を喰らわれる苦痛が、一体どの程度のものなのか……そんなことは、体験した本人しか、わからないことだろう。前回、ツナギとの戦闘後、実はりすかに感想を聞いてみたりしたのだが、うんざりしたような顔で、りすかは何も教えてくれなかった。あのりすかが、だ。そういうものを今、人飼無縁が体験していると思うと……まあ、いくら下種とは言え、同情くらいは、してしまう、かな。

「く、くおおおっ、っ、っ、っ、っ痛いっ」

銃弾の狙撃をも防ぐという防御結界、黒いローブなど、勿論、ツナギの前では、何の意味も持たない。ローブの下に隠された、『魔眼』もどき発動のための魔法陣だって同じことだ。それが『魔力』であれなんであれ、『エネルギー』であれば、それをカロリーとして吸収し、分解してしまうのが、ツナギの魔法の真骨頂。全身をくまなく構成する凶暴にして凶悪な『牙』と『口』なんて、それがわかりやすく具現化した姿に過ぎないのだ。あのローブが、真実水倉神檎からもらったものであるというのなら、何かのヒントになるかもしれないから、回収できればいい感じだったんだけれど……あの様子じゃ、無理か。一切れ残らず、ツナギに食い尽くされてしまうことだろう。ふむ……敵に回していたときも思ったが、ツナギの魔法は、りすかの魔法よりも、ずっと使い勝手がいいな……少なくとも、かなり戦闘向きだ。りすかの魔法には直接的な攻撃手段がないから、ツナギの『牙』と『口』は、ぼくから見て、かなり新鮮だ。その上、どうやらツナギの攻撃形態は、一分なんていう、時間制限もないようだし……りすかとツナギは、ふむ、なんというか、正に互いの長所と欠点が、補い合っている感じだ。天敵、ね……。しかし、ヒトデといったが、こうして『食餌』に絡み付いている姿を見ると、なんかあれだ、クリオネの捕食風景という感じ……。

「き……貴様だなっ！」

ごきごきごきごきと、全身を全身で喰われながら……人飼無縁は、ぼくを、指さして、当然のように人さし指で指さして、叫ぶように言った。

「こ、こんな滅茶苦茶な作戦……ツナギの単細胞に思いつけるわけがない！　『魔法』を裏側から見て逆をつくような滅茶苦茶——貴様が考えたのか！　小僧がっ！　さては、我輩の『魔眼』のことも……糞！　馬鹿にしやがって！　こんな小細工！　こんな小手先！」

「…………」

「き、貴様、何者だ……はっ！　さ、さては、あのお方のお嬢さんにも貴様、手を貸しているんだな！　貴様か！　いや、貴様しかいない！　あれだって、おかしいと思っていた……あのお嬢さんに、『魔法狩り』なんて、できるわけが……く、糞が！　警戒すべきは貴様だったとでもいうのか！　人間が、駄人間が、駄人間ごときが！」

ぐちゃり、ぐちゃり。肉が食われていく。骨が食われていく。血が飲まれていく。そんな過程の中で、人飼無縁はそう言って、そして、そこで、にやりと、口元を裂いて、笑った。

「い、いい気になるなよ……人間！　我輩に勝ったくらいでいい気になってんじゃないぞお！　わ、我輩は！　我輩は『六人の魔法使い』の中では一番の下っ端！　言うならば雑魚《ざこ》！　我輩などに勝ったところで何の自慢にもならんわ！」

「…………」

それ、自分で言っちゃっていいのか。

「既に『城門』を越え、九州の各地に飛んでいる『六人の魔法使い』の残り五人！『回転木馬』、『泥の底』、『白き暗黒の埋没』、『偶数屋敷』、それに、『ネイミング』にかかれば、貴様らなど、風前のともし火も同然！　貴様らはあのお方の影を踏むことすら出来ないだろうよ！　特に……人間！」

決死の表情で、人飼無縁はぼくを睨む。

「貴様のやり方では三人目、『泥の底』には、絶対に勝てない！　何百年かかろうと決して勝てないのだ！　これは決して負け惜しみで言っておるのではないぞぉ！」ばきばき。ばきばき。もう、人飼無縁の部品は、体幹部以外、残っていない。「ははは……それどころか、小僧！　貴様は、本来、この我輩にすら、勝つことはできなかったのだ！　あのとき！　あのビルとビルとの狭間で、大通りを歩く一般人を人質に取られたくらいで我輩を振り向いた段階で、本当なら我輩は貴様を殺すことができていたのだからな！　勝ったつもりになってんじゃないぞ、我輩は、本当なら、あのときに——」

「アホか貴様」

仕方ない、ぼくは、最後の力を振り絞って、人飼無縁にはっきりと聞こえるように、言った。

「道を歩く程度しか能のない取るにたらん愚民どもが貴様の『魔眼』もどきで殺されようがどうしようが全滅しようがどうしようが、この供犠創貴の知ったことか。ぼくの命と彼らの命、残すべき価値があるのがどちらかなど、考えるまでもない。秤にかけていい問題ではないだろう。あんなの、貴様を油断させるための演技に決まってるだろうが。この期に及んでそんなこともわからないのか」

この手の魔法使いは、いつでも殺せる相手は、そう簡単には殺さない。それは、影谷蛇之の例を引き合いに出すまでもなく、これまでの経験でよくわかっていることだ。

「精一杯の情けを込め、強いて言うなら……あの段階で、既に貴様はこのぼくに敗北していたんだよ、『魔眼遣い』」

「――っ！」

「安心しろ、人飼――貴様は弱いから死ぬんじゃない。ぼくが殺したから、死ぬんだよ」

それが――勝利宣言の言葉だった。

「そういうことじゃ、ないかしら」

人飼無縁の肉体にからみつき、包み込むかのような形をとっていた牙と肉との化け物が、徐々にその口の数を減らしてきて、徐々に徐々に、ツナギの形を、取り戻してきた。人飼無縁の身体がなくなるにつれ、ツナギの身体が戻ってくるようなビジュアルで、やはり見ていて、美しいものではない。縦に裂けた『口』が大きくかぱっと開いては閉じる様は、中世の拷問器具、アイアン・メイデンとか、あんな形に近い。美術の成績、そんなに悪くないつもりなんだが……やれやれ、だ。別に造形美にこだわるつもりなんて更々ないけれど、ことの焦点を機能美ばかりに限るというのは、評判が悪いかもしれないな……。

「あなたの負けよ、『眼球倶楽部』――最後に残しておく言葉があるなら、一応聞いて差し上げるわ。昔のよしみですものね」

「か……はっ！　昔のよしみだとっ！　どの口のどの舌が、一体そんなことを言っているんだろうなぁ、ツナギさま！」

人飼無縁は――怒鳴った。

「言っておくが――我輩は最初から、貴様を仲間にするつもりなどなかったわ！　貴様のような汚らわしい存在を、誰が同志になど引き入れるものか！　あのお方の命令でなければ、貴様など、会ったその瞬間に殺している！」それは、挑発でもなんでもない、心の底からの、悲鳴のような言葉だった。「我輩だけではない！　魔法使いであるならば、誰であろうと貴様のことを許しなどせんわっ！　貴様のような裏切り者、誰にだって許されるわけがない！　魔法使いの中で貴様に味方するものなど一人もおらんわっ！　みんな貴様のことが大嫌いだ！　みんな、みんな、貴様のことを恨んでいる！　ただの逆恨みで、あのお方を殺すためだけの目的で――」

「――長崎に核を撃ち込んだ貴様のことをっ！」

言ったのが早かったか、どうだったのか……それを最後に、人飼無縁は、この世界から、完全に消滅した。影も形も、髪の毛一本血の一滴すら残さず……完全に。ごきりごきりごきりと、咀嚼《そしやく》音。ツナギの身体の、細長く広がっていた部分が、どんどんと、元に戻っていく。音が消えていく。静かになる。ぼくは天を仰いだ。いい天気だった。抜けるような青空、という奴だ。どこまでも続いているかのように、青い。照り付ける太陽。もうすっかり夏である。そうそう、すっかり忘れていた、明日からは夏休みである。

「……………………………………………………………………お疲れ、さん」

しばらくして——身体が完全に構成し直され、全身の変態させていた口を全て収めた、ツナギが、倒れ伏せていたぼくのところに、歩み寄ってきたので、ぼくはそうねぎらいの声をかけた。全身を口に変え、あまつさえあんな姿に変形していたのだから当然だが、ツナギはすっぽんぽんである。額の口だけは残っていて、『ぎぎぎぎぎぎぎぎっ』と、その口が、牙をむき出しに、唸った。通常の位置の口は、一文字に堅く閉じられている。ぼくが声をかけたにもかかわらず、ツナギはなんだか不機嫌そうに、黙っているばかりだった。

「悪いけど……早いとこ心肺蘇生法を施してくれるのを期待してたんだけど——」

そう……それが、『魔眼』と、『魔眼』もどきの、最大の差異。『死ぬ』に至る前の『心停止』なら、心臓マッサージや人工呼吸で、仮死状態から蘇生させることが可能なのだ。心停止から、数十秒数分以内なら、何の後遺症もなく、回復することができる。あまり時間が経ち過ぎると、そりゃまあ、脳に血液がいかなくって、マズいことになるわけだが、今ならばまだ、間に合う時間の範囲内だ。心停止……心臓発作、心臓麻痺。それはひるがえって考えてみれば、ダイイングメッセージを残した時点での椋井むくろには、まだ蘇生の余地が残っていたということなので、正直複雑なのだが……つまり、そういうことだ。だからこそ……ぼくは、こんな囮役を、買って出られたのである。

「……正直」ツナギが、額の口で、言った。「まだ意識が残っているというのが、意外でしょうがないわ。いくら『死』じゃなく『心停止』であるとはいっても、椋井さんは、すぐに意識を喪失しちゃったのに」

「実を言うと、スクーターを直結する工具を取りに理科室に行ったとき、一応用心のために、食塩水を大量に摂取しておいたからね――腹がたぷんたぷんになるくらい。だから、心停止というよりは、ひょっとすると、むしろ現在の状況は不整脈に近いのかもね。海が嫌いな魔法使いさんにゃ、これもよくわからないと思うけど」

「わかるわよ。電気分解――よね。電気対策には普通はゴムとか使いそうなものだけれど。絶縁体じゃあ通じないから、むしろ拡散させる、通電させる方を選ぶなんて、私から見れば狂っているとしかいいようがないけれど」

「それより……マジで意識、ヤバいんだけど」

「……このまま、きみを見捨てれば」せかしたぼくに対し、ツナギは、とても冷たい口調で言った。「『眼球倶楽部』と共に、もう一つの脅威が、私の前から消えるわけだわ」

「力強い味方も消えることになるぜ」

「——冗談。きみは……きっと、誰の味方にも、なれないんじゃないかしら」ツナギは言った。「きみはきっと、最初からわかっていたわよね。今回きみが採用したこの『策』は……相手が本当に『魔眼遣い』であったときでも、使える作戦だということを。一人の人間を犠牲にすれば『魔眼』には勝てるという結論を、きみは導き出したということだわ。きみは——何の迷いもなく、他人を犠牲にする方法を、思いつける人間なのよ」

「それがどうした。その犠牲の役は、ぼくが進んで引き受けたじゃないか」

「自分を平気で犠牲に出来る人間は、他人を平気で犠牲に出来る人間なんじゃないかしら」ツナギは自嘲《じちょう》するように笑った。「きみは、自分が一番危険な位置に立つ代償に……他人を、二番目三番目の危険に、平気で晒すんだわ。タカくん。みんなは、きみとは違うのよ。目的のために命を惜しまない人間なんて、そうそういないのに……きみは、他人にそれを、強いるのよ。少なくとも、断言できるわ。今のままなら……そう遠くない将来、あなたは確実に、パートナーであるりすかちゃんを、犠牲にすることになるわ。りすかちゃんを犠牲に、何かに対して勝利を得るでしょう」

「…………」

「あなたはりすかちゃんを殺すことになる。そうなる前に、私が殺してあげるのが、情けというものじゃないかしら？」

「あの程度の……」

ぼくは、閉じてきた意識を、もう止めようとはせず、それでも、一応言っておくくらいの気持ちで、言う。どうせ、今のぼくの命は、ツナギに握られているも同然。足掻いてももがいても、特に意味はないだろう。諦めの、ではないが、不思議な境地だった。これは……なんだか、覚えがある。

「あの程度の、雑魚の見本のような『魔法使い』ごときに、城門管理委員会……仲間を傷つけられることを恐れ——たった一人で立ち向かおうとする、そんな甘さたっぷりのきみに、果たしてぼくが、殺せるのかな？」

「…………」

「全く、誰の味方にもなれないのは、きみの方じゃないか。城門管理委員会を設立しておきながら、肝心なところでは頼らない。『ディスク』の回収すら、独りでする。危ない橋は、自分だけで渡る。今回だって、ぼくの方から申し出なかったら、協力なんてさせてくれなかったんじゃないのかい？　駐車場につれていったのは、ぼくに伝言でも頼むつもりだったんじゃないのかい？　ぼくを評価しているのは本当でも——大事なところで頼るつもりなんて、なかったんじゃないのかい？　どころか……ひょっとしたらツナギは最初から、椋井さんとぼくのことを、戦闘そのものに巻き込むつもりなんて、なかったんじゃないのかい？　協力を仰ぐ振りをして、うまく言いくるめて逃がすつもりだったんじゃないのかい？　三人で一致団結していたとしても――最後には独りで、戦っていたんじゃないのかい？　他人を大事にするのが悪いことだなんて言わないけれど、そんなことじゃ――いつまでたっても、友達なんてできないぜ」

ぼくは言った。

「甘いんだよ、いたちちゃん」

「……今の私は、絆創膏をはがしているわ」ツナギは言う。「問答無用の戦闘モードよ。いくらでも、残酷になれるわ。前に、やりあったときのようにね」

「ふうん。あっそ」

ああ、そうか……思い出した。どこかで、覚えのある感覚だと思ったが、これは――いつだったか、りすかと。二十七歳の姿になった水倉りすかと、初めて会ったときと……同じなんだ。あのときも、ぼくは、りすかに、生殺与奪の権を握られて……そして。

そして心臓を、もらったんだ。

彼女の血でできた——心臓を。

「……すっかり、忘れてたな」

「は？」

「いや、なんでもない……」

やれやれ……意識が、随分、長持ちするわけだ。あの頑張り屋さんの心臓だもんな……しかし、それも、そろそろ、本当に、限界か……。ぼくは目を閉じた。否、まぶたは自然に落ちた。それだけだ。

「……見捨てたければ見捨てればいいさ。しかし、その場合、りすかのフォローはよろしく頼むぜ。多分あいつ、一発でキレて委員会を皆殺しにするだろうから——そうならないように、な」

「——私は、甘くなんて、ないわ。甘くなんて、ない」むしろ自分に言い聞かせるように、ツナギは、そう繰り返した。「聞いたでしょう？　さっきの。私は……かつて、『魔法の王国』に核を落とした『人間』なのよ」

「いや？」

ぼくは言った。目を開けて。

「別に、何も、聞いていない」

「………」

「まあ、好きにしてくれ。きみが決めりゃいいさ、きみが決めることだ、ぼくは何も言わない。ここでツナギに殺されるようなら――ぼくもまた、ここまでの男だったというだけさ」

「…………………………っ！」

ツナギは、ばぁん、と、自分の両膝を叩いた。

「ああもうっ！　わかったわよっ！　わかりましたともさ！　助ければいいんでしょう助ければ！　そんな、雨に濡れた子犬みたいな目で人を見るな！　このロクデナシ！　この貸しは絶対に返してもらうからね！」

「……………………」

「ふん、だっ！」

……そんな目で見た覚えは徹底的にないし、貸しもなにも、まるっきり等価交換のお互い様だと思うのだが、ともかく、今回のところはぼくを助けてくれる決断をしたらしく、ツナギは、顔を真っ赤にしながら、直立姿勢からぼくのかたわらにかがみこんで、まずは気道を確保する。椋井さんにしているときも思ったが、さすがは二千歳――人命救助のやり方くらい、十分な心得があるらしい。まあ、救急救命士の免許なんて、持っていないだろうけれど……。ぼくは、後の始末をツナギに任せることにして、そのまま、意識を、心の深い深いところに、沈めて行くことにした。やれやれ……それにしても、厄介なことになってしまった。水倉破記から『六人の魔法使い』の話を聞いたときは、じっくりと、距離を保って時間をかけて対応するつもりだったし、城門管理委員会に関しても、慎重な態度を続けるつもりだったのに――その両方と、いっぺんに、予想だにしない形で、接触してしまうだなんて……ひょっとしてだけれど、水倉破記のあの『魔法』、まだ解けてないんじゃないのかというくらいの、見事なアンハッピー具合である。それに――期せずして知ってしまった、ツナギと、水倉神檎の関係も、気になるところだ。核……長崎県、『魔法の王国』と絡めて語られる核といえば、あの核しか、ないわけだが――あれを落としたのが、ツナギ、だって？　いや、あれだけの言葉じゃ、そんな深いところまではわからない。判断のしようがないことだ。デリケートな問題である、今はまだ、それについては、知らぬ存ぜぬを通すのが、一番賢明な立場だろう。さて――まあ、委員会の方に関しては、ツナギが仲立ちしてくれるだろうから、りすかと行動を共にするにあたって直接的な障害にはならないだろうが、ともかく、やはり『六人の魔法使い』の方は、大問題だ。なんだっけ――『回転木馬』、『泥の底』、『白き暗黒の埋没』、『偶数屋敷』、『ネイミング』。『ネイミング』というのは、水倉破記からは、聞いていない名前だな……。それはどうやら『魔法の王国』における称号とは、少し違うニュアンスだったけれど……『名付け親《ネイミング》』？　まあ、人飼無縁の捨て台詞については、雑魚の遠吠えとして、全然気にする必要なんかないだろうけれど……。あの『ディスク』が、完全なるブランクだったところで、正直これからの行き先がわからなかったところに、いい指針ができたと、そう解釈することも、できなくもないのだけれど……それにしても、全く……やれやれだ。明日から夏休みだというのに、どうしてこんなことになってしまうのだろう？『六人の魔法使い』の残りが九州の各地に散っているというのなら、当然のように、ぼくとりすかは、それを追わなくちゃいけないということじゃないか。いや、そう考えると、明日から夏休みというのは、都合がいいとも言えるわけだが——ポジティブシンキングもそこまでいけばただの馬鹿だ。一口に九州っていっても、そんな狭くない、アテもなく探せるようなものじゃない。その辺、城門管理委員会や、下手すればぼくの父親の力を借りなくちゃならないだろうが……うん、まあ、父親に、りすかのことを隠し通すのも、そろそろ、限界だ。父親が本当は知っているのかどうかはともかく、その札を伏せたままで彼と話をするのは、もう無理だろう。近い内に、父親とは顔を合わせる必要があるな——憂鬱至極極まりないが。ふむ——まあ、それはさておき、だとすると、りすかに課されている夏休みの宿題を、ぼくは手伝わなくちゃならないということらしい。どうせあの不登校児は、夏休みの宿題なんてやらなくてもいいくらいに考えていやがるのだろうし。あの娘には、あんまりカムフラージュと言う概念がないのだ。まあ、それは別にいいのだけれど——ああ、そういえば、ツナギは、夏休みの宿題、どうするつもりなのだろう？　こいつのことだ、どうせ、後回しに……いや、ひょっとしたら、りすかと、おんなじで、最初っからやるつもりなんてないのかも――全く。どいつも、こいつも、世話が焼ける、奴、ばっか――

★　　★

ちなみに。

「…………………………………………」

「…………………………………………」

「…………………………………………」

ぼくの身体の半分以上を構成するりすかの『血』が、人飼無縁の『魔眼』もどきによる心停止という最大級の異変を、元の持ち主へと直感という形で知らせ、時間の『省略』によって、人払いの結界などなんのその、この公園にまでカッターナイフをきらめかせ、遅ればせながら呼んでもいないのにとても格好よく颯爽《さっそう》と登場した水倉りすかが、力なくされるがままに仰向けに横たわった供犠創貴と、それに覆いかぶさり今まさに行為に及ぼうとしているまっぱだかのツナギを目撃するというのが、今回のお話のオチだったわけだが。
三人、見つめ合うばかりだったので、省略。
目は口ほどに、ものを言う。

《Evil Eye》 is Q.E.D.

第六話　出征！

彼女の名前は折口《おりくち》きずなと言った。もっともこのぼく、供犠《くぎ》創貴《きずたか》が彼女のことを折口というその苗字《みようじ》で認識していた時間は極々《ごくごく》短く、その当時から佐賀県警の幹部であり、ぼくの父親でもあった供犠創嗣《きずつぐ》から彼女を紹介された数ヵ月後には、彼女の名前は折口きずなから供犠きずなになっていたわけだが。供犠きずな。つまりはそれが、ぼくにとって四番目の、母親の名前だった。言うまでもなく血の繋《つな》がりなどない。彼女が折口きずなだったときもまた供犠きずなとなってからも、ぼくにとってはあくまで、自分の父親の恋人というだけの存在だった。それだけだ。そのはずだったのだ。それまでの、二番目の母親、三番目の母親と同様に。ぼくからしてみれば、供犠創嗣とは、何とも名状し難い男であり、それもまたそれだけでしかないのだが、そのはずなのだが、何故か知らないが同年代またはその付近の女性から見て、魅力的に映るらしい。二番目の母親も三番目の母親もそうだった。故に、四番目の母親であるきずなも、またそうだろうとぼくは、七歳当時の観察眼でもって、そう判断していた。実際、それは、半分くらいは間違ってはいなかった。彼女は供犠創嗣を愛していた。ただし、二番目の母親、三番目の母親とは——彼女は全く、違っていた。

「初めまして。創貴くん」

それが、初対面の挨拶《あいさつ》。ごく普通。自宅のリビングでの対面だった。さすがに、最初の頃はそれなりの緊張もないでもなかったが、父親の恋人からのそんな挨拶にも、その頃のぼくはすっかり飽きていた。婚姻関係にまで至らない相手も含めれば、軽く両手の指の数を越える相手を、それまでに父親は自宅に連れて帰ってきている。大半は県警の同僚や上司や部下で、きずな、そのときはまだ折口きずなだった彼女は、父親から見て後輩に当たる階級だった。

「名前も似てることだし、仲良くしよ。ね？」

「…………」

彼女とぼくの名前が似ているというのは、必然と言えば必然だと思った。ぼくの創貴という名は父親の創嗣の名を受けて命名されたものだろうし、そして創嗣ときずなな、名前が似ていることをきっかけに、父親ときずなは、距離を詰めたのだろうから。即ち、ぼくときずなの名が似ているのではなく、間に父親を挟んでいる。だから、必然であると同時にとんだこじつけだ。ぼくはきずなの挨拶を無愛想に聞き流し、ただ、彼女を、上から下まで、観察した。顔は、まあ、父親好みの美人と言っていいだろう。多少幼さが残る感じだが。身長は……少し高めだ。これは、父親の好みから外れている。自分より背の高い女を、あの人が恋人に選ぶとは思えないのだが。服装のセンスは、割と適当だった。ラフと言えばラフ、カジュアルと言えば聞こえはいいが、二十七歳の女性のあるべき姿とは、とても思えない。そこもまた、父親の好みから外れている点だった。ふむ。つまり、それを容れてもまだ余るほどの、内在を彼女が秘めているということか。まあ、ぼくの父親もぼくの父親で、人を見る目はある方だからな。当時、まだ自分の観察眼が完璧でないことを自覚していたぼくは、そんな風に考えた。

「なによう、じろじろ人のことを見て。やらしいなあ。って、そんな歳でもないか。ほれ、握手握手」

「……あんたがぼくの父親と付き合おうが何をしようが、それはあんたの勝手だ」ぼくは差し出された右手を無視して、きずなに言った。「ただ、波風だけは立てないでくれ。それと、ぼくと仲良くしようとか思わないこと。それさえ守ってくれれば、ぼく達はそれなりに、上手《うま》くやっていけると思うよ」

それじゃあ、とぼくは彼女に背中を向けた。子供らしい愛嬌《あいきょう》たっぷり愛想を振りまくほどの義理もなかったし、やはり、正直言って、この手のやり取りには飽《あ》いていた。父親の恋人。彼女達の目に映っているのは父親なのであって、ぼくはその付属物でしかない。ならば最初、こちらから拒絶してやった方が、彼女達のためでもある。懐かない子供の一人でもいた方が、父親の恋人という立場上、ドラマが増えて嬉《うれ》しいだろうってなものだ。好きなだけ父親に泣きつけばいい。多分彼は、持ち前の度量で優しく受け入れてくれるだろう。

「おらぁ！」

リビングから出て行こうとしたところをぐーで思いっきり殴られた。ノブに手を伸ばしかけたところだったので、顔面を強くドアに打ちつけた。目の前に火花が散ったような気がした。ドアから跳ね返ったところを、首根っこを猫のようにつかまれ、猫のように持ち上げられる。そして強引に、空中で振り向かされた。無論それは、彼女、きずなの仕業《しわざ》だった。彼女が立ち去ろうとしたぼくをダッシュ一番で追ってきて、その勢いでそのままパンチを喰《く》らわせたのだ。

「生意気《なまいき》言ってんじゃねーぞ、こら」

「…………？？？」

あまりにも予想外の彼女の行動に、唖然《あぜん》として口もきけなかったぼくを、彼女はきつく睨《にら》みつける。ただし、睨んでいるのは目だけで、口元はにんまりと意地悪そうに笑っていた。

「親にも殴られたことがないみたいな顔をしていたので、とりあえず殴ってみました」

「……はあ」

頷《うなず》くしかない。

「きみがなんて言おうとも、あたしは仲良くしようと思ってるよ、創貴くん」

彼女はそのままの表情で言った。

「だってあたし達、家族になるんだもん」

★　　★

今のぼくには確固たる目的がある。未来へと続く、見果てぬ目的がある。だが、その頃——三年前のぼくには、そんなものはなかった。いや、なかったとまでは言うまい。その頃抱いていた世間に対するそして世界に対する鬱屈《うつくつ》した気持ちは、今も変わらず続いているからだ。ただ、気持ちは同じであっても、気の持ちようが随分《ずいぶん》と違った。強《し》いて言うなら、当時のぼくの抱いていた目的は、未来へ続くような種類のものではなかったということだ。ぼくが今、未来へと続かない連中のことを自分でも不思議なほど毛嫌いしてしまうのは、多分、過去の自分に対する自己嫌悪も、少なからず混じっているのだろう。七歳の供犠創貴。彼は、破壊とか、破滅とか、とにかくそう言った一切合切を、ちっとも恐れていなかった。死ぬことなんか平気だと考えていた。むしろ、こんな腐った、くだらない世の中に生き続けるくらいなら、自ら死に臨み死を望むことこそが正当なる唯一無二の真っ当な解答であると、そんな風にすら考えていた。周囲のあまりの、荒唐無稽《こうとうむけい》なまでの愚かさに、その頃のぼくはすっかり愛想が尽きていたのだ。

「ただいま」

小学校二年生の秋。きずなは供犠創嗣と特に問題なく結婚し、我が家へと引っ越して来た。仕事は寿《ことぶき》退社で家庭に入り、そんなわけで、ぼくが学校から帰ると、いつも彼女が出迎えてくれるのだった。出迎えてくれる、なんていうほど、当時のぼくはそれを嬉しいとは思ってもいなかったし、むしろ迷惑がっていた。家で一人でいられる時間だけが、ぼくにとって唯一落ち着ける時間だったのだから。言いたくもない『ただいま』なんて言葉も、いちいち言わなくちゃならないし。

「おっかえりー……っておい」

ボーダー柄のシックなエプロン姿で玄関口に現れたきずなは、ぼくを見て、あからさまに呆《あき》れたような表情を見せる。感情を隠すことなくそのまま表すのが、このきずなという女なのだった。ある意味観察眼なんて、彼女の前では何の役にも立たないというわけだ。ただし、この日に限って言えば、きずなの反応もわからないではなかった。ぼくの着ている服は土だらけで、あちこちほつれていて、鞄《かばん》もまた同様だったからだ。

「ぼっろぼろじゃねーの。なんだい、そりゃ、クルマにでも轢かれたのかい？」

「……別に。いつものことだ」

そう、いつものことだった。今回の場合はちょっとばかり苦戦して、あからさまになってしまったけれど、きずなが我が家に住み着いてからも、別に珍しい話ではなかった。

「喧嘩《けんか》？」

「多数対一のことを、リンチと呼ばずに喧嘩と言うならね」ぼくは答えた。「六年生と五年生のくだらねー複合チームに絡《から》まれた。理屈の方はほとんど理解不能だったけど、とにかく生意気なんだってさ」

「生意気ねー。ははは、その通りだ」

きずなは豪快に笑った。

「創貴、あんたって、絶対に他人に心を許したりしないでしょ。馴れ合ったり。馴れ馴れしい奴が嫌いなのはわかんないでもないけど、でも、そういう奴って、そういう風になっちゃうよ。ぼろぼろになってぐでぐでになっちゃうよ。絶対」

「…………」

単に、服や、今の姿のことだけを言っているのでないらしいのは——どうやら、わかった。しかしとはいえ、だ。きずなと会って、数ヵ月。いつの間にか、『きみ』は『あんた』に変わっていたし、『創貴くん』は『創貴』と、呼び捨てになっていた。馴れ馴れしいというなら、きずなの方がよっぽどだった。

「隠してるつもりなのかもしれないけど、お母さんにはわかってんのよー。あんた、かなり腕白《わんぱく》に喧嘩しまくってんでしょ。ったく、クラス委員長がそんなことやっていいわけ？」

「委員長なんてただの点数稼ぎの肩書きだ。別に真面目《まじめ》にやっちゃいない……馬鹿どもの面倒をいちいち見てやろうってほど、ぼくはいい奴じゃないよ。将来、何か役に立つかもしれないって、何となく思っているだけさ」

「将来、ねえ」

「ていうか早くそこをどいてくれないか。いつまでぼくは、ここに突っ立ってなくちゃいけないんだ？　自分の身体がこんなに汚れているのは我慢できない。風呂に入る」

「はいはい。わかりましたよっと」

きずなは廊下の右側によって、ぼくに道を開ける。ぼくは靴を脱いで、きずなの前を通り過ぎるように、足早に歩く。

「ご飯にします、それともお風呂って感じだよね。堂々としちゃってまあ。本当、あんたって、お父さんにそっくり」

「……二度と言うな」

「はいはいってば」

ぼくは、きずなの適当な返事に、ため息をつく。言っても無駄ということか、と。

しかし、それもいつからなのか、きずなはぼくの父親のことを、『創嗣さん』から『お父さん』と呼ぶようになっていた。それは多分ぼくの前でだけで、二人きりのときは以前のまま『創嗣さん』なのだとは思うけれど。それがきずなの、ぼくに対する心遣いなのだとしたら……正直、対応に困るところはある。二番目の母親も三番目の母親も、いい父親が選んだだけのことはあって、いい人間ではあった。そこそこ優しかったし、人間としてはかなり優秀な部類に入ったと思う。けれど……。けれど、きずなは、そういうことじゃなくて、なんか……なんだか、本当にぼくと家族になろうとしている、そんな感じがした。勿論《もちろん》……それは当時のぼくにとって、心底、鬱陶《うっとう》しい話でしか、なかったわけだけれど……。

「ちなみに今日の晩御飯はカレーライスね。お母さん、腕を振るいまくっちゃったりしたんだから。風呂からあがったら、白い服だけは着ないように。誰かさんじゃないんだから。そうそう、一応訊いておくけど、創貴、救急箱いらないのね？」

「いらねーよ」

ぼくは言った。

「いつも言ってることだけれど、あまり世話を焼かなくていいよ、きずなさん。自分のことだけしっかりやってくればいい」

「きずなさん、ねー」

きずなは自嘲《じちょう》っぽい笑みを浮かべる。

「そう言えばお父さんのことも『お父さん』って呼んだことないよね、創貴。『父親』とか『あの人』とか言っちゃったりしてさ。何、あんた、家族にも心を許さないって奴なの？」

「そういうことはまずあの人に言え」

あの人。父親。供犠創嗣。

「気付いているか？　あの人、一度もぼくのこと、名前で呼んだことないんだぜ。『息子』とか『ガキ』とか、そんなんばっかりでさ」

「あの人、もう三十七でしょ。あたしと十歳違いなんだから」きずなは言う。「もうあそこまでなっちゃったら、性格変えるのは無理無理。一つの味わいとして考えないと」

「ぼくを変えようとするな。面倒だ」

「あっそ」特に悪びれた風も無いきずな。「じゃ、もう一つ。あんた、五年生六年生、高学年が複数で相手だったからって」

振り向いたぼくに、きずなは言った。

「負けてねーだろうな？」

「……楽勝だよ」

ぼくの答に、きずなは満足そうに頷く。

「晩御飯、ハンバーグにしてやんよ」

「…………」

「幾らでも、白い服着て来い」

★　★

きずなが折口きずなだった頃、彼女は佐賀県警の少年課に勤めていた。少年課。成程、それならば、生意気な子供の相手はお手のものなのだろう。そう言うと彼女は『七歳の子供は、少年の域にも入んないんだよ』と言ったし、あの父親がそんなことを考えて結婚相手を選ぶわけもないので、それはただの偶然なのだろう。あくまでただの偶然だ。あからさまなまでの偶然。それはともかく、ぼくが当時、独自に収集した情報に頼るならば、彼女は佐賀県警内において、かなり名を馳《は》せた、優秀な人材であったことは、どうやら間違いないらしい。父親が女性を選ぶとき、もっとも重視するのが、『仕事ができるかどうか』なので、それは納得のいく話だった。ただし、警察官、おまわりさんとしてどうだったかはともかく、家庭を管理する者として、彼女はあまり優秀であるとは言えなかった。彼女の作るカレーライスはあまりにも辛過ぎたし、彼女の作るハンバーグは大体が肉団子に近かった。ぼくが学校に行っている間、彼女は家の掃除《そうじ》をしたりするわけだが、ぼくから見て、それはあまりにも隙《すき》だらけの清掃行為だった。ゆえに、ぼくは学校から帰ってきて、まずは家の中の汚れの残りを、始末することになるのだった。

「創貴、あんた、まるで姑《しゅうと》だね」

和室を竹箒《たけぼうき》で掃《は》いていたぼくに、後ろから棘《とげ》たっぷりに、きずなが声をかけてきた。

「……別にあなたに不満があるわけじゃないよ。見えるところが汚れているのが我慢ならないだけだ」

「神経質だね。もっといい加減に生きた方がいいんじゃない？　子供なんだから」

「子供扱いすんな」

「子供じゃん」

「子供だろうと、子供扱いするなと、そういう意味だよ」

「ふうん」

「全く」

掃除一つ満足にできない癖《くせ》に、と続けようと思ったが、やめた。口喧嘩ならば、きずな相手に負けるとは思っていなかったが、この女は平気で暴力に訴えてくることを、ぼくは既に学習していた。家庭内暴力とか児童虐待《ぎゃくたい》とか、そのレベルにまでは達さないものの、限りなくそれに近いような。

「人任せにしときゃいーじゃん。あたしがやって創貴がやるんじゃ、二度手間になるのに」きずなは畳《たたみ》の上に直接座って、掃除を続けるぼくに言う。「創貴って、何も他人任せにできないタイプだよな。ていうか、人がやることには、何でもアラを見出せるっていうか」

「人の観察眼を揚げ足取りの達人みたいに言ってんじゃねーよ」

「人任せにできないっていうのは、要するに他人を信頼できないってことじゃないのかなー、みたいな」

「信頼して欲しいなら、信頼に足る仕事をまずして欲しいもんだ。この間、雨降ってるのに洗濯物《せんたくもの》干しっぱなしだっただろ」

「昔のことをうだうだとー。本当、姑だわ」

きずなは言う。

「まず口で注意してくれりゃいいじゃない。やだやだ。そんな風に、これみよがしに自分でやってみせなくともさ。それとも、見本を見せてくれてるつもりなの？」

「口で言うより、自分でやった方が早い。そう思うだけだ」

「あんた、学校でも、委員長として、そんな風なわけ？　クラスの子の宿題とか、勝手にやっちゃってるわけ？　そりゃむかつかれるよ。ていうか嫌われるって」

「…………」

さすがにクラスメイトの宿題を勝手にやってしまうようなことは滅多にないが、そんなような流れで、一人で放課後の教室、掃除をする羽目になるのは、決して少ないことではなかったので、きずなの指摘《してき》に、ぼくは返事をすることができなかった。まあ、確かに、当時の、この頃のぼくは、クラスで、好かれている方ではなかっただろう。優秀でありさえすればそれでいい、レベルを落としてあわせてやる必要などないと、まだ思っていた頃の話だ。嫌なことを我慢するという忍耐に、その頃のぼくは欠けていた。大いに欠ける。そして、それゆえに——ぼくは時々、きずなのあけすけな言葉やあけすけな態度に、突然、我慢できなくなることがあった。このときも、そうだった。ぼくは竹箒を動かす手を止め、きずなを振り向いた。

「きずなさん。あなた、どうして仕事、やめちゃったんだ？」

「うん？」

首を傾げるきずなに、ぼくは続ける。

「言ったはずだよな？　家のことくらい、ぼくは一人でできるって。今までずっと、そうやってきたんだ。二番目の母親のときも三番目の母親のときも、そもそも、最初の母親のときから、そうだったんだ。ぼくは一人で生きていけるし生きてきたし、生きていかなくちゃならないんだ」

「…………」

最初の母親——つまりぼくの生みの親は、ずっと病院暮らしだった。ぼくを産むその前から、ずっと病院暮らしだったらしい。警察官僚の父親と、そんな母が、どんな風に知り合ったのかぼくは知らない。父親は語らないし、ぼくも訊《き》こうとは思わない。ただ、この世に生を受けて、初めて見た——初めて観察した人間が、そんな父親とそんな母親だったことは、ぼくの人格に少なからぬ影響を及ぼしているだろうと、何となく思ってはいる。ともあれ——ほとんど家に帰ってこない父親と、病院から出ることの少ない母親。だからぼくはずっと家に一人だった。それだけに、一人で生きてきたという自負がある。他の甘やかされた、自分のことも自分でできない連中とは一線を画しているという自信がある。ゆえに、自分の場所であるこの家に、他の誰かが自分より長時間存在していることは、ぼくにストレスを与えるのだった。二番目の母親も三番目の母親も、父親と結婚しても、仕事を辞めなかった。だから少しはマシだった。ぼくは自分のことを自分でし続けることができた。けれど、きずなは——

「あんたさ」

きずなは言った。珍しくシリアスな口調で。

「相当、歪《ゆが》んでるよ。気付いてる？」

「…………」

「あたしも仕事柄、色んな人間見てきたけどさ。あんた、その中でもだいぶん、ぶち抜けてるよ。何がどうしてそんなことになっちゃったのか、見当もつかない。子供とは思えないくらいに頭、いいしね」

「……答になってないな。ぼくはどうしてきずなさんが仕事を辞めたのかって訊いたんだぜ？　それとも、ぼくのためだって言うのか？　歪んでるぼくを、更正させようって？　ぼくを変えようとするなって言ったろ。ぼくは絶対に変わらないよ。運命のようにね」

「運命、ねえ」

きずなは意味ありげに、ぼくの言葉を繰り返す。前にもこんなことがあった。いつだったか。そうだ、そのときは、『将来』という言葉だった。『将来』という言葉を、彼女は意味ありげに、反復したのだった。

「ねえ、創貴」

「なんだよ」

「その箒——竹箒」

「なんだ」

「『竹箒も五百羅漢《らかん》』って知ってる?」

「知らないわけがないだろ。それくらい。ことわざだろ? 『鰯《いわし》の頭も信心から』と同じ意味の」

「その通り」

きずなは頷く。

「そして竹箒は、空を飛ぶ乗り物でもあるね」

「そうだったっけ?」

「ねえ、創貴。いいこと教えてあげよっか」

「きずなさんから教わることがあるとは思えないな。しかもそれがいいことだなんて」

「いいから、聞きなさいって」

きずなは言った。

「創貴、あんたさ。あたしのこと、料理も洗濯も掃除もできない、ロクデナシだと思ってるかもしれないけどさ、仕事はちゃんと、できてたんだよ」

「知ってるよ。優秀な警察官だったんだろ？　ぼくからしてみれば、どうしてそうだったのか、不思議でしょうがないけどな」

「うふふ。それには理由があったりするわけだな、これが」

「理由？」

「これは、お父さんにも秘密なんだけど」

「…………」

「誰にも言っちゃ駄目だよ」

きずなは立ち上がり、ぼくによってきて、屈み、耳元に唇《くちびる》を寄せて、そして声を思い切り潜めて言った。

「あたし、実は魔法使いなんだ」

★　★

九州には七つの県がある。福岡、大分、宮崎、熊本、鹿児島、佐賀、そして長崎。勿論全ての県が、日本国に属しているわけだが――長崎県だけは、その中で――否《いな》、日本全国、一都一道二府四十三県の内で、唯一、自治区と言っていい。何故なら長崎県は、『魔法の王国』と呼ばれる、人知を超えた異形の能力を持つ者達が、住まう場所だからである。生まれついて、普通にはありえない超常現象を引き起こせる彼らは『魔法使い』と呼ばれ、またそれを自称する。確かに彼らの力は、魔法とでもしか、表現できない種類のものだった。たとえば、『真空』を召喚《しょうかん》したり。たとえば、『影』を縫《ぬ》い付けたり。たとえば、『不幸』を操ったり。たとえば、全身を『口』に変えたり。たとえば、両の『眼』で殺したり。たとえば、『時間』を操作したり。魔法使い。昔ならばともかく、魔法の存在自体、法律で公式に否定されてしまっている現在、他の県では一体どういった扱いを受けているのだか知らないが、少なくともここ、佐賀県においては、それは酷《ひど》く、現実的な問題だった。それは、隣り合わせの県だから魔法使いが如実《にょじつ》にかかわってくる、ということではなく、むしろ逆だ。隣り合わせでありながら如実にかかわってこない、それが問題なのだった。佐賀県と長崎県の境目には、天高く聳《そび》え立つ『城門』が存在している。城門管理委員会が、遥《はる》か昔に建設した、言うならば、この世とあの世の区切り目のような、文字通りの『門』。どこからでも見えるようなその存在感が、すぐ隣の県が、普通の場所でないことを、佐賀県民に、常に告げているのだ。だから、当然、小学二年生当時——ぼくは既に、『魔法の王国』と、『魔法使い』については、その存在をよく、知っていた。

「魔法使い……？　あんたが？」

「そう。秘密だよ」

きずなは『秘密』という言葉を強調し、唇の前に指を一本、置いた。

「佐賀県警の内部に魔法使いがいただなんて、知れたら大ニュースになっちゃうんだから。あ、いや、ならないかな？　むしろもみ消されるかも。どっちみち、あたしは抹殺《まっさつ》されちゃうんだろうから、どっちにしてもそんなのは関係ないけどさ。いずれにせよ、ってやつか」

「……魔法使い？」

「うん。森屋敷《もりやしき》市出身。知ってる？　森屋敷。ナガサキの次に位階の高い、魔道市なんだけどさ」

「ふうん……」

ぼくは箒を壁に立てかけた。真面目に、彼女の話を聞く気になったのだ。

「魔法使いが、どうして佐賀にいるんだ？　魔法使いってのは、確か、魔法を使えない普通の人間のことを『駄人間』って呼んで、関わることすらよしとしないんだろ？」

「やだな、そんなあからさまな差別主義者、滅多《めった》にいないよ。少しはいるけどだけど、それを言うなら佐賀にだって、魔法使いのことを『半魔族』なんて、そんな言い方する人、そこまで沢山はいないでしょ？」

「まあ、そりゃそうだけど」

「声の大きい奴が目立つだけの話でしょ、そんなの」

「…………」

声の大きい奴が目立つというのは、それはきずなの言う通りだった。鶴《つる》の一声なんていうのは、大抵の場合、ただの大声であるばかりなのだ。並べて言うなら——雉《きじ》も鳴かずば撃たれもすまい、か。

「なんで佐賀にって話だっけ？　まあ、子供の頃に、ちょっと親がヤバい奴とモメちゃってね。それで、『魔法の王国』、長崎県から、逃げ出るような形になっちゃったわけ。それで、それからはこっちで、普通の人間として暮らすことになったんだけれど……その頃にはもう、あたし、魔法、使えたからね」

「魔法ね——一口に魔法と言っても、それぞれ個人個人によって、その特性は千差万別らしいけれど、きずなさんの場合、どんな魔法が使えるんだ？」

「お母さんって呼んでくれたら教えたげる」

「…………」

「嘘嘘《うそ》。うーそーだって。普通に教えてあげるってば」きずなは快活に笑う。「えーっとね。まあ、そうだな、分かりやすく端的に言うなら、予知能力かな」

「——『予知能力』」

「属性《パターン》は『獣《けもの》』、種類《カテゴリ》は『知覚』──予知能力。難しい言葉で言えば未来視って奴──ああ、創貴にとってはこのくらい、難しい言葉には入らないか」

「…………」

この時点のぼくは、『魔法の王国』や『魔法使い』のことは知っていても、それがどういうものなのかを、全く知らない。だから、予知能力、未来視というその言葉を聞いても、なんだか有り触れた魔法だな、程度にしか、捉えることができなかった。その頃のぼくは、属性や種類という、それらの言葉の意味すら、知らなかったのである。今のぼくなら、予知能力、未来視、運命干渉《かんしょう》系の魔法の最上位、ハイエンドであるその魔法に、仰天《ぎょうてん》するほど驚いただろうが──この時点では、ただ単に、『ふうん』と思うくらいである。そんなぼくの反応が、だから不満だったのだろう、きずなは不満そうに、

「何よう、もっとびっくりしてよ」

と言った。

「結構すごい魔法なんだからね」

「確かに、そんな魔法が使えるんなら、刑事事件なんかお手のものだろうな──事件を解決するどころか、事前に防ぐことすら容易ってことになる」

「信じてないみたいな言い草だねー」

「そりゃ、いきなり魔法使いだとか言われてもね。まあ――」

まあ。

「まあ――納得、いかなくも、ないけれど」

そうだった。それは、これまで数ヵ月、折口きずな、供犠きずなという人間を観察してきての、ぼくの結論だった。彼女は、確かに、料理も洗濯も掃除も得手じゃないし、どうして仕事ができたのか不思議なくらいだったけれど――とにかく、勘《かん》がよかったのだ。探し物失せ物探しは異常に得意だったし、先を見通す力に長《た》けているのは確かなようだった。学校に行くとき、彼女が傘《かさ》を持っていけといえば、必ず雨が降ったし、その他にも、思い当たる節は色々、数え切れないほどある。一つ一つなら、否、総じて考えても、ぎりぎり不自然を感じずにはいられる、『勘がいい』、『先見の明がある』程度で済ませるレベルではあるのだが――しかし、そういった裏づけを与えられることに、それらの事実は、それこそ何の不自然もないのだった。納得、いかなくも、ない。

「予知能力って言っても、それほど大した、いわゆる絶対感はないんだけどね。主としてこっち側、県外《ソト》で育ったからかな、正解率が低くって」

「低い？」

「そ」

「低いって、どういうことだ？」

正解率という言葉も気になるが、とりあえず、ぼくはそちらの形容詞の真意を確かめる。きずなは、話に乗ってきたぼくを楽しそうに見遣る。確かに、ぼくの方からきずなの話に乗っかるなんてことは滅多にないだけに、きずながそんな反応になるのも無理もない。ただ、ここではそれに対する不快感より、未知の場所、城門の向こうに対する好奇心の方が勝っていた。

「正解率が六割そこそこなのよ。あたしの魔法」

「六割？」

「低いでしょ？　当たるか当たらないかって言うなら、普通に考えたら五十パーセントだもんね。当たるも八卦《はっけ》当たらぬも八卦って」

「いや……六割で、十分だろ」

六割、つまり、六十パーセント。わずかに百しかない可能性の内、六十までも占めているとなれば――ほとんど、埒外《らちがい》だ。きずなが言ったような、当たる当たらぬの五十パーセント論なんて、そんなのが馬鹿馬鹿しい言葉のトリックでしかないことなど、ぼくでなくとも分かる。それは、運命の過半数を握っているということなのだから。

「十分に信頼できる数字だ、それは」

「そういってくれると、ありがたいな」

　きずなは言う。

「だったら、今からあたしが言うことも、信じてくれるよね」

「うん？」

「あたしが、仕事を辞めた理由」

　きずなは勝ち誇ったような笑顔と共に、ぼくに言った。

「初めて会ったときのこと、憶えてる？」

「それなりには。ついこの間のことだろ」

「うん。でね、そのとき、創貴に会った途端、あたし、びびっときたわけよ」

　きずなは言った。

「あたし達、きっといい親子になれるって」

★

★

　水倉《みずくら》りすかと初めて会ったとき、ぼくと彼女は、共に小学四年生で、八歳だか九歳だか、お互い、そんな年頃だった。水倉りすかが、『魔法の国』、長崎県の森屋敷市から、県境《けんざかい》の城門を越え、普通の人間の住まう場所、佐賀県の河野《かわの》市、葉隠《はがくれ》町にやってきたのは、市立河野小学校に転校してきたのは、父親を探すためだった。父親探し。それが彼女の目的だった。話を聞くだけではよく分からなかったが——というか、今でも正直よくは分かっていないのだが、当時の水倉りすかは、ほとんどこちら側の言語（というほど大袈裟《おおげさ》でないにせよ、つまりは喋《しゃべ》り方）を解していなかったので、彼女の真意は、より通じにくかった。そして、ふと考えてみるに、ぼくはりすかから、母親の話というのを、聞いたことがない。水倉りすか。勿論、生物学上は人間である以上、りすかにだって母親が、存在しないということはないだろう。今現在生きているかどうかはともかく——まあ、彼女の父親、神にして悪魔、空前絶後の大魔道師、水倉神檎《しんご》の腕にかかれば、単体による生命創造——人体練成もまた、不可能ではないのかもしれないが、それも非常識な話だろう。ともかく——父親と母親。供犠創嗣と供犠きずな。きずなが自分が魔法使いだと告白してから、何かが変わったかと言えば、そのことによっては、特に何も変わらなかったと、そう言うしかない。相変わらず、父親はほとんど家には寄り付かなかったし、きずなはいつでも、ぼくの帰りを待って家にいた。単純な考え、きずなは供犠創嗣と夫婦になることによって、より接触時間が短くなった（はっきり言って皆無になった）わけだ。そうなるともう何がしたいのだかよく分からないの、だけれど——

「創貴って、本当に何でも一人でやっちゃうから、あたし、親らしいとこ、見せらんないよねー」

「…………」

「宿題なんかしてんじゃねーよ。宿題しろって言えないじゃんよー」

「…………」

「買い物もあんたの方が上手いしさー。あんた、もうちょっと、他人を立てるってこと、憶えた方がいいんじゃない？」

「…………」

「他人を使うって言うかさー。全部一人でやっちゃうより、あたしに家事一般、教えた方が後々便利じゃん。教えろよ」

「…………」

「無視すんなー！」

蹴《け》られたりした。

どうも、彼女は、親であろうとしたらしい。

母親であろうとしたらしい。赤の他人の、所詮《しょせん》、どう突き詰めたところで、惚《ほ》れた男の瘤《こぶ》でしかないこのぼくの、立派な母親であろうと、思っていたらしい。今から考えても、彼女のその心理は、謎だ。後で知ったところによると、彼女はどうやら、両親から、半ば捨てられたような形で、完全に見捨てられたような形で、十代の後半を送ったらしいのだが――それが特に関係しているとも、この場合は、思えなかった。少年時代に虐待を受けた子供は親になってから自分の子供を虐待する、なんて、信憑《しんぴょう》性《せい》の不確かな推論もあるけれど、それもまた、あまり関係のない話であるようだった。しかし、元少年課の刑事の、正義感ゆえとも思えない。理性と感情は所詮別だ。まあ、それはともかくとして――そういうやり取りからも分かるよう、当時の、小学二年生、七歳のぼくは、人を駒として動かそうという、あの考えを、全くと言っていいほど、持っていなかった。駒、持ち駒、捨て駒、道具、利用物。そういう風に、人間を見ることが出来なかった。それは別に、他人に利用価値を見出していなかったということではない。数多い人間の中には、そのほとんどが愚劣で劣悪だったとしても、ほんのわずかに、利用するだけの値打ちのある、優れた人間がいることを、ぼくの観察眼は否応《いやおう》なく教えてくれていた――しかし、だからといって、それをどうこうしようとは、ぼくは全く思っていなかった。強いて言うなら、他人の力を、アテになるとわかった上で、どんな人間にだって利用価値くらいはあると分かった上で、アテにして、いなかったのだ。誰かの手を借りるぐらいなら死んだ方が全然価値があると、本気でそう思っていた。だから――初めてりすかに会ったとき、彼女のことを使える駒だと思ったのと同じようには、きずなのことを、捉《とら》えてはいなかった。自分にはない能力、即ち魔法を使えるという彼女のことを、少なからず、羨《うらや》ましく——妬《ねた》ましくは思ったものの、それだけだった。それだけだ。魔法が使えようがどうしようが、それがどうした、所詮は他人事、自分には関係ない——それだけの、ことだったのだ。

ぼくにとって、その時点では、彼女が魔法使いであろうがどうしようが——そんなのは、どうでもいいことだった。むしろ、どうでもよくなかったのは——

「ただいま」

「おっかえりー……ってまた喧嘩かよ。また喧嘩なのかよ。懲《こ》りない奴だな——つうか、飽きない奴だな。本当はあんた、頭悪いんじゃないの？」

どうやら調理中だったらしく、片手におたまを持ったままのエプロン姿で、ダイニングから、学校帰りのぼくを出迎えるために廊下を小走りでやってきたきずなは、例によってぼろぼろになったぼくの姿を見て、苦笑いを浮かべる。

「あんたね、喧嘩するときは、服が破けないようにしなさいって。繕《つくろ》うの、結構めんどいんだからね」

「自分でやるっつってんだろ」

「あら冷たい」

威嚇《いかく》するようにおたまを振り回す彼女。

「そりゃ、繕い仕事だって、創貴の方が上手かもだけどさ。でも、お母さんだって頑《がん》張《ば》ってるんだから」

「他のことに関しちゃともかく、それについてはぼくはマジで怒ってるんだ。クマさんのパッチワークとかで破れたところを埋めるな。いい笑いものだ」

「そういうとこ、男の子だねえ」

くすくす笑いのきずな。腹が立つ。

「で、今日の首尾は？」

「勝ったよ。ぎりぎり」

「あら。楽勝じゃないの？」

「相手が中学生になった」

「あっちゃー」

このとき、ぼくは、きずなに、ぎりぎりと言う言葉を使ったが、それでもまだ、見《み》栄《え》を張った言葉だったと思う。小学二年生が暴力沙汰において中学生を相手にするのは、いくらなんでも無茶だった。そうは言っても、中学生だろうが小学生だろうが、それが人体であることには変わりはないわけで、急所の位置は一緒だから、そんな感じで痛み分けというのが適当な評価だったと思う。ただ、この頃にはぼくは、きずなの前では決して、弱みを見せないようにと、そう思っていた。他の人間の前でも、それはそうなのだが、どうしてだか、とにかく、普通以上に、だ。

「そんな尖《とが》った生き方してるからだよ。高校生が相手になる日も、そう遠くないかもね」

「構わないよ。やたらぼくを殴りたがる教師とかもいるしね、今更、高校生くらい」

「ふうん。……ま、風呂《ふろ》、入ってきなよ」

「そうさせてもらうさ」

「背中流してあげようか？」

「……これはお願いだ」

ぼくは言った。

「ぼくは一人でいる時間を愛しているが、それでもきずなさんに、家族として最低限の礼儀は払っているつもりだ――だから頼むから、風呂に入るときくらいは、一人にしてくれ」

親子のコミュニケーションとやらを積極的に図ろうとする彼女は、この時期、何かのブレイクスルーを企《たくら》んでなのか、三回に一回くらいの割合で、ぼくと一緒に入浴しようとするのだった。というか勝手に湯船に入ってくる。なるだけ彼女に対してクールなシカトを試みているぼくだったが、それにばっかりは、辟易《へきえき》していたのだった。気が気でないって奴だ。

「おませだな、創貴は」

何を勘違いしたのか、きずなはそんなコメントで、ぽんとぼくの肩に手を置く。

「まあいいや。風呂、上がったら、ご飯にしようか」

そう言って、彼女はダイニングに戻っていった。やけにあっさりしたその反応を、少なからずいぶかしみながら、ぼくは風呂に行って、シャワーで、身体中にへばりついた泥を落とした。傷に、お湯が染みた。

「………………」

きずなの言葉を、そのまま受け入れるわけではないが——確かに、こんな生活は長続きし、長持ちしないだろうことは、確かだった。というか、そもそも、自分がどうして、こんなことをしているのか、わからない。湯を浴びながら、自嘲のように笑う。わからない……わからない、だって？　これじゃあ、他の、愚劣だと軽蔑《けいべつ》している連中と、何も変わらないじゃないか。

「けれど……」

呟《つぶや》く。

「けれど、何をどうしたらいいのか、全然、わからないんだ」

何をどうしたらいいのかわからない。ただ漠然《ばくぜん》とした欲求と、有り余るような情念だけがあって、そしてそれだけ。それが、七歳当時の供犠創貴の、偽《いつわ》らざる本当の姿だった。

★

★

それは、彼女が、魔法使いだとぼくに告白する、前だったか、後だったか、それは少し、どうしてだか記憶が定かではないが——ともかく、後のぼくの人格形成において、決定的だったことが、二つある。一つは、即ち——死への傾倒の否定だった。今となっては、本当に、過去に遡《さかのぼ》って消してしまいたいくらい屈辱の記憶ではあるが——ぼくは一度だけ、自殺を図ったことがあった。否、それを自殺と言えるかどうかは、不確かだ。普通、自殺と言うときには、そこには何らかの意志、意図のようなものが、何にしろとにかく伴《ともな》うものだろう。そのときのぼくには、そんなものはなかった。何も無く——本当に、何と言うこともない気軽さで、道路に、飛び出したのだった。いや、飛び出してすらいない。普通に歩いて、ぼくは道路の真ん中に——ただ、移動したのだった。

きずなが助けてくれた。

すれすれで、乗用車の鼻先をかすめるような形で——ぼくを抱きとめるように、まるで有り触れた映画のワンシーンのように、彼女は、ぼくを、助けてくれた。彼女が助けられる位置にいたということは、多分、二人で買い物に出たか、何かのときだったんだと思う。

「馬鹿野郎っ！」

彼女は怒鳴って、ぼくをぶった。初対面のときよりも、普段よりも、なお——強く。彼女に殴られることに、ぼくは既に慣れていたけれど——それでも、それは痛かった。ぼくは、特に反省の色を、彼女に見せることはなかったけれど——それ以来、自殺を図ったことは、一度もない。そして、もう一つ、決定的、供犠きずなが、ぼくに与えた、決定的な影響は——

「…………………」

「…………………」

「……う、くくく」

風呂を上がって、テーブルで、きずなと向かい合って、夕ご飯を食べる。この日はさすがに、救急箱はいらないというわけにはいかなくて、ぼくの顔や手足には、何枚もの絆創膏《ばんそうこう》が張られていた。それが滑稽《こっけい》な具合に映るのか、きずなは自分の作った料理を食べながら、たまにこちらを向いて、吹き出しているのだった。本当に、いちいち気に障《さわ》る女だった。

「くく……う。うふふ」

「…………」

「ああ、そうそう。創貴」

「なんだ」

「昼頃、お父さんから電話、あったよ」

「ふうん」

珍しい。

「何か用？　着替えを持って来いって言うんだったら――」

「いや、そういうんじゃなくてね」

きずなは言う。

「お父さん、『夜明けの船』っていう、犯罪者グループの構成員を、三人だったかな、捕まえたんだって」

「ふうん」

『夜明けの船』。聞かない。けれどまあ、その辺にありそうな名前だ。

「それで？」

「六人のグループらしいから、あと三人残っていて、ちょっとヤバいかもしれないから、気をつけろってさ」

「ああ――」

そういうことか。なるほど。今までも、ままあったことだった。要は、父親のアキレス腱《けん》として、家族を狙ってくる――もっと端的に言えば、逆恨《さかうら》みの結果として、家族が狙われるとか、つまりそういうことだ。特にぼくの父親、供犠創嗣というのは、強引な捜査の手法ゆえか、あるいはただ単に性格の産物ゆえなのか、とにかく恨みを買いやすい男なので、そういった周囲への被害は、普通の刑事の数十倍といった有様なのである。勿論、元刑事のきずなは、そういった父親の特徴をよく知っていただろうし、ぼくはこれまで、何度かそういう被害に、既にあっているだけに、そんな忠告は、何を今更《いまさら》という感じだった。

「三人、ね……しかし、それは取り逃したってのとは違うのだろうけれど、あの人らしくもないな」

「だからこそ、らしくもない忠告なんてしてきたんじゃないの？　お父さん」

「だろうけど」

「心配しなくっても、すぐに捕まえてくれるって」

「別に心配してないよ。怖がってもない」

「またまた」

大仰に手を振るきずな。

「大丈夫。いざとなったらお母さんがついてるからさ。魔法でぱぱっと助けてあげる。ぱぱぱぱぱーっとね」

「…………」

そんな悪い未来は、見えていないということなのだろうか。まあ、それだったら、少なくとも、安心材料くらいにはなるけれど。でも、ぼくが、そんな犯罪者グループに恐怖を感じていないことは、本当だった。心配が不要だというのも。もう、それは、父親から紹介される恋人同様、すっかり、慣れて、そして飽きてしまっていた。供犠創嗣という男に、セットでついているどうしようもない避けられないものだと、そんな風に考えていたから。今から考えたらえらく達観した姿勢だが、正確には、ただ、諦《あきら》めていただけなのかもしれない。いずれ、今からじゃあ、真相はあくまで闇の中でしかないのだが。

「なあ……きずなさん」

「なに？」

「きずなさん、あの人のどこを、好きになったんだ？」

「おおっと！」

珍しい、ぼくからの問いかけに、きずなは驚きを全身で表現して見せた。いちいち鬱陶しいくらいの反応。ていうかあんた二十七歳なんだから、もうちょっと落ち着けよと、それは素直な心で、今でもそう思うくらい、彼女は落ち着きに欠けていた。

「いきなり核心をついた物言いじゃないのよ。どうした？　何か心境の変化でもあったのかい？　創貴」

「そういうんじゃないよ——ただ単に、あの人が、ああいう人なのに、どうしてそんなにもてるのか、不思議に思うだけだ」

「んー」

きずなは少し考えて、答える。

「ああいう人だからじゃ、ないのかな」

「…………」

答になっていないが——しかし、本当の答とは、そういうものなのかもしれない。最初から、そういうのを求める方が、どうかしている、とでも言うのか。

「心配しなくとも、創貴もお父さんくらいの歳になれば、きっともてもてだって」

「そういう話をしているんじゃないんだけどな……」ぼくはやれやれ、とため息をつく。「大体、あの人くらいの歳になるまで、自分が生きているとは思えない」

「え？」

「二十歳までも生きられないだろうと、自分ではそう思ってるよ。まあ、こんな生活がエスカレートしていけば、必然、そうなるだろう」

「………」

きずなはしばらく沈黙した。てっきり、すぐに鉄拳制裁が飛んでくるかと思っていただけに、その反応にぼくは首を傾《かし》げる。きずなは、そんなぼくの視線を気にするでもなく、「うーん」と、唸ってみせたりした。

「ひょっとしたら、歴史が変わっちゃったりするかもだから、あんまり言いたくないんだけどさ」

「うん？」

やがて、唐突に脈絡のないことを言い出したきずなに、ぼくは訊き返す。

「何て言った？」

「だから、あんま言いたくないんだけど――でも、あんたの場合、教えておかないと、本当にしょうもないことで早死に犬死にかましそうだからね」

「教えるって……何を」

「なんだ。またいいことを教えてくれるのか？　ご親切なことだな」

「いいこと」

「未来は可変だから、あまり真面目にとらえられても困るんだけど――」

　きずなは勿体《もったい》をつけるように、そう前置きをしてから言った。

「あんた、将来、大物になるよ」

「………………」

「お父さんなんて目じゃないくらい――全てという全てを支配して、誰もの心を掌握《しょうあく》し、この世界のみんなを、一人残らず幸せにできるような、そんな大人物に」

　支配――みんなを、幸せに。供犠創嗣なんて、目じゃない――くらいに。

「だから絶対、死んだりしちゃ、駄目」

「……何を言ってるんだ？　世迷いごとか？」

「違う違う。この場合、予言ってことになるのかな」きずなは言う。「予言と予知能力って、それもまた、似て非なるものなんだけど――県外《こっち》じゃまあ、おんなじような意味でしょ」

「予言……」

「何度も言うけど、未来は可変だから、あたしの予知が六十パーセントっていうのも、そういう意味もあるんだけど……」

「ふうん……ぼくが、大物に、ね」

「何よ。感動とかしないの？」

「いや別に。きずなさんが魔法使いで、未来視の魔法が使えて、それが予言だっていうなら、そりゃそうなんだろうとは思うんだけど。ただ、実感が湧かないだけ」

このぼくが……支配、だって？　なんだそりゃ……こんな愚劣なだけの世の中を支配したって、そんなもの、何にもならないだろう。そんな行為に意味があるとは思えない。

「でも、創貴は心のどこかでは、既にそれを望んでいるはずだよ。でないと、あんたみたいなガキが、委員長なんてやるわけないじゃん。いくら点数稼ぎとは言ってもさ」

「…………」

「その観察眼は、何のためにあるわけ？」

「…………」

「その手は、その足は、その頭脳は——一体、何のためにあるわけ？」

何のためになんて——そんなこと、考えたこともなかった。ただ、ぼくは——人間を観察することに、自分でも理解できないほど、執心していたのだった。それには、何の目的も、まして、そんな野望じみたものなど、なく……。

「この世界が、どんなにくだらなくっても――あんたにゃあんたの、心があるでしょ」

「………」

「魔法なんかじゃなくてもね、創貴。あたしが保証してあげるわ」

きずなは、酷く優しげな調子で言った。

「あんたは、きっと、将来――」

★　★

――という、夢を見た。

「……だっせえの」

薄ぼんやりとした視界の中、軽く自己嫌悪に陥りながら、このぼく、供犠創貴は、そう呟く。寝覚めはいい方だ。すぐにぼくは、ベッドから身を起こし、掛け布団《ぶとん》を横によけ、とりあえず、カーテンをさっと引く。朝陽。目覚まし時計が鳴る、およそ五分前といったところか。それを確認することのないまま、ぼくはその方向を見ないままに、目覚まし時計のアラームボタンを切にした。同じよう、ほとんどルーチンワークで、パジャマのボタンを外しつつ、昨晩就寝前に用意しておいた、今日着るためにキャビネットの上に畳んでおいた服の、一番上に積んだシャツを、取り上げた。

「…………」

壁に掛かった日めくりカレンダー。七月二十一日。昨日から、夏休みに入っている。近くの公園でラジオ体操をやっているはずで、普段の、例年のぼくならそれに欠かさず出席する——というより、率先して、その指揮を執《と》る立場にあるのだったが、今年は、副委員長の曾我部《そかべ》に、その役目を任せている。この、小学五年生、十歳の夏休み、ぼくは、長期に亘《わた》る、旅行に出なくてはならないから。

「えっと……」

頭の中で指折り数えて、計算してみる。確か、『六人の魔法使い』の一人、『眼球倶楽部』、人飼無縁《ひとかいむえん》と遭遇したのが、つい二日前のことで……そのおよそ数週間前くらいだかに、片瀬《かたせ》記念病院跡で、全身を『口』に変態できる、りすかの天敵、ツナギと戦闘……その数日前が、りすかの従兄《いとこ》、『博愛にして迫害』……逆だったか、『迫害にして博愛の悪魔』、水倉破記《はき》の訪問……、その一週間前が、水倉神檎と直接のつながりを持っていた魔法使い、『影の王国』、影谷蛇之《かげたにへびゆき》との接触。その前の、地下鉄での事件を含めて考えても、ここ一ヵ月の間に、えらく状況が進展したものだと思う。城門管理委員会のことを含めて、そして——今日に至る、というのなら。

「ふん、やれやれ——くだらない」

運命だと、言うのなら。

「まあ、そんな演出、どうでもいいけれどね。大事なのは結果なんだ、結果……」

着替えを終えて、一階に移動する。朝、一番のぼくの仕事と言えば、とりあえず、父親がどこかから連れて帰ってきた、三匹のハムスターに餌《えさ》を与えることだった。玄関の横に設置されたケージの中に、いる三匹。名前はない。大きいの、小さいの、中くらいの、と、区別している。これだとその内区別できなくなるかもしれないが、特に区別する必要を感じていない。階段下の倉庫からハムスターの餌を適量、カップに入れて取り出して、ダイニングに寄って、同じくカップに水を準備する。玄関に行き、ケージを開けて、餌、水、それぞれ、中のカップと、交換する。交換した二つのカップは回収し、後で洗わなくてはならないが、それは、ぼくの朝御飯が済んでからだ。

「…………」

三匹のハムスターは、それぞれ貪欲に、交換されたばかりの餌を、がつがつと喰らっていた。この分だと、あっという間に、カップは空になることだろう。

「——下等生物が」

ぼくは言い捨てて、ダイニングに戻った。カップを、ステンレスの洗い台の中に入れる。コーヒー、トースト、両面焼きの、卵……レタスがあったか、どうか。なんとなく、朝のメニューを考える。この、今日の朝ご飯を作ってしまえば、しばらくの間、ぼくは自炊《じすい》とはおさらば——下手《へた》をすれば、これが料理の作り収めになるかもしれないということを思えば、何か特別なメニューを組みたくなる気持ちもあったが、しかし、そんなのはつまらない感傷でしかないだろう。それに、これが作り収めになるなど、なることはない。そう思っている。さて——

「俺の分も作れよ」

と、まだ考えがまとまらない内に、引き戸が開く音が聞こえて、後ろから、そんな声を掛けられた。声でわかったが、一応振り向いてみると、そこにいたのは、誰であろう、父親、佐賀県警幹部、供犠創嗣だった。

「……おはようございます」

「ああ」

ぶっきらぼうにそう応える父親。片手には新聞を持っている。その格好は、いつもの彼のスタイル——全身真っ白な、背広姿。城門管理委員会の、全身真っ黒、眼鏡の色まで黒で統一した制服の、対極をイメージしたが如き、とにかく徹底した純白。ネクタイだけがほのかに赤い。既に今年で四十を迎えようと言うのに、まるで枯《か》れない、朽《く》ちていない。生まれてこの方、ぼくはずっと彼のことを『観察』し続けているが、彼がどこかで曲がり角を折れ、何らかの変化を迎えたとは、まるで認識できていなかった。寝ているときも、起きているときも。精神的にも、肉体的にも。

「久し振りになりますね、創嗣さん」

「ああ――しかし、この間、長電話したばかりだろう。俺にとっちゃ、三日ぶりと、そんなに変わらない」

「実際にこうして顔を合わせるのと、電話で話すだけとでは、やはり持つ意味がまるで違ってくると思いますけれど」

「勝手に思ってな。俺にとっちゃ一緒だよ。何もかわらねえ」

とにかくぶっきらぼう。誰に対しても、彼はその態度を変えることはない。息子が相手でも妻が相手でも、上司が相手でも。まあ、実質、佐賀県警の中に――否、日本の警察の中に、彼の上司と言えるような存在は、一人だっていやしないのだが。

「トーストと目玉焼き、それにサラダだけですが、構いませんか？」

「コーヒーは？」

「それは勿論」

「俺の好みは、わかってんだろうな」

「砂糖たっぷり、ミルクは少なめ」

「わかってんじゃねえか」

「長い付き合いですからね」

ぼくは昨日、パン屋で買ってきた新しい食パン一斤を、包丁で分厚めに切って、オーブントースターに二枚、放り込んだ。その傍らで、バターを引いたフライパンと、カップ二杯分の水プラスアルファを入れた薬缶を、コンロにかけた。冷蔵庫を開け、卵を二個、取り出す。

「今日はどうされたんですか？　予告もなく帰って来られると、びっくりするのですが」

「その程度で動じるな。小物かてめえは」

新聞を斜めに読みながら、彼は言う。口にはいつの間にか、煙草《たばこ》をくわえていた。ぼくは食器棚から灰皿を取り出して、テーブルに置いた。

「何か忘れ物でも？　それなら人を寄越せばいいだけの話ですね——それとも、人に任せられない忘れ物でも？　いや、貴方がそんな大事なものを忘れるとは思えない——ならば」

「ごちゃごちゃ考えてんじゃねーよ。鬱陶しい。一つの物事をいちいちそこまで考えるのは、全く、てめえぐらいのもんだ。その小さな頭蓋骨《ずがいこつ》の中にゃ、脳が五個くらいあるんじゃねーのか？　ったく、鬱陶しい。面白い。くだらねえ」

心底面倒くさそうに、彼は言った。

「可愛《かわい》くねえ息子の出征を、わざわざ見送りに来てやったんじゃねーか。それだけだ」

「……そりゃどうも。心強いです」

「やる気が出るだろ」

「ええ……まあ、そりゃ、それなりに」

本気かどうかは分からないけれど——まあ、この人の場合、本人が言っているのだから、そうなのだろうと考えるのが妥当だ。親子と言えど、ぼくとは考え方が根本から違う。出方を読もうとするだけ無駄だ。ぼくはその後、黙って、朝食の準備に専念した。彼も特に何も言わず、新聞を読んでいた。斜め読みを終えて、精読に入ったらしかった。時折、おかしそうに笑っている。何か、そそる記事があったらしい。

「それじゃあ、頂《いただ》くぜ」

「どうぞ、召し上がってください」

親子揃っての食事など、何ヵ月振りになるか、分からない。憶えようという努力を、そもそも放棄している。それでも、一つ、さっきまで見ていた夢との関連で、思い出すことがあった。結局、それはたった一度だけだったけれど——父親と、そして四番目の母親である供犠きずな、そしてぼく——親子三人で食事をしたことが、そういえば、あったのだ。そしてそれは、ぼくにとって——

「しかし、驚いたぜ」

と、彼は言った。マナーなんて何も心得ていないような食べ方でいながら、決して、その純白の服を汚さない。

「ありすかちゃんが、まさか魔女だったとはな」

「……貴方のことだから、本当は気付いてらしたんじゃないのですか？」

「さてね。んなこと、知らないっつーの。まあ——てめえらが何か、色々暗躍《あんやく》してることは分かってたがな」

「そりゃそうでしょうね。最後の方は割と露骨でしたし」

別に、そこまで強いて、隠そうともしていなかったし。利害が一致している内は、何も妨害されることはないだろうというぼくの計算だったが——しかし、考えてみれば、この人を相手に計算なんて、最初っから、無駄みたいなものなのかもしれないが。気安めにもならない。

「そう言えば——委員会の連中が、どうやら俺に、ちょっかいかけようとしているみたいだぜ。くだらねえ連中の考えることなんて低俗過ぎてまだよくは分からねえんだが、なんだか、てめえが関係しているっぽいんだがな」

「ああ——」

りすかのことは話したが、ツナギのことまでは、まだ話してはいない。

「——適当にあしらっておいてください」

「そうするさ。そうできる内はな」

コーヒーを、飲むというより、流し込むような仕草《しぐさ》の、ぼくの父親。

「委員会ってのはとかく性格が暗くていけすかねえ奴らだから、できりゃあ直接の相手はしたくねえんだが――まあ、アレだ。俺は警察っつーか、いわゆる国家側の人間だからな。守るべき法律で否定されてしまっている以上、魔法云々に関わることはできねえし、手助けはできないから、こっから先、お前のバックアップは表向きにはは――」

「構いませんよ。アテにはしていません。ごくたまに、佐賀の状況を教えてもらえればそれで十分です」

「そいつはどうも」

「あと、電話で頼んだことなんですが……」

「ああ。ハムスターのことなら大丈夫だ。預り先はみつけておいた」

「面倒お掛けしました」

「んなことねえよ」

彼は快活な感じにそういった。

「ああ、そうそう、魔法といえば――」

ぼくはふと思い出して、言った。何となく。

「久し振りに、夢を見ましたよ」

「夢？　お前がか。そりゃ珍しい」

「ええ。それも――きずなさんの夢です」

きずなさん、という言葉に、彼がどう反応するか、ぼくにはいまいち読めなかったけれど――それでも案の定、彼は、何の反応も示さなかった。

「憶えてませんか？　きずなさん」

「憶えてるよ。昔の女のことは、さっさと忘れるのが俺の主義だが――」

彼は言った。

「あいつはお前が唯一、母親と呼んだ女だからな」

「…………」

「珍しいから、憶えている」

「――そうですか」

供犠きずな。四番目の母親。現在、ぼくには六番目の母親がいるけれど――今、彼女と、ぼくの父親は別居状態にあり、ここしばらく、彼女の顔は見ていない。というか、もう忘れているくらいだ。七番目の母親がぼくの前に現れるのも、この分ではさほど遠くはないだろう。言うまでもなく、その六番目の母親は、仕事を辞めたり、していない。ぼくのことを呼び捨てにすることすら――ない。

「それに、あいつはお前を更生させた女だからな――俺に言わせりゃ、どっちかっつうと、そりゃ改悪に近いんだがな」

「でしょうね。貴方にしてみれば」

「あいつは、アレか？　お前にも――」

彼は何と言うこともない口調で続ける。

「お前にも、魔法使いを、名乗ったのか？」

「――ええ」

ぼくは頷いた。

「未来視の能力を持つ、魔法使いだって」

「……で、お前は、見事に――」

「ええ」

ぼくはもう一度頷く。

「見事に、騙《だま》されましたよ」

★　　★

あれはそもそも――少年課の刑事として、彼女がよく、使っていた手法の応用であったらしい。佐賀に住む人間にとって——特に、まだ分別もつかない、少年少女と呼ばれる年頃の子供にとって、魔法というのは、恐怖や嫌悪の対象であるより先に、ほとんど純粋に、憧憬《どうけい》の対象にも成り得る。そのことを、よく、きずなはわかっていた。予知能力、未来視、そして予言という形で——彼女は、道を踏み外しかけていた子供達を、途《みち》を踏み外しかけていた子供達に、正しき倫《みち》を、新たに示していたのだった。要するに、雑誌なんかである、十二星座の占いページの、今週のラッキーアイテムみたいなものだ。

「……勿論、それは——彼女の、鋭すぎるくらいの勘の良さを、前提とした話ですが」

「ああ」

彼は頷く。

「あいつは——ほとんど化け物と言っていいくらいに、先の見えている奴だったからな。それを魔法だと言われりゃ、大抵の奴は納得するだろ」

「ぼくでもね」

「そう。だけど、それは結局、ただ、あいつが聡明《そうめい》だったというだけ——」

この世にある不思議を、全て魔法で片付けられりゃあ世話ァねえぜ——と彼は言った。それは、いつか、りすかがぼくに向けた言葉だった。今にして思えば、全くその通りだ。小学二年生、七歳のときのぼくは——そういう意味で、愚直であったと、思うしかない。

「人間は——特に子供は、暗示にかかりやすい生き物だからな。なまじ、半端な知恵があるだけに。ま、てめえもロクでもねえガキじゃあったものの、あいつにかかりゃあ、ただのガキだったってことだろ」

「そうなんですかね——」

後に調べた話——彼女、折口きずなの出自は、確かなものだった。彼女は勿論、長崎県の出身でも、まして魔道市、森屋敷市の出身でもなかった。人生の何処《どこ》にも、魔法の二文字はかかわっていないと思われる。

「…………」

少年課の刑事として、彼女が接してきた少年少女に対して、それがどれほどの効果をあげたかはともかく——ぼくについて、それと同じ効果があったのかどうかは、正直、ぼく、本人の立場からは、本当のところは、わからない。彼女から魔法使いであると告白を受けても、ぼくは特に、何も思わなかった——いや、それは、無意識に作用する言葉だったというなら、話は別だけれど……。しかし、どちらにしたって確かに——

「確かに——ぼくに目的を示してくれたのは、彼女ですからね」

「目的？」

「ただ生きているだけで、いつ死んでもいいとすら思っていたこのぼくに、何をしたらいいのか、全くわからないこのぼくに――ぼくが何をしたがっているのか、教えてくれたんです。この世がくだらないなら、自分の手で変えてしまえばいい――んだそうです」

「そう言われたのか？」

「ええ」

「だからそうするのか？」

「そうですね」

ぼくは挑発するような彼の台詞《せりふ》を受けて、しかし、堂々と頷いてみせる。

「彼女は魔法使いではありませんでしたけれど――その未来視が、正しかったことを、ぼくが証明してあげるんですよ」

「……………」

全てという全てを支配して、誰もの心を掌握し、この世界のみんなを、一人残らず幸せにできるような、そんな大人物に。みんなを、幸せに――一人残らず、幸せにする。愚かな人間を、何もできない救いようもない者達を――正しい方向に導く。

「……………」

お父さんなんて――目じゃないくらい。

「はっ――」

彼は笑う。豪快に。

「じゃあ、言葉は――更生でいいのかもしれねーな。俺から見りゃあ、てめえはよりロクでもないガキになったようにも思えるんだが、しかし、まあ、それでこそ、あいつも、浮かばれるってもんだろ――」

「……浮かばれる？」

ぼくは、父親の言葉に、疑問を覚える。

「何を言っているんですか――創嗣さん。浮かばれるだなんて、そんな、とっても変な――おかしな言葉を」

そして。

「それじゃあ、まるで――」

そして、頭が。

「まるで、彼女が、死んだみたい――」

ずきん。
ずきん。ずきん。
ずきん。ずきん。ずきん。
頭が。
頭が、痛む。
痛む。
傷む。
悼む。
いたむ。
きずな。

絆。
折口は、
夜明けの船。
船。
船。
船は、海を。
視界が、
閉ざされ、
まっくらに。
まっくろに。

「……おい。どうした？」

父親の声に、気がつけば――ぼくは、テーブルに、突っ伏していた。額《ひたい》が、皿の上の目玉焼きに、ぴったりと接触している。熱い。けれど熱を感じない。これは、熱いというより、ただ単に――痛い。深い深い傷のように、痛い。

「……あれ」

「あれ、じゃねえよ――何やってんだ、てめえ。おい。間抜けか。いきなり。貧血か？」

「いえ……なんか、急に気分が……」

あれあれ。なんだったっけ――一瞬、気を、失いかけたけれど。もう少しで、火傷《やけど》するところだったじゃないか。なんだ、ぼくらしくもない。我を失うなんて――何があったって言うんだ。ぼくらしくない、ぼくらしくない、ぼくらしく――

「何の話を……していたんでしたっけ？　えっと――」

「あいつの話だろ。お前から見て、四番目の母親の話。エセ魔法使いさんの話だよ」

「ああ……そうでしたそうでした。なんだかな……」

そうそう。供犠きずな。結局、ぼくが八歳になる頃には、父親と離婚することになって、折口きずなに戻り、その後、本州の方に引っ越した、彼女。そのはずだ。どうして、そんなことを、忘れたのだろう。考えたくらいで頭痛がするほど、複雑な話じゃない、むしろ単純明快極まりない。やれやれ、変な話だ。

「…………」

「どうしたよ。さすがにそんな有様じゃ、てめえの、子供同士の長期旅行なんざ、親として認めるわけにゃあいかねえぜ——見識を疑われちまう」

「…………」

今更、そんな、親みたいなことを。

「そりゃ困りますね——予定もしっかり組んであるんですから」

「予定？」

「ええ。しおりまで作っているんですよ。とりあえず、今日中に福岡県に移動するつもりでいるんです——えっと、キャンドルシティってご存知ですか？」

「博多にある巨大ショッピングモールだろ？　九州最大の。キャンドルシティ博多。知らない奴なんざいねえよ」

「ええ——そこで、何やら、怪異が多発しているらしくって」

その辺は、ツナギ——もとい、城門管理委員会からの情報だ。ぼくが、城門管理委員会と同盟関係にあることなんて知ったら、間違いなくこの人は気分を悪くするだろうから、やはり、それは隠しておかねばならないだろうが。それもあるいは、お見通しかもしれないが——そこまで疑えば、きりがない。

「まあ、恐らくは——それ、前に言った、『六人の魔法使い』の内、一人の仕業だろうってことで——」

「ああ、そうかい……」

そこで父親は、そうだ、と、何か思いついたように、テーブルを打った。

「よう。一つ——俺がてめえをテストしてやるぜ」

「え？」

「普通の人間である俺のテストを乗り越えられないようじゃ、魔法使いなんざ倒せるわけがねえからな——構わないな？」

「構わないなも、何も……」

そういう言い方をされてしまえば、こちらとしては、断るわけにはいかない。何せ、なんだかんだ言っても、こっちは、世間的には、ただの子供なのだ。小学五年生の、ただの子供。保護者の許可なく、長期の旅行なんて、夏休みと言えど、できるわけがない。りすかだって、チェンバリンの説得には、相当苦労したはずなのだ。

「……しかし……貴方のどこが、普通の人間だって言うんですか……貴方が普通の人間なら、この世の全員、下等生物だ」

「いいから。べんちゃら言っても、俺の気持ちは変わらねえぜ。もう決めちまったんだから。ほれ、自分の部屋行って、トランプでも取って来い」

「トランプ？」

「テストっつやあ、そりゃあもうトランプだろうが。トランプ以外は考えられない。最近、職場で流行《はや》ってるゲームがあるんだよ――それをてめえにやってもらう」

「はあ……」

ぼくは食事を中途で取り止め、ダイニングを出、階段を登って、自分の部屋から、プラスティックのケースに入ったトランプを取ってくる。これで何をしようというのか……。ダイニングに戻って、それを父親に手渡すと、彼はケースの蓋《ふた》を開け、慣れた手つきで、それをシャッフルして見せた。

「なあに――別段、珍しいゲームをやろうってわけじゃない。有り触れたゲームだ」

「ゲーム、ですか……」

「ゲームってほど大袈裟でもねえな。ただの余興だ。親とか――」

親とか。

「ゲームの親とか決めるときにやる、ああいう奴だ。こうやって」

彼はテーブルの上に、繰ったカードを、山として、積む。

「まず一番上のカードを開ける」

彼は、山の一番上のカードを、オープンした。ハートのジャックだった。彼はそれをぼくに示し、ぼくはそれを確認する。

「そして、上から二番目のカード……マークは関係ない。二番目のカードの数字が、一番目より、上か、それとも下か、お前は当てるんだ」

「…………」

「俺らは適当に、上か下か《アップダウン》ゲームって呼んでるんだけどな――まあ、よくあるゲームだ」

「そうですね……」

まるっきり――確率の支配するゲームだ。確率、それも、換言すれば、運、と言えるくらいの、曖昧《あいまい》な確率。ふと、あの、嫌な男――不愉快な、水倉破記の顔が思い浮かぶが、ぼくはすぐに、それをかき消した。

「たとえば、ここで、てめえが上《アップ》に賭けたとして、それから、めくってみて――」

父親は、二番目のカードを表に向けた。クラブの3だった。

「この場合、てめえの負け」

続けて、彼は、三番目のカードもめくった。そのカードは、同じくクラブの――9。

「これも、てめえの負け」

四番目のカード。ダイヤの、エース。

「これで、ようやくてめえの勝ち——だ。ジョーカーを最強として、エース、キング、クイーン……以下、数字の順番。最弱は2。簡単だろ？」

「ええ——」

「一回勝負」

父親は言った。

「お前が一回勝負で、上か下か《アップダウン》、言い当てられたら——旅行の許可を出してやる。外したら、家出扱いだ。捜索願を出す」

「…………」

「俺の立場で捜索願なんて出したら、てめえ、あっという間に、無料で佐賀まで帰ってこれるぜ。よかったな」

「そうですね……」

相変わらず——勝手な人だ。ルールも、恐ろしく自分勝手に、決めてしまうし……否が応でもとは、正にこのこと。勿論、ぼくには最初っから、拒否権なんてあるわけがない。ルールの変更を申し入れることすら無駄だ。ぼくは二つ返事で、「受けましょう」と言った。

「そうか」

と、彼は、ここまでオープンにした、四枚のカードを横によけ——そして、現時点での、一番上のカードを、明らかにする。

「おっと。こりゃこりゃ……」

その数字が、たとえばジョーカーだったり、あるいは2だったりすれば、勝負はその場で決したのだが——言うまでもなく、そんな調子のいいことはない。むしろ、示された数字は、その真逆だった。

「……ハートの7……ですね」

「ハートの7だな」

ハートの7だった。7。それは、エース、2、3、4、5、6、7、8、9、10、ジャック、クイーン、キングの十三枚——ジョーカーを入れて十四枚のカードの、ほとんど、ど真ん中と言っていい数字だ。確率的には——ほとんど、二分の一と言っていい。テストも何も、こんなの、ただの運試しにしかなっていない。水倉破記の不幸を招く魔法は、やっぱり解けていないのかもしれないと思った。

「…………」

否。運試しというのなら——このゲーム、やっぱり、最初から、そうなのだ。そうでしかない。となれば、今、供犠創嗣が知りたいのは——それか。それだけか。つまりそういうこと、か。

「……さて、やれやれだ」

父親に聞こえないよう呟いて——ぼくは考える。ほとんど二分の一とは言っても——正確には、そうじゃない。二分の一より、どちらかに傾いているはずだ。ジョーカーは、一枚しかないし……それに、最初に避けた、四枚。あれを除外して考えなくてはならない。引き分けは勝負なしと考えて、残り三枚の、クラブ、ダイヤ、スペードの7も、また除外……。その上で、ルール……2から6の数字ならば下《ダウン》、8からキング、繰り上がってエース、そしてジョーカーなら、上《アップ》、か……。

「どうした？　暗算は得意なんだろ？」

「ええ……」

2から6まで、つまり五枚が、掛ける四で、二十枚……そこからクラブの3の一枚を引いて、十九枚。この十九枚が次のカードなら、下《ダウン》が正解だ。そして、8からエース、七賭ける四、二十八枚—引くことの、ハートのジャック、クラブの9、ダイヤのエースで、二十五枚。足すことのジョーカーで、二十六枚……。これが、上《アップ》の場合。十九枚と二十六枚か……。確率的に、どちらを選ぶのかは、こうしてみると瞭然《りょうぜん》だな……いや、待てよ。

「創嗣さん。引き分けの場合は、どうなります？」

「その場合、上《アップ》でも下《ダウン》でもない、引き分け《イーブン》を宣言しておく必要があるな。滅多にあたらねえが、まあ、ありえないケースじゃねえ。ルーレットでいうゼロゼロみたいなもんだな。そういうのも受け入れておかねえと、しかし、ゲームが盛り上がらないからな」

「…………」

危ないところだった。勝手な判断でリスクをあげるところだった——別に引っ掛けようとしたわけじゃないだろうが……それでもそれは先に説明すべきじゃないのかと思われるが、しかし、そんなことは言うだけ野暮《やぼ》だ。えっと……となると、選択肢的には——五十三マイナス四、四十九、そこからハートの七の分をマイナス一で、四十八。上《アップ》の確率が四十八分の十九、四十八分の二十六が下《ダウン》、そして四十八分の三が引き分け《イーブン》、これがアンサー。十九が素数なので、約分の必要はなし。通分の手間が省けていい。さて——この場合、まず、引き分けは、考慮しなくていいな。ゲームに含まれるとは言っても……四十八分の三なら、一回勝負で考慮すべき問題じゃない。あくまで、上か下《アップダウン》かだ。四十八分の十九、四十八分の二十六……順当に考えれば、やっぱり瞭然なんだけれど……。

「ん。どうした。迷うような問題か？」

「……いえ」

この人のことだから、何か仕掛けが……いや、仕掛けなんて小細工を打つ人でもないんだけれど……。いや、こんなの——そうだ、こんなの、こんなことは、考えても、仕方がない。考えたって仕方がないのだ。

「上《アップ》です」

　ぼくははっきりと宣言した。

「7よりも上の数字だと、考えます」

「成程ね」

　彼はカードをめくった。その数字は——キングだった。スペードの、キング。真っ黒いマークが、カードの四隅を、押さえていた。

「お見事、だな」

「……それほどでもありません」

「どうしてわかった？」

　彼はぼくを見据えて訊いてきた。

「確率上の問題だってか？」

「いえ——そんな理屈なんて、関係なく、ね。一番上のカードが7じゃなくて、たとえエースだったとしても——ぼくは、同じように、迷った末に、きっと上《アップ》を選びましたよ」

　ぼくは答えた。

「常に上を、目指していたいですからね」

「…………」

「引き分けなんて冗談じゃないし、まして下降なんて――とんでもない。下を見るようになったら、そのときは――人間は本当におしまいです。たとえ魔法使いであってもね」

今日よりも、常に明日を、強くありたい――なんて、そんな奇麗ごとに、まとめるつもりは、更々ないけれど。しかし、根底に流れる意志は――きっと、そんな奇麗ごとと、全く一緒だ。何も変わらない。

「は――面白い。くだらねえ」

ぼくの答に満足したらしく、彼は心底愉快そうに笑い――そして、背広の内ポケットから、一通の封筒を取り出す。否、それは、一通の、というには、幾らなんでも、分厚過ぎた。彼はその封筒を、ぼくに手渡す。

「……なんですか？　これ」

「軍資金だよ」

彼はあっさりと答えた。見れば、封筒の中身は――大量の、一万円札だった。わざわざ勘定するまでもなく、軽く百万は越えている。

「旅行にゃ、先立つもんが必要だろうが」

「……こんなには」

「遠慮するな——どうせ俺の金じゃねえ」

「え？　……じゃあ、誰の」

「俺の職場の、婦警一同からだ」

「…………………」

恐らくはかなりいい角度で微妙になったであろうぼくの表情を、彼は、にやりと意地悪げに笑う。

「可愛くない息子が夏休みの冒険に出るっつったら、みんな喜び勇んでカンパしてくれた。かっかっか。知ってるか？　佐賀県警の中で、『凶悪な目をした天使ちゃん』って言えば、てめえのことになるんだぜ」

「勘弁して下さいよ……」

それは、マジでな。

「いいから、受け取っときな。減るもんじゃねえ」

「減るもんでしょう。お金なんですから」

「この世の中、本当に減るもんっつったら、そりゃ人間の誇りくらいだよ」

彼はおかしそうに言った。

「俺も、俺のためにやってることだ」

「……後悔するかも、しれませんよ？　何故《なぜ》なら、ぼくは——」

封筒を、握り締めて——ぼくは言う。

「ぼくは貴方を、越えるのですから」

「十年早えよ、クソガキ」

供犠創嗣は——食事の間もずっと咥《くわ》えていた煙草を、灰皿に、力強く、押しつけた。

「このゲームのことだがな——お前はああ言ったが、それでいい気になってるのかもしれねえが、しかし俺なら、たとえ一番上のカードがジョーカーだったところで——迷うことなく、上《アップ》を選ぶぜ」

「…………」

「器《うつわ》が違うんだよ、器が」

彼は、勝ち誇ったように、そう言った。

★　　　★

結局、父親の方が先に出勤することとなり、ぼくの方がそれを手を振って見送って、それから一時間後、インターホンが鳴った。それが、ぼくの出撃の合図だった。既に昨日から用意しておいた、最小限の荷物を持って、ぼくは家を出る。鍵を閉めて、門扉の方を、振り向いた。

そこには――二人の魔法少女がいる。

一人は――髪の黒い、額に大量の絆創膏を貼った、ビロードのような服を身に纏《まと》った、風格のある少女。彼女は、繋場いたちという名で、つい先日、ぼくが委員長を務めるクラスに転入してきた少女――ではあるが、実際の年齢は、十歳どころか、恐るべきことに、二千歳。長崎県が『魔法の王国』と呼ばれる遥か以前より、彼女は魔法使いであったのだ。勝気で陽気、なんだか憎めない性格の持ち主ではあるが、ひとたび額の絆創膏を剝《は》がせば、そこには凶悪な口が控えていて――全身という全身を『口』に変え、目の前の獲物を、存在が完全に消滅してしまうまで、喰い、喰い、喰い、分解しつくす。この世で最も古き魔法使いの一人にして、そして同時に、長崎と佐賀の境にある天高く聳え立つ『城門』を管理する、城門管理委員会の設立者、城門管理委員会の、たった一人の特選部隊――魔法少女、ツナギ。

もう一人は――髪の赤い、全身の服も、靴も、抱えているナップサックすら赤い、腰に回したホルスターに、カッターナイフを差し込んだ、幼さの残る少女。彼女もまた、二年前、ぼくの通う学校に転入してきた――『魔法の王国』、長崎県の、魔道市、森屋敷市から転入してきた、父親探しの少女。とにかくマイペースで、やたらのほほんとした性格だが、一度彼女の逆鱗《げきりん》に触れれば、無事に済むことはない、そんな気性の荒さを、一本筋を通して、備えている。彼女の使用する魔法は運命干渉系、自身に内在する時間を自在に操り、時空を思いのままにする。その魔力の源は、全身を流れる血液に刻まれた、魔法式。その魔法式は同時に魔法陣を編んでおり、彼女が死の危機に陥ったときこそ――その本領を発揮する。その魔法式、そして魔法陣を織ったのは、何を隠そう水倉神檎、彼女の父親――神にして悪魔、『ニャルラトテップ』。そう、彼女こそが最近の九州をにわかに騒がす『魔法狩り』、『赤き時の魔女』――ぼくが初めて会った魔法使い、魔法少女、水倉りすか。

「……キズタカ」

誰よりも先に、りすかが、朝の挨拶も抜きで――とにかく不満そうに、右手の親指で、ツナギを示しながら、ぼくに言った。

「一応、遠慮がちに言わせてもらうけれど――あたしは、この人との共同戦線は、とても不本意なの」

ぶすっとした口調だった。

「今からでも遅くないから、森屋敷市からお兄ちゃんを呼んだ方が――」

「あらあら」

対してツナギは、さすがに大人だ。十歳の、いいとこ二十七歳の、りすかの言葉にさして気分を害した風もなく、にんまりと笑んで、馴れ馴れしい感じに、りすかの首に、腕を回したりしてみせる。

「出会い頭にいきなりやなこと言うなー。仲良くしようじゃないの、りすかちゃん。あたし達、きっと上手くやっていけると思うのよ。うりうり」

「……ううう」

ツナギから愛情たっぷりの頰擦《ほおず》りを受けて、りすかは青褪《あおざ》めていた。まあ、わからなくもない。りすかにとってツナギは天敵で、実際のところ、一対一の戦闘においてと限定がついてしまえば、りすかの方に、ツナギに対抗する手段は、不意打ち以外にはないのだから。怯《おび》えるのは仕方がない。

「き、キズタカぁ」

しばらくは、それでも気丈に、りすかはツナギを睨みつけていたが、やがてそれも限界にきたようで、救いを求めるような視線を、ぼくの方に向けてきた。ぼくはやれやれ、と肩を竦《すく》める。本当にやれやれだ。

「ツナギ、あんまりりすかを苛《いじ》めるな――それにりすかも、そう喧嘩腰になるな。一言目には嫌だ二言目には嫌いじゃあ、誰ともうまくやれないぜ。少しはこれからのことも考えろ。ツナギの台詞《せりふ》じゃないが、ま、仲良くやろうじゃないか」

「で、でも……あ、あたし、この人……」

「心配するな」

置石を渡って行って、りすかに近付き、その赤い頭の上に、軽く手を置く。そしてぐしゃぐしゃと、その赤い髪をかき回した。

「いざとなったら、ぼくが守ってやるから」

「…………」

「あらあら。そんなの見せつけられちゃったら、私、嫉妬《しっと》しちゃうんじゃないかしら」

ツナギが冷やかすように言う。

「私とは、あんなことやこんなこともした仲だっていうのに、タカくんってば随分なプレイボーイじゃないかしら」

「父の代から、そういう血統でね」

ツナギの軽口を軽く受け流す。

「ああ、そう言えば、りすか——父親から伝言がある」

「ん……、え？　き、創嗣さんから」

「………」

瞬間的に嬉《うれ》しそうな顔を見せたりすかに、ちょっとだけ不愉快を憶えながら、ぼくは父親からの言葉を、そのまま正確に、アクセントも真似て、りすかに伝えた。

「『父親なんざ、娘にとってはいてもいなくてもおんなじ――』」

「…………」

「『けれど、父親が娘を忘れることはない』――だってさ。本当、何を言ってんだかわかんねーよな、相変わらず、あの人は」

言ってすぐ、フォローの言葉を続けてみたが、しかしそんなのはまるで関係なく、りすかは、その言葉をかみ締めるように、口を閉じて、頬を赤くしているのだった。なんだかしらないけれど、あまり気分のよくない図だった。言葉に詰まりかけたところを、ぽこん、と、後ろからツナギに、叩かれる。

「そんな話、あとですればいいんじゃないかしら。電車の切符、もう買っちゃってるんだからさ。急がないと、乗り遅れるんじゃないかしら。ねえ？」

「……そうだった」

ぼくは振り向いて、頷く。

「キャンドルシティ、だっけ？」

「そ。蠟燭の街《キャンドルシティ》」

ツナギも、我が意を得たりと、頷いた。

「多分、そこにいるのは、『六人の魔法使い』の二人目——地球木霙《ちきゅうぎみぞれ》って奴ね。とりあえず、尖兵《せんぺい》であった人飼無縁を何とか倒したとはいえ、『六人の魔法使い』に関しては、まだ不明な点が多いんだけれど、『回転木馬』……軽く調べた範囲じゃあ、直接攻撃型の魔法使いだって話だから——」

「いや。そういう話こそ、道中だろ。こんなところでするような話じゃない」

「そうだね。時間は、嫌というほどたっぷりあるんだし」

「そう。その通り」

ぼくは、先程ツナギがりすかにやったのと同じよう、ツナギの首に右腕を回し、そして反対側の左腕を、まだ、父親からの言葉に陶然として呆けていたりすかの首に回して、両方、強引に、引き寄せた。三人、ほとんど角を突き合わすような形になる。

「き、キズタカ?」

「な、何? 何なの?」

「覚悟決めろよ、おめーら」

ぼくは、構わずに、乱暴な調子で、言った。

「今ここ、この瞬間からは、マジで正念場だ——一つのミスも許されない。今までとは全く違うものだ、異質の塊《かたまり》だ。今までの戦いなんて、ただの練習みたいなものだつたと、心の底から覚悟を決めろ――弥次喜多《やじきた》道中みたいな、気楽な旅を期待してんじゃねーぞ。子供らしい夏休みの楽しさなんて一つだってあると思うな」

「…………」

「水倉神檎が一体何を企んでいるんだかしらないが――『六人の魔法使い』をこちら側に集め、これからどんなことをやろうとしているんだか知らないが――思い切り、全身全霊、邪魔をするぞ。いいとこ取りだ。根性、魔力、条理で――『ニャルラトテップ』、水倉神檎のところまで、一気に一息に、一歩一歩一足跳びに、駆け抜けるぞ。お前らはぼくのために誇りを抱いて死ね。ぼくはお前らのために誇りを抱いて死ぬ。ぼく達は、最高だ」

りすかとツナギは――ぼくの言葉に、あくまで何も言わず、しかしそれは確かな決意のように、それぞれ額を、それぞれに、ぶつけあった。

目的。

『六人の魔法使い』――『回転木馬』・地球木霙、『泥の底』・蠅村召香《はえむらしょうか》、『白き暗黒の埋没』・塔《とう》キリヤ、『偶数屋敷』・結島愛媛《ゆいしまえひめ》、『ネイミング』・水倉鍵《かぎ》、そして『ニャルラトテップ』・水倉神檎。

箱舟計画。

また、何か、頭が痛んだような気がしたが——今度は、ぼくの方から、ツナギとりすかに、それぞれ額をぶつけることで、その感覚を、解消した。二人は、少し迷惑そうに、はにかんでいた。

「そろそろ……いよいよ、始めるとするか」

「ん」

「そうだね」

「出征だ」

す、と、腕を解く。さすがに若干《じゃっかん》の照れがあったので、二人に先行するように、門扉を閉じて、道を行く。後ろを、りすかとツナギが、小走りに追って来た。すぐに追いつかれ、三人、並ぶ形になる。誰の心にも、後ろ向きな気持ちはない。困難な道であるのは分かっている——二度と、ここに帰って来られなくなるかもしれないことも、十分に承知の上だ。ぼくの目的も、りすかの目的も、ツナギの目的も——中途半端で潰《つい》え、後には誰も続かない、そんな結末にいたりかねない、危ういものであるこ

とも、ぼく
の、そんなの、そんなの——そんなの——しかし、だが——そんなの、ぼく

とも、嫌というほど分かっている。だが——しかし、そんなの——そんなの、ぼく
の、知ったことか。常に——いつだってぼくは、上を目指してやる。そして、全ての
人間に——幸福を。
さあ行こう。
本当の戦いは、これからだ。

《up-down game》is Q.E.D.

本書は二〇〇五年三月、小社より講談社ノベルスとして刊行されました。

|著者|西尾維新　1981年生まれ。2002年に『クビキリサイクル』で第23回メフィスト賞を受賞し、デビュー。同作に始まる「戯言シリーズ」、初のアニメ化作品となった『化物語』に始まる〈物語〉シリーズ、「美少年シリーズ」など、著書多数。

新本格魔法少女《しんほんかくまほうしようじよ》りすか2

西尾維新《にしおいしん》

2020年8月12日第1刷発行

発行者――渡瀬昌彦
発行所――株式会社　講談社
東京都文京区音羽2-12-21　〒112-8001
電話　出版　(03)　5395-3510
　　　販売　(03)　5395-5817
　　　業務　(03)　5395-3615

Printed in Japan

講談社文庫
定価はカバーに
表示してあります

デザイン―菊地信義
本文データ制作―講談社デジタル製作
印刷――――株式会社廣済堂
製本――――株式会社国宝社

ISBN978-4-06-520411-5

講談社文庫刊行の辞

二十一世紀の到来を目睫に望みながら、われわれはいま、人類史上かつて例を見ない巨大な転換期をむかえようとしている。

世界も、日本も、激動の予兆に対する期待とおののきを内に蔵して、未知の時代に歩み入ろうとしている。このときにあたり、創業の人野間清治の「ナショナル・エデュケイター」への志を現代に甦らせようと意図して、われわれはここに古今の文芸作品はいうまでもなく、ひろく人文・社会・自然の諸科学から東西の名著を網羅する、新しい綜合文庫の発刊を決意した。

激動の転換期はまた断絶の時代である。われわれは戦後二十五年間の出版文化のありかたへの深い反省をこめて、この断絶の時代にあえて人間的な持続を求めようとする。いたずらに浮薄な商業主義のあだ花を追い求めることなく、長期にわたって良書に生命をあたえようとつとめるところにしか、今後の出版文化の真の繁栄はあり得ないと信じるからである。

同時にわれわれはこの綜合文庫の刊行を通じて、人文・社会・自然の諸科学が、結局人間の学にほかならないことを立証しようと願っている。かつて知識とは、「汝自身を知る」ことにつきていた。現代社会の瑣末な情報の氾濫のなかから、力強い知識の源泉を掘り起し、技術文明のただなかに、生きた人間の姿を復活させること。それこそわれわれの切なる希求である。

われわれは権威に盲従せず、俗流に媚びることなく、渾然一体となって日本の「草の根」をかたちづくる若く新しい世代の人々に、心をこめてこの新しい綜合文庫をおくり届けたい。それは知識の泉であるとともに感受性のふるさとであり、もっとも有機的に組織され、社会に開かれた万人のための大学をめざしている。大方の支援と協力を衷心より切望してやまない。

一九七一年七月

野間省一

講談社文庫 最新刊

有川ひろ　アンマーとぼくら
タイムリミットは三日。それは沖縄がぼくにくれた、「おかあさん」と過ごす奇跡の時間。

堂場瞬一　空白の家族〈警視庁犯罪被害者支援課7〉
人気子役の誘拐事件発生。その父親は詐欺事件の首謀者だった。哀切の警察小説最新作！

綾辻行人 ほか　7人の名探偵
新本格ミステリ30周年記念アンソロジー。7人のレジェンド作家のレアすぎる夢の競演！

冲方丁　戦の国
桶狭間での信長勝利の真相とは。六将の生き様を鮮やかに描いた冲方版戦国クロニクル。

西尾維新　新本格魔法少女りすか2
『赤き時の魔女』りすかと相棒・創貴《きずたか》が繰り広げる、血湧き肉躍る魔法バトル第二弾！

夏原エヰジ　Cocoon〈修羅の目覚め〉
吉原一の花魁《おいらん》・瑠璃は、闇組織「黒雲」の頭領。今宵も鬼を斬る！ 圧巻の滅鬼《めっき》譚《たん》、開幕。

川瀬七緒　紅のアンデッド〈法医昆虫学捜査官〉
血だらけの部屋に切断された小指。明らかな殺人の痕跡の意味は！ 好評警察ミステリー。

樋口卓治　喋る男
干されかけのアナウンサー・安道紳治郎。ついに異動になった先で待ち受けていたのは!?

赤神諒　大友二階崩れ
義を貫いた兄と、愛に生きた弟。乱世に翻弄された武将らの姿を描いた、本格歴史小説。

講談社文芸文庫

多和田葉子
ヒナギクのお茶の場合／海に落とした名前
解説＝木村朗子　年譜＝谷口幸代

パンクな舞台美術家と作家の交流を描く「ヒナギクのお茶の場合」（泉鏡花文学賞）、レシートの束から記憶を探す「海に落とした名前」ほか全米図書賞作家の傑作九篇。

たＡＣ6
978-4-06-519513-0

多和田葉子
雲をつかむ話／ボルドーの義兄
解説＝岩川ありさ　年譜＝谷口幸代

読売文学賞・芸術選奨文科大臣賞受賞の「雲をつかむ話」。ドイツ語で発表した後、日本語に転じた「ボルドーの義兄」。世界的な読者を持つ日本人作家の魅惑の二篇。

たＡＣ5
978-4-06-515395-6

西尾維新
NISIOISIN
Illustration　くろのくろ

橋本 治 九十八歳になった私
原田泰治 わたしの信州
原田泰治 原田武雄 泰 治 が 歩 く〈原田泰治の物語〉
林 真理子 幕はおりたのだろうか
林 真理子 女のことわざ辞典
林 真理子 さくら、さくら〈おとなが恋して〉
林 真理子 みんなの秘密
林 真理子 ミスキャスト
林 真理子 ミルキー
林 真理子 新装版 星に願いを
林 真理子 野心と美貌〈中年心得帳〉
林 真理子 正 妻(上)(下)〈慶喜と美賀子〉
林 真理子 大《お》原《はら》御《ご》幸《こう》〈帯に生きた家族の物語〉
林 真理子 見城 徹 過剰な二人
原田宗典 スメル男
帚木蓬生 アフリカの蹄《ひづめ》
帚木蓬生 日 御 子(上)(下)
坂東眞砂子 欲 情
花村萬月 信 長 私 記

花村萬月 續 信 長 私 記
畑村洋太郎 失敗学のすすめ
畑村洋太郎 失敗学実践講義〈文庫増補版〉
はやみねかおる そして五人がいなくなる〈名探偵夢水清志郎事件ノート〉
はやみねかおる 都会《まち》のトム&ソーヤ(1)
はやみねかおる 都会《まち》のトム&ソーヤ(3)〈いつになったら作戦《ミッション》終了?〉
はやみねかおる 都会《まち》のトム&ソーヤ(4)〈四重奏《カルテット》〉
はやみねかおる 都会《まち》のトム&ソーヤ(5)〈IN《イン》塀戸《VADE》〉(上)(下)
はやみねかおる 都会《まち》のトム&ソーヤ(6)〈ぼくの家へおいで〉
はやみねかおる 都会《まち》のトム&ソーヤ(7)《怪人は夢に舞う〈理論編〉》
はやみねかおる 都会《まち》のトム&ソーヤ(8)《怪人は夢に舞う〈実践編〉》
はやみねかおる 都会《まち》のトム&ソーヤ(9)〈前夜祭《EVE》 内人《ないと》side〉
はやみねかおる 都会《まち》のトム&ソーヤ(10)〈前夜祭《EVE》 創也《そうや》side〉
勇嶺《はやみね》 薫《かおる》 赤い夢の迷宮
服部真澄 クラウド・ナイン
初野 晴 向こう側の遊園
原 武史 滝山コミューン一九七四
濱 嘉之 警 視 庁 情 報 官〈シークレット・オフィサー〉
濱 嘉之 警視庁情報官 ハニートラップ

濱 嘉之 警視庁情報官 トリックスター
濱 嘉之 警視庁情報官 ブラックドナー
濱 嘉之 警視庁情報官 サイバージハード
濱 嘉之 警視庁情報官 ゴーストマネー
濱 嘉之 警視庁情報官 ノースブリザード
濱 嘉之 鬼手《きしゅ》〈世田谷駐在刑事・小林健〉
濱 嘉之 電 子 の 標 的〈警視庁特別捜査官・藤江康央〉
濱 嘉之 列 島 融 解
濱 嘉之 オメガ 警察庁諜報課
濱 嘉之 オメガ 対中工作
濱 嘉之 ヒトイチ 警視庁人事一課監察係
濱 嘉之 ヒトイチ 画像解析〈警視庁人事一課監察係〉
濱 嘉之 ヒトイチ 内部告発〈警視庁人事一課監察係〉
濱 嘉之 カルマ真仙教事件(上)(中)(下)
濱 嘉之 新装版 院 内 刑事《デカ》
濱 嘉之 新装版 院 内 刑 事〈ブラック・メディスン〉
濱 嘉之 院 内 刑 事〈フェイク・レセプト〉
馳 星周 ラフ・アンド・タフ
早見 俊 上方与力江戸暦

講談社文庫　目録

畠中　恵　アイスクリン強し
畠中　恵　若様組まいる
葉室　麟　風渡る
葉室　麟　風の軍師〈黒田官兵衛〉
葉室　麟　星火瞬く
葉室　麟　陽《かげ》炎《ろう》の門
葉室　麟　紫匂う
葉室　麟　山月庵茶会記
葉室　麟　津軽双花
長谷川　卓　嶽《がく》神《じん》〈上・白銀《しろがね》渡り〉〈下・湖底の黄金〉
長谷川　卓　嶽神伝《がくじんでん》　無坂《むさか》(上)(下)
長谷川　卓　嶽神伝《がくじんでん》　孤猿《こえん》(上)(下)
長谷川　卓　嶽神伝《がくじんでん》　鬼哭《きこく》(上)(下)
長谷川　卓　嶽神列伝　逆渡《さかわた》り
長谷川　卓　嶽《がく》神《じん》伝《でん》　血路
長谷川　卓　嶽《がく》神《じん》伝《でん》　死地
長谷川　卓　嶽神伝　風花(上)(下)
幡　大介　股旅探偵　上州呪い村

原田マハ　夏を喪くす
原田マハ　風のマジム
原田マハ　あなたは、誰かの大切な人
羽田圭介　「ワタクシハ」
羽田圭介　コンテクスト・オブ・ザ・デッド
花房観音　女坂
花房観音　指人形
花房観音　恋塚
畑野智美　海の見える街
畑野智美　南部芸能事務所
畑野智美　南部芸能事務所 season2 メリーランド
畑野智美　南部芸能事務所 season3 春の嵐
畑野智美　南部芸能事務所 season4 オーディション
畑野智美　南部芸能事務所 season5 コンビ
早見和真　東京ドーン
はあちゅう　半径5メートルの野望
はあちゅう　通りすがりのあなた
早坂　吝《やぶさか》　○○○○○○○○殺人事件
早坂　吝　虹の歯ブラシ〈上木《かみき》らいち発散〉

早坂　吝　誰も僕を裁けない
早坂　吝　双蛇《そうじゃ》密室
浜口倫太郎　22年目の告白〈―私が殺人犯です―〉
浜口倫太郎　廃校先生
浜口倫太郎　シンマイ!
浜口倫太郎　AI崩壊
原田伊織　明治維新という過ち〈日本を滅ぼした吉田松陰と長州テロリスト〉
原田伊織　列強の侵略を防いだ幕臣たち〈続・明治維新という過ち〉
原田伊織　虚像の西郷隆盛　虚構の明治150年〈明治維新という過ち・完結編〉
原田伊織　三流の維新　一流の江戸〈明治は「徳川近代」の模倣に過ぎない〉
萩原はるな　50回目のファーストキス
葉真中《はまなか》　顕《あき》　ブラック・ドッグ
平岩弓枝　花嫁の日
平岩弓枝　花祭
平岩弓枝　青の伝説
平岩弓枝　はやぶさ新八御用旅(一)〈東海道五十三次〉
平岩弓枝　はやぶさ新八御用旅(二)〈中仙道六十九次〉
平岩弓枝　はやぶさ新八御用旅(三)〈日光例幣使道の殺人〉
平岩弓枝　はやぶさ新八御用旅(四)〈北前船の事件〉

平岩弓枝 はやぶさ新八御用旅(五)〈諏訪の妖狐〉
平岩弓枝 はやぶさ新八御用旅(六)〈紅花染め秘帳〉
平岩弓枝 新装版 はやぶさ新八御用帳(一)〈大奥の恋人〉
平岩弓枝 新装版 はやぶさ新八御用帳(二)〈江戸の海賊〉
平岩弓枝 新装版 はやぶさ新八御用帳(三)〈又右衛門の女房〉
平岩弓枝 新装版 はやぶさ新八御用帳(四)〈鬼勘の娘〉
平岩弓枝 新装版 はやぶさ新八御用帳(五)〈御守殿おたき〉
平岩弓枝 新装版 はやぶさ新八御用帳(六)〈春月の雛〉
平岩弓枝 新装版 はやぶさ新八御用帳(七)〈寒椿の寺〉
平岩弓枝 新装版 はやぶさ新八御用帳(八)〈春怨 根津権現〉
平岩弓枝 新装版 はやぶさ新八御用帳(九)〈王子稲荷の女〉
平岩弓枝 新装版 はやぶさ新八御用帳(十)〈幽霊屋敷の女〉
平岩弓枝 なかなかいい生き方
東野圭吾 放課後
東野圭吾 卒業
東野圭吾 学生街の殺人
東野圭吾 魔球
東野圭吾 十字屋敷のピエロ
東野圭吾 眠りの森
東野圭吾 宿命
東野圭吾 変身
東野圭吾 仮面山荘殺人事件
東野圭吾 天使の耳
東野圭吾 ある閉ざされた雪の山荘で
東野圭吾 同級生
東野圭吾 名探偵の呪縛
東野圭吾 むかし僕が死んだ家
東野圭吾 虹を操る少年
東野圭吾 パラレルワールド・ラブストーリー
東野圭吾 天空の蜂
東野圭吾 どちらかが彼女を殺した
東野圭吾 名探偵の掟
東野圭吾 悪意
東野圭吾 私が彼を殺した
東野圭吾 嘘をもうひとつだけ
東野圭吾 時生
東野圭吾 赤い指
東野圭吾 流星の絆
東野圭吾 新装版 浪花少年探偵団
東野圭吾 新装版 しのぶセンセにサヨナラ
東野圭吾 新参者
東野圭吾 麒麟の翼
東野圭吾 パラドックス13
東野圭吾 祈りの幕が下りる時
東野圭吾 危険なビーナス
東野圭吾作家生活25周年祭り実行委員会 東野圭吾公式ガイド〈読者1万人が選んだ東野作品人気ランキング発表〉
平野啓一郎 高瀬川
平野啓一郎 ドーン
平野啓一郎 空白を満たしなさい(上)(下)
百田尚樹 永遠の0《ゼロ》
百田尚樹 輝く夜
百田尚樹 風の中のマリア
百田尚樹 影法師
百田尚樹 ボックス！(上)(下)
百田尚樹 海賊とよばれた男(上)(下)
平田オリザ 十六歳のオリザの冒険をしるす本
平田オリザ 幕が上がる

東　直子　さようなら窓
蛭田亜紗子　人肌ショコラリキュール
蛭田亜紗子　凜
樋口卓治　ボクの妻と結婚してください。
樋口卓治　続・ボクの妻と結婚してください。
樋口卓治　もう一度、お父さんと呼んでくれ。
樋口卓治　「ファミリーラブストーリー」
平山夢明　どたんばたん(土壇場譚)〈大江戸怪談〉
平山夢明　魂《たま》豆《どう》腐《ふ》〈大江戸怪談どたんばたん(土壇場譚)〉
東川篤哉　純喫茶「一服堂」の四季
東山彰良　流《りゅう》
樋口直哉　偏差値68の目玉焼き〈星ヶ丘高校料理部〉
平田研也　小さな恋のうた
日野　草　ウエディング・マン
藤沢周平　新装版　春秋の檻〈獄医立花登手控え(一)〉
藤沢周平　新装版　風雪の檻〈獄医立花登手控え(二)〉
藤沢周平　新装版　愛憎の檻〈獄医立花登手控え(三)〉
藤沢周平　新装版　人間の檻〈獄医立花登手控え(四)〉
藤沢周平　新装版　闇の歯車

藤沢周平　新装版　市　塵(上)(下)
藤沢周平　新装版　決闘の辻
藤沢周平　新装版　雪明かり
藤沢周平　義民が駆ける〈レジェンド歴史時代小説〉
藤沢周平　喜多川歌麿女絵草紙
藤沢周平　闇の梯子
藤沢周平　長門守の陰謀
船戸与一　新装版　カルナヴァル戦記
藤田宜永　樹下の想い
藤田宜永　流　砂
藤田宜永　女系の総督
藤田宜永　血の弔旗
藤田宜永　大雪物語
藤　水名子　紅嵐記(上)(中)(下)
藤原伊織　テロリストのパラソル
藤田紘一郎　笑うカイチュウ
藤本ひとみ　新・三銃士　少年編・青年編〈ダルタニャンとミラディ〉
藤本ひとみ　皇妃エリザベート
福井晴敏　亡国のイージス(上)(下)

福井晴敏　川の深さは
福井晴敏　終戦のローレライ　I～IV
福井晴敏　平成関東大震災〈いつか来るとは知っていたが今日来るとは思わなかった〉
藤原緋沙子　遠　花火〈見届け人秋月伊織事件帖〉
藤原緋沙子　春《はる》疾《はや》風《て》〈見届け人秋月伊織事件帖〉
藤原緋沙子　暖《ぬくめ》鳥《どり》〈見届け人秋月伊織事件帖〉
藤原緋沙子　霧の路《みち》〈見届け人秋月伊織事件帖〉
藤原緋沙子　鳴《なる》子《こ》守《もり》〈見届け人秋月伊織事件帖〉
藤原緋沙子　夏ほたる〈見届け人秋月伊織事件帖〉
藤原緋沙子　笛　吹　川〈見届け人秋月伊織事件帖〉
藤原緋沙子　青《せい》嵐《らん》〈見届け人秋月伊織事件帖〉
椹野道流　亡羊の嘆〈鬼籍通覧〉
椹野道流　新装版　暁天の星〈鬼籍通覧〉
椹野道流　新装版　無《む》明《みょう》の闇〈鬼籍通覧〉
椹野道流　新装版　壺《こ》中《ちゅう》の天〈鬼籍通覧〉
椹野道流　新装版　隻《せき》手《しゅ》の声〈鬼籍通覧〉
椹野道流　新装版　禅《ぜん》定《じょう》の弓〈鬼籍通覧〉
椹野道流　池《ち》魚《ぎょ》の殃《わざわい》〈鬼籍通覧〉
椹野道流　南《なん》柯《か》の夢〈鬼籍通覧〉

講談社文庫　目録

2020年6月15日現在